Illa de Ningú
La Desgana
Illa de la Balena
Illot Gris
Illa Esblaimada
Illot de la Donzella
Illots de les Foques
Corègon Blanc
Badia Blava
Poma de Ferro
Illa de les Escates
Illa del Golut
Illa del Tronc
N
S

Pirates
de la mar de Gel

*«Un llibre és com un jardí secret
que un pot portar
a la butxaca.»*

PROVERBI ÀRAB

Frida Nilsson

Pirates
de la mar de Gel

Il·lustracions d'Alexander Jansson

Traducció del suec d'Elena Martí i Segarra

El jardí secret de Viena

Primera edició: desembre del 2018
Títol original: *Ishavspirater*

Viena Edicions
Còrsega, 307 - 08008 Barcelona
Tel. 93 453 55 00 - viena@vienaeditorial.com
www.vienaeditorial.com
Disseny d'interior i coberta: Andy Noguerón
ISBN: 978-84-949066-3-3
Dipòsit legal: B 27043-2018
Fotocomposició: Alfa
Impressió i enquadernació: Reinbook, Serveis Gràfics

Amb el suport de

Generalitat de Catalunya
Departament de Cultura

Aquest llibre està dedicat als nois de Mörkö.

També vull agrair a l'avi patern dels nois
tot el que m'ha ensenyat sobre els vaixells de fusta,

així com al seu avi i al seu aviastre materns
que escrivissin el text original de la cançó
«La donzella Rund».

FRIDA NILSSON

Miki

Aquesta història tracta de la meva aventura a la mar de Gel. Va ser a mitjan novembre. Jo acabava de fer deu anys i les balenes descansaven a la nostra badia. Els dolls d'escuma que brollaven dels seus lloms lluents semblaven núvols i, a l'horitzó, feia dies que ens sotjava la boira, tan espessa com blanca i bonica.

A Badia Blava, que és on visc, els hiverns són tan freds que les veles dels vaixells es congelen en l'aire. Una vegada vaig trobar un ocell estès a terra. Era un cormorà, pobre; havia caigut a terra perquè el fred li havia petrificat les ales. Però no estava mort, així que de seguida me'l vaig endur a casa; volia que el pare el veiés. Té tan bona mà amb els animals que pocs dies després ja el vam poder deixar anar!

De fet, el meu pare té bona mà amb totes les coses de la natura. I ara us explicaré què tenim penjat a la paret de la cuina de casa —perquè certament és una cosa que no acostuma a penjar a les parets de les altres cuines—: un tros de cua de sirena! No és pas gaire gran, com la punta d'un mocador potser, i està coberta d'un borrissol fi de color rosat. Un dia, mentre el pare pescava bacallà, la sirena va quedar atrapada a les xarxes. Estava tan espantada que no parava de xisclar i de batre la cua amunt i avall. Pensava ben bé que el pare no la deixaria anar, però i tant que ho va fer!

—Perquè una cosa és pescar bacallà i una altra de molt diferent és pescar una sirena —va dir—. Hi ha certes coses que un no ha de fer mai.

Així doncs, quan la sirena es va haver calmat una mica, el pare la va desenredar amb compte de la xarxa i a continuació la va tornar a l'aigua. Malgrat tot, se li havia esquinçat un petit bocí de l'aleta, que va quedar a la coberta. I aquest trosset d'aleta, clavat a una planxa de fusta, és el que ara penja a la paret de la nostra cuina. La Miki i jo, per fer-ho més bonic, hi hem enganxat tot de pedretes al voltant.

La Miki és la meva germana. Va ser per ella que el pare va sortir a navegar per la mar de Gel. Perquè hi ha persones que creuen que no hi ha diferència entre pescar bacallà i pescar sirenes, o fins i tot coses pitjors. Antigament, allà on jo visc, els pirates solcaven la mar. Eren uns pirates terribles i malvats.

—Siri, explica'm alguna cosa d'en Capblanc —solia demanar-me la Miki a la nit, quan jèiem juntes al sofà llit, a punt d'adormir-nos.

—És que llavors no podràs dormir —li responia jo—. Et passaràs mitja nit desperta, somicant, i em desvetllaràs. I demà al matí estarem tan cansades que no farem res de bo.

—No, no, t'ho prometo! —em xiuxiuejava ella a cau d'orella—. Et prometo que m'adormiré. Sisplau, sisplau, Siri, explica'm una història!

I al final jo sempre cedia, i cada vegada que li explicava a la Miki alguna cosa sobre el pirata Capblanc, començava així:

—Hi ha un home que tracta els infants com si fossin bèsties. I a l'interior d'aquest home, allà on les persones tenen l'ànima, hi ha un buit tan gran i tan fred com una cova de gel.

—És la persona més freda que hi ha al món... —afegia la Miki.

Mai no podia estar-se de ficar-hi cullerada i és que, en realitat, coneixia aquella història tan bé com jo.

—Sí, és la persona més freda que et puguis imaginar —corroborava jo—. És un capità pirata. Té els cabells blancs com la neu, i molt, molt llargs. De fet, li arriben fins a la cintura! Però sempre els duu recollits en un monyo, saps? Un monyo com el que es fan les senyores fines i elegants.

—I això per què? —va preguntar la Miki.

—Doncs perquè no vol que se li congelin i li caiguin. I aquells que s'enrolen en el seu vaixell, *El Corb de Neu*, i es converteixen en els seus pirates, es fan rics. Immensament rics. Vols saber per què?

—Perquè el capità Capblanc deixa que la tripulació es reparteixi el botí! —va saltar la Miki.

—Així és. Els pirates es poden quedar tot l'or, la plata, el ferro, les pells, els cofres plens de monedes... En definitiva, tots els objectes de valor. A en Capblanc no li interessa res de tot això. L'únic que vol... —vaig sentir una fiblada a l'estómac; quan arribava a aquesta part del relat, sempre em passava—.

Ell l'únic que vol són nens i nenes. Criatures ben escanyolides, i com més menudes, millor. I els seus pirates, tan aviat com enxampen algun infant d'aquests, el tanquen a la bodega del vaixell i ningú no el torna a veure mai més.

—I com és el vaixell, Siri?

—És completament blanc i té tres pals. I davant de tot, a la proa, hi té una gran figura de fusta que representa un cap de corb amb el bec obert. Per això s'anomena *El Corb de Neu.*

—Però gairebé tothom l'anomena només *El Corb* —va afegir la Miki.

—Tens raó, gairebé tothom l'anomena només *El Corb.* I a bord del *Corb*, els pirates naveguen per tota la mar de Gel fins a l'illa d'en Capblanc.

—I on és aquesta illa?

—Doncs molt lluny, cap a l'oest. Tan lluny com es pot arribar abans que el món s'acabi i un caigui daltabaix pel precipici. Miki, tu ja saps que hi ha un lloc que es diu les Veles, oi?

—Sí —va contestar la Miki en veu baixa.

—I saps quina mena de lloc és?

—És un poble. Un poble gran amb els carrers empedrats. I allà és on van els pirates a beure, a emborratxar-se, a buscar brega i...

—Bé, la veritat és que no sé si hi van precisament a esbatussar-se. Sigui com sigui, el que sé del cert és que les Veles no és un lloc agradable, i també sé que s'hi reuneix molta púrria. Tota classe de pirates i bergants. La mena de gent que vol guanyar diners i fer-se rica a costa dels altres. Tanmateix, els pitjors són els que hi van en cerca del capità Capblanc, per treballar amb ell. Bé, en qualsevol cas, l'illa d'en Capblanc es troba en algun indret no gaire lluny de les Veles.

—I què els passa als nens segrestats quan arriben a l'illa del capità Capblanc? Què han de fer?

—En Capblanc té una mina —vaig respondre—. Un avenc gegant obert a terra...

—I quin tipus de mina és?

—No ho sé ben bé. Però diuen que...

—Que és una mina de diamants! —em va interrompre la Miki.

—Exacte.

—I a dins de la mina, hi ha tones i tones de diamants. Alguns de grans com pomes... —va reblar la Miki.

—Això és el que diuen, si més no. I també he sentit a dir que en Capblanc té una guardiana, una dona que s'encarrega de vigilar totes les criatures presoneres, i aquesta dona...

—És la filla del capità Capblanc! I s'ha fet arrencar tota la dentadura per posar-s'hi diamants.

—Sí, efectivament —vaig fer—. I el seu pare beu vi d'una gerra tallada a partir d'un sol diamant. Tu tens idea de quant valen els diamants, Miki?

—Mmm.

—Mira, tan sols amb un diamantet de la mida d'un pèsol es podria comprar la nostra illa sencera —vaig dir-li.

—Però, per què... per què el pirata Capblanc necessita nens petits per a la seva mina? —va preguntar aleshores la Miki—. Per què no agafa persones grans?

—Ningú no ho sap del cert —li vaig contestar—. Però, afigura't haver-te d'arrossegar enmig de la foscor del matí al vespre. Amb un pic a la mà i els genolls tots pelats i plens de sang. Segons diuen, la canalla minera no aguanta gaire, a la mina d'en Capblanc. O bé se'ls parteix l'espinada a causa del pes que han de carregar, o bé es posen malalts dels pulmons per culpa de la humitat. I si no, la fosca els fa embogir de tal manera que... bé, que al final moren.

La Miki va empassar saliva.

—És horrible... —va murmurar.

—Sí —vaig fer jo molt fluixet—. El pitjor que li pot passar a una criatura és que els pirates la segrestin i se l'enduguin a aquella mina.

I aquí solia acabar la meva història quan li parlava a la Miki sobre el malvat capità Capblanc.

Aleshores, mentre jèiem juntes, ben arraulides al nostre sofà llit, tot semblava només un conte inofensiu, una desgràcia que tan sols els podia ocórrer a uns altres nens, no pas a nosaltres dues. Sí, és clar que teníem por dels pirates, però mai se'ns va acudir pensar que un dia ens els trobaríem cara a cara. No, mai no m'hauria imaginat que la meva estimada germaneta cauria a les urpes d'en Capblanc.

Poma de Ferro

Ara us explicaré què va passar aquell dia a l'illa de Poma de Ferro. Un dia que no oblidaré mai. M'ha quedat arrapat a la memòria com una paparra i no se'n desprendrà mai més, per anys que visqui; d'això n'estic segura.

De bon matí, la Miki i jo havíem decidit sortir a buscar baies. Però abans de marxar, quan ja érem a la porta, vam adonar-nos que el pare estava tristot.

—Per què no us puc acompanyar? —ens va preguntar.

Només duia els seus calçotets llargs.

—Pare, no tens prou forces, ja ho saps —li vaig respondre—. Au, ara esmorza, i a l'hora de sopar ja tornarem a ser aquí.

El pare va mirar el plat que tenia sobre la taula. Tan sols hi havia una trista llenca de bacallà bullit fred.

—No tinc gana —va mormolar—. I no m'agrada que sortiu soles a la mar. No està bé.

—Pare, no tenim altre remei—vaig dir-li, bo i abaixant-me la gorra fins a les celles—. Bé hem de menjar alguna cosa.

Llavors em va fitar amb els seus ulls grans i humits.

—Si no fos tan vell —va fer—, em passaria el dia al mar, remant amunt i avall. Remaria tan fort que les ones escumejarien i... llavors tornaria a casa carregat de baies, ous i peix, i podríeu menjar fins a afartar-vos. I si ensopegués amb el capità Capblanc i la seva tropa de miserables, els destrossaria el maleït vaixell, sí, en faria xixines!

Tot seguit va eixugar-se un parell de llàgrimes amb el dors de la mà.

—No pateixis —li vaig dir—. Des de Poma de Ferro hi ha molt bona visibilitat. Et prometo que, si al lluny, veiem *El Corb*, pujarem de seguida a la barca i vindrem a casa. Tindrem temps de sobres d'escapar.

La Miki es va sobresaltar. El pare la va observar de reüll. Sens dubte, s'hauria estimat més de totes passades que ella es quedés; però, és clar, entre totes dues trigaríem la meitat de temps a collir les baies, per tant no va dir res.

Vaig allargar la mà i li vaig acaronar la galta.

—No t'amoïnis, Branquilló —el vaig tranquil·litzar—. No te n'hauràs adonat que ja serem aquí altra vegada.

Tot i que el pare era un home alt i gros, nosaltres l'anomenàvem «Branquilló», perquè sempre deia que, si ens perdés a la Miki i a mi, es partiria com un branquilló prim i sec.

Poma de Ferro és una illa menuda. Ens pertany només a nosaltres, ja que aquí cada família posseeix uns quants illots, i allà pot caçar i recol·lectar el que vulgui sense que ningú altre s'hi fiqui. La Miki i jo hi vam arribar amb la barca. Aquell dia el mar estava gris i encalmat. L'aire era fred i humit, i semblava que haguessin pintat amb llet el món sencer, però era la boira de novembre que, de mica en mica, s'atansava a terra ferma.

—Siri, explica'm com es van conèixer el pare i la mare —va demanar-me la Miki, que contemplava el mar, recolzada a la borda.

—Però si ja t'ho he explicat una pila de vegades! —vaig rondinar.

Aleshores va girar el cap cap a mi.

—Sisplau, Siri, només un cop més... —em va pregar.

I llavors l'hi vaig explicar, perquè la veia espantada i no era pas mala idea que pensés en una altra cosa.

—Un dia que el pare havia sortit amb la barca a llançar les xarxes, de sobte va desfermar-se una forta tempesta. La mar es va embravir, i el vent i les ones el van fer caure de la barca. Allà, enmig del mar, no hi havia absolutament ningú que pogués ajudar-lo. L'aigua estava gelada, i ell sabia que no trigaria a morir. Però, tot d'una, va albirar un petit escull entre l'escuma de les onades; va arrencar a nedar amb totes les seves forces i va aconseguir arribar-hi.

—Aleshores el pare sabia nedar?

—I tant! Això va passar fa molts i molts anys, abans i tot que nosaltres dues nasquéssim, quan el pare era l'home més fort del poble.

—I va poder-hi pujar, a l'escull?

—No, era massa escarpat. Aleshores va pensar que no se'n sortiria pas, que les onades senzillament se l'empassarien d'un moment a l'altre. Però just llavors va aparèixer la mare! Resulta que ella vivia tota sola a l'escull i just en aquell instant es disposava a pescar.

—Amb els dits dels peus! —va saltar la Miki.

—Efectivament, amb els dits dels peus. Ella sempre pescava amb els dits dels peus, i vaja si picaven, els peixos! De cop i volta, un peix gros va mossegar l'esquer! Era el pare que li havia engrapat el dit petit! La mare el va ajudar a pujar. Ell li doblava l'edat, però va quedar-se set anys amb ella a l'escull. Llavors vaig néixer jo, i aleshores es van traslladar al poble del pare.

—I després vaig néixer jo.

—Sí, poc temps després. I vas trigar molt a arribar. A partir del moment en què vas començar a bellugar-te, vas trigar tres dies i tres nits a sortir de la panxa de la mare.

La Miki va ficar un dit a l'aigua. Una onada va mullar-li la mà i la màniga de la jaqueta.

—Per què va morir la mare? —em va preguntar.

—Perquè es va posar malalta.

—Va ser quan jo vaig venir al món?

—No, i ara! No va ser pas per això, va ser... Bé, hauria mort igualment —vaig dir-li.

Potser no era veritat. El més probable és que la mare morís de tant que la Miki va trigar a néixer. Tanmateix, d'això no en parlàvem, a casa; i tampoc no estimàvem menys la Miki per aquest motiu. De fet, qui més va alegrar-se de l'arribada de la

Miki va ser la mare. Ella sempre deia que era més divertit aconseguir alguna cosa per la qual havies lluitat de debò que no pas obtenir-la sense esforç. Amb prou feines va sobreviure una setmana després del part.

En apropar-nos a Poma de Ferro, vam veure que la boira embolcallava l'illa. Vaig estirar el coll, però més enllà del mar no es veia res. Encara sort en teníem, de poder guipar on posàvem els peus.

Cadascuna de nosaltres duia un cistell per collir les baies. Les baies del perler són uns fruits de color blanc, tenen un gust força agre i maduren a final d'any. Es poden ficar en un atuell amb aigua i es conserven molt de temps. I si es té mel, se'n pot fer una bona melmelada.

Tanmateix, a Poma de Ferro hi havia un obstacle que dificultava la replega de les baies: els ocells balena. Durant l'estiu no eren gaire perillosos, i llavors aprofitàvem per agafar els ous que ponien, ja que els mascles eren en altres aigües. Però, a les acaballes de la tardor, xac!, els mascles tornaven a l'illa i la cosa es complicava. Ara els ous contenien pollets, i les cries naixerien al pic de l'hivern, quan el fred és més intens. I quan els ous contenien pollets, per tal de protegir-los, els ocells balena es tornaven bojos si algú gosava acostar-se als seus nius. Una vegada vaig conèixer un home de Badia Blava a qui li havien arrencat una orella, i és que els ocells balena tenen uns grans becs amb dents! Unes dents tan dures que els permeten fins i tot mastegar pedres. Sí, per increïble que sembli, els ocells balena mengen pedres per ser més feixucs i així poder bussejar ben fondo i capturar més peixos. Són uns ocells molt grossos i necessiten grans quantitats de menjar; les femelles pesen uns quinze quilos pel cap baix. Tenen un plomatge espès, clapejat de negre, unes potes llargues amb urpes esmolades i els dits units per una membrana gruixuda.

Perquè no et picotegessin, el més important era no mostrar gens de por, però la Miki no sabia dissimular el pànic que li feien els ocells balena. Al capdavall, pobreta, només tenia set anyets, així que no era d'estranyar. I la veritat és que, aquell dia, segurament vaig ser un pèl dura amb ella. Després d'haver buscat baies juntes durant tot el matí, i d'haver-ne collit a penes un parell de grapats, la vaig enviar a l'altra punta de l'illa a veure si allà en trobava més.

Em va esguardar amb els seus enormes ulls grisos. Ja li havien caigut força dents i, a la part de sota, n'hi apuntava una de nova, que semblava la punta d'un minúscul iceberg.

—I no hi podríem anar juntes? —em va demanar—. No vull anar tan lluny jo sola.

—Au, no siguis criatura! —vaig exclamar—. No és pas tan lluny.

Llavors va fer mitja volta i va guaitar, entretancant els ulls, l'altre extrem de l'illa rocosa. Ara el vent havia començat a bufar fort i li esbullava l'espessa cabellera negra. Semblava a punt de tornar a rondinar.

—Que potser també t'hauré d'agafar de la maneta per anar

al vàter ara? —vaig fer-li amb una mica de sorna—. Apa, ves tirant, així podrem tornar a casa d'una vegada!

La Miki va empassar saliva i, tot i que es notava que no volia fer-ho, va començar a passar, bo i fent saltirons sobre les roques. Duia les botes d'hivern. Les mateixes que jo havia fet servir als set anys.

Una estona més tard, vaig clissar uns puntets blancs en uns matolls i hi vaig córrer ràpidament. Sí, allà hi havia un fotimer de baies! Vaig començar a collir-ne i al cap de poc ja tenia el cistell gairebé ple. Les vaig palpar, deixant que se m'escolessin entre els dits. Contemplar el cistell a vessar de baies era una sensació meravellosa.

Aleshores, tot d'un plegat, vaig sentir un crit provinent de l'altre costat de l'illa. Primer vaig deixar anar un sospir, segura que era la Miki esporuguida pels ocells balena. Però de seguida se'm va fer un nus a l'estómac, perquè no va tornar a xisclar, cosa que acostumava a fer. L'únic que se sentia era la remor del vent. Vaig agafar el cistell de terra i vaig enfilar cap a l'extrem oposat de l'illa.

—Miki? —vaig cridar.

En no obtenir resposta, vaig arrencar a córrer. Sabia que aquelles picossades podien fer molt de mal i no volia pas tornar a casa amb una germana desorellada.

—Miki? —vaig cridar de nou, encara més fort.

Aquest cop tampoc no hi va haver resposta, i vaig continuar corrent tan de pressa com vaig poder sobre les roques.

Quan vaig arribar a l'altra banda, no vaig veure ni rastre de la Miki. Ni dels ocells balena. El vent havia escampat la boira. Estava a punt de cridar per tercera vegada quan de sobte vaig distingir alguna cosa. Una barca. Hi anaven quatre homes i... també la Miki! L'havien emmordassat i un d'ells l'agarrava pel braç amb força. La barca s'allunyava de Poma de Ferro. Em va caure el cistell de la mà i les baies van rodolar per terra. Volia tornar a cridar la Miki, però aleshores vaig clissar un altre vaixell, un de molt més gros. Les paraules em van quedar atrapades a la gola. Potser van tenir por de sortir. Potser coneixien la mena de maldat que s'amagava dins d'aquella funesta embarcació, que s'esperava a la mar com mig ensopida. Els tres pals s'alçaven com llances. El buc era blanc i ovalat, com un ou. Les veles s'agitaven al vent, i a la part davantera de la proa hi havia un cap de corb de fusta amb el bec obert. Era *El Corb de Neu,* la nau del pirata Capblanc! El vaixell que tots temíem. Aquell del qual la gent de Badia Blava havia parlat tantes vegades que un creia que es tractava tan sols d'una llegenda. Ai, tant de bo *El Corb de Neu* hagués estat només una llegenda!

Vaig veure mariners a la coberta; alguns d'ells van llançar una escala als homes de la barca. Primer van fer-hi pujar la Miki i, en acabat, s'hi va enfilar la resta d'homes. A continuació, van amarrar la barca a popa. Ara el vent havia començat a bufar amb força sobre Poma de Ferro, i la tripulació va fer virar a poc a poc el vaixell i va posar rumb a l'horitzó. Aviat desapareixeria. En copsar clarament el que estava passant, vaig recuperar la veu.

—MIKI! NO TINGUIS POR!!!

Però ja l'havien baixat sota coberta i no em va poder sentir. Un parell de mariners van donar una ullada al seu voltant i em van descobrir. Aleshores van cridar alguna cosa al timoner. Probablement es preguntaven si potser haurien de girar cua per atrapar-me a mi també. Tanmateix, el timoner s'ho va rumiar uns segons, va fer que no amb el cap i va dirigir de nou la mirada cap al mar. En Capblanc devia ser-hi, allà? —pensava jo—. Em devia estar veient? O més aviat devia seure còmodament a la seva cabina, calculant la quantitat de diamants que la seva nova presa extrauria per a ell de les entranyes de la terra?

El cormorà que va tornar

Aquell dia vaig córrer com mai a la vida, era com si les meves botes ni tan sols freguessin el terra. «No tinguis por, Miki, no tinguis por», això era l'únic que podia pensar. «No tinguis por, que ara vaig a buscar ajuda. Quan la gent del poble sàpiga què t'ha passat, tothom agafarà el fusell i sortirà a rescatar-te.»

Vaig saltar de seguida a la barca i vaig arrencar a remar com una boja. Malauradament, em vaig descuidar el cistell de les baies, que va quedar-se a Poma de Ferro. Tenia el vent en contra, però, malgrat això, va ser com si tota la por se'm concentrés als braços i m'ajudés a remar. La barca volava per damunt de les ones. I tanmateix, la tornada a casa se'm va fer eterna. Tan angoixantment eterna que se'm va fer un nus a l'estómac.

Per fi m'aproximava al port. Un parell de dies abans, un vaixell de càrrega havia atracat al moll, però la resta d'embarcacions eren petites, totes d'un sol pal i sense pintar. Així eren les barques de pesca a Badia Blava.

El moll era ple de gent; n'hi havia que reparaven algun pal o que calafatejaven un buc. Altres sargien veles o tot just desembarcaven les captures del dia. I també n'hi havia que reien d'algun acudit o que renegaven per un fil de pescar enredat.

Pertot arreu pul·lulaven homes i dones encorbats i vestits de gris.

També hi havia l'Olav, que netejava bacallà assegut en un petit tamboret. Era amic del pare i havien sortit a pescar plegats molts cops. Una mica més enllà, una gavina guaitava les tires i les pells de bacallà amuntegades als peus de l'Olav. Vaig amarrar la barca en un tres i no res i vaig córrer fins al moll. En veure'm, l'Olav va alçar el ganivet en un gest de salutació.

—Ep, Siri! Com és que tens tanta pressa? —va preguntar-me, somrient—. Que et persegueix un escamarlà, potser?

—No... he d'anar a casa... —van ser les úniques paraules que vaig poder articular en passar corrents pel seu costat—. He de trobar el pare...

—El teu pare és aquí! —va cridar llavors.

Em vaig tombar tot d'una. L'Olav va assenyalar darrere seu amb el ganivet.

—Mi-te'l, s'està barallant amb una xarxa.

Efectivament, el pare era allà, amb l'esquena recolzada a la paret d'un cobert de pescadors, intentant sargir una xarxa. Tenia les mans balbes de fred, els dits no l'obeïen i els fils se li resistien.

—Pare! —vaig cridar.

Ell va alçar la vista i li van brillar els ulls, com sempre que ens mirava a la Miki o a mi —deia que érem dos fars de llum capaços d'il·luminar la foscor que regnava al seu voltant, per molt espessa que fos—, però, en adonar-se de les meves llà-

grimes, el somriure se li va esborrar immediatament de la cara.

—Siri... què et passa, filla meva? —va fer, amoïnat.

Llavors me li vaig llançar als braços.

—L'han segrestat, pare! Se l'han endut! I ha estat culpa meva!

Ell em va fitar sense dir res. Els grans ulls aquosos li tremolaven inquiets dins les òrbites.

—Però què dius? On és la Miki?

Alguns dels homes i les dones que feinejaven a prop nostre havien abandonat les seves tasques. Restaven immòbils i ens miraven de reüll. L'Olav se'ns havia acostat. Jo no podia parar de plorar i em costava pronunciar les paraules.

—Érem a Poma de Ferro... i li he dit que anés a l'altra punta de l'illa a buscar més baies. I resulta que allà... allà hi havia un vaixell! Llavors l'han agafat... Sí, se l'han emportat amb ells al vaixell... Oh, Déu meu!

El pare va restar mut. M'esguardava del tot desconcertat, com si fos un nen petit i jo parlés en una llengua que no comprenia. Aleshores, l'Olav, amb un bacallà a mig netejar a la mà, va preguntar:

—Però QUI se l'ha endut, Siri? De quin vaixell parles?

Vaig aixecar la veu perquè tothom ho sentís:

—*El Corb de Neu*! —En qüestió de segons, es va fer un silenci sepulcral entre la multitud que es concentrava al moll. I llavors vaig afegir—: El pirata Capblanc ha capturat la meva germana! Hem de sortir a buscar-la! L'hem de rescatar!

Tots em miraven horroritzats. Ningú no va gosar dir un mot. Ningú no va exclamar: «Sí, de pressa, sortim a cercar *El Corb de Neu*!». I tampoc ningú va anar a buscar el seu fusell.

—Cal que ens afanyem! —vaig continuar cridant—. Naveguen en direcció a l'oest de Poma de Ferro! Segur que ja deuen haver arribat als illots de les Foques! —em vaig esgargamellar.

Ningú no va bellugar un dit. Tots van desviar la vista, van mirar a terra, i a continuació van començar a murmurar entre ells, fins que finalment algú va dir:

—Qui surti a buscar *El Corb de Neu* té la mort assegurada!

—Sí, és una embarcació de setze canons, amb una tripulació àvida de disparar contra qualsevol que se'ls apropi! —va vociferar un altre.

—Ningú no pot vèncer el pirata Capblanc!

L'Olav em va posar una mà, que pudia a peix, a l'espatlla.

—Siri —em va dir amb ulls tristois—, per desgràcia la teva germana ha desaparegut. Aquest és el destí de tots els qui cauen a les urpes d'en Capblanc, deixen d'existir...

Just en aquell moment, algú es va posar dret, fràgil com una barca vella, escrostonada i descolorida. Era el meu pare, que amb els punys alçats i tancats va fer:

—Doncs jo mateix aniré a buscar-la! —La veu li tremolava de ràbia i coratge—. No en tinc pas, de por! Un cuc no és més que un cuc, per molt que navegui en un gran vaixell! Hi ha algú més que s'atreveixi a acompanyar-me?

Ningú no li va respondre. Un parell d'homes van negar amb el cap.

—Coi de vell sonat! —va mastegar algú—. Qui sap si no la palmarà abans que en Capblanc el peli.

El pare va fer veure que no ho havia sentit. Va alçar la barbeta amb orgull, es va col·locar el garbuix de xarxes sota el braç i se'n va anar cap a casa. Jo el vaig seguir.

Al nostre poble les cases s'enfilen per les roques. Estan fetes de troncs, però també de restes de naufragis, ja que a l'illa de Badia Blava gairebé no hi tenim arbres.

—Pare, creus que tindràs prou forces? —li vaig preguntar mentre caminàvem cap a casa. Ell ranquejava una mica arran d'un accident que havia patit temps enrere, quan ell i uns altres companys van atrapar un fraret amb un salabret. El pare va relliscar i va caure daltabaix per uns penya-segats d'uns quants metres d'alt.

—Potser només soc un vell xaruc —va respondre—, però no pas per això he deixat de ser el vostre pare. —Llavors va tapar-se el rostre amb les mans—. Ai, senyor, pobrissona meva! Ja saps com n'és, de poruga, la Miki. No goso ni imaginar com es deu sentir ara mateix... —Va aixecar el nas amb aire decidit i va continuar—: Demà, a les sis del matí, salpa l'*Estrella Polar*. Serà el darrer vaixell que abandoni Badia Blava abans de l'arribada de l'hivern, i sé que fa escala a les Veles. Així que m'hi penso enrolar.

Un calfred em va recórrer l'espinada. Les Veles, aquell lloc horrible sobre el qual li havia parlat tantes vegades a la Miki. Un lloc pervers on niaven tota mena de pirates i brivalls, ben bé com fan els pingüins a les illes rocalloses. I el pare pensava anar-hi!

—És el millor que puc fer si vull tenir alguna possibilitat de trobar la Miki i portar-la novament a casa —va dir mentre coixejava camí amunt—. Així que arribem a casa, començaré a fer la maleta.

A la nit, entre tots dos, vam preparar el seu equipatge. Un sac amb roba d'abric, un parell de panades de peix embolicades en paper de diari, un fusell i les botes d'hivern del pare. Ell es va estar una bona estona revisant-ho tot per darrer cop i finalment va assentir.

—Molt bé. Ara vaig a estirar-me per dormir unes hores. Em despertaràs a l'hora, oi?

Vaig fer que sí amb el cap. Sempre era jo qui es llevava la primera als matins, quan el foc de la cuina s'havia apagat feia hores i el fred s'esmunyia sota la porta per mossegar-me el nas i despertar-me. Després d'atiar el foc amb la burxa i tirar-hi alguns trossos de llenya, solia anar a la cambra a llevar el pare, cosa que sovint no era gens fàcil. De fet, si hagués pogut, crec que el pare s'hauria passat dies sencers colgat entre les pells, dormint a cor què vols!

Aleshores, amb passes vacil·lants, es va dirigir cap al llit i es va descordar els tirants. En observar-lo allà, assegut a l'espona del llit, vaig adornar-me de com n'era, de feble i menut, en realitat. Ben bé com un branquilló, gris, ressec i d'allò més prim. A qui volgués partir-lo en dos, tan sols li caldria tocar-lo.

—Que plores, Siri? —em va preguntar just abans de gitar-se.

—Pare... I si no tornessis? —vaig demanar-li, bo i eixugantme les llàgrimes—. Què passaria si... si em quedés aquí sola?

Ell es va mirar els peus i es va mossegar el llavi inferior; llavors va dir:

—Te'n recordes, de l'ocell que vas trobar a terra fa uns quants hiverns? Aquell que tenia les ales gelades?

Vaig fer que sí amb el cap.

—Doncs de tant en tant encara ens visita i fa copets a la finestra amb el bec. Llavors jo acostumo a donar-li un trosset de peix. Ja sé que això no té res d'especial, però el que vull dir és que... Les coses que fem deixen una empremta, a les nostres vides i a les dels altres. Les bones accions deixen bones empremtes... i les males accions deixen empremtes dolentes. Si ara no anés a buscar la Miki, no podria seguir vivint. L'empremta que deixaria en mi seria massa dolorosa.

Em va esguardar als ulls.

—He permès que tu i la Miki treballéssiu més dur del que us mereixíeu. I me n'he avergonyit cada dia. Tampoc no soc pas cap beneit, i sé perfectament com acabarà aquest viatge. Al cap i a la fi, aviat faré setanta anys, però hi he d'anar.

Va acaronar-me la galta i, amb la roba posada, es va ajeure a dormir.

Vaig entendre a l'instant què significaven les seves paraules. El pare sabia que no ho aconseguiria. I tanmateix, s'estimava més intentar-ho que no pas quedar-se a casa amb la seva mala consciència.

Però, i jo? Havia pensat en mi, el pare? En la meva consciència i en la profunda empremta que allò deixaria en mi? Vaig ser jo qui va enviar la Miki a l'altra banda de l'illa. I quan ella em va suplicar que l'acompanyés, jo la vaig renyar. I ara el pare havia de marxar, i segurament moriria per culpa meva!

Després de rumiar-m'ho ajaguda al llit durant una llarga estona —una estona que em va semblar una eternitat—, vaig prendre la decisió. Les flames de la llar de foc estaven a punt d'extingir-se. Em vaig llevar, procurant no fer gota de soroll, i vaig tirar quatre o cinc troncs a les brases. I en acabat, vaig agafar la meva jaqueta i les meves botes d'hivern, que eren idèntiques a les que havia tingut als set anys, les que ara feia servir la Miki.

«No tinguis por, Miki —vaig pensar—. Et prometo que et trobaré i et portaré a casa sana i estàlvia.»

Aleshores vaig treure la roba del pare del sac i hi vaig entaforar el meu jersei gruixut de coll alt i un parell de mitjons de llana. A continuació, vaig penjar-me el sac a l'esquena i vaig obrir la porta. La veritat és que era plenament conscient que tenia tan poques possibilitats de vèncer en Capblanc com qualsevol altre, però, si més no, jo havia decidit no morir a la mar de Gel.

L'*Estrella Polar*

Una balena més aviat petita havia arribat al port plàcidament adormida. La claror de la lluna feia que li lluís el llom. A Badia Blava ningú no pesca balenes, es creu que porta mala sort. Per això cada any, quan les temperatures baixen, les balenes s'apleguen tranquil·lament pels volts del nostre port. S'hi estan un parell o tres de setmanes i després neden cap a aigües més tèbies, tan llunyanes que no conec ningú que s'hi hagi aventurat mai.

L'*Estrella Polar* era un veler de dos pals provinent de l'illa de Més Enllà. Un vaixell de càrrega que feia sempre la mateixa ruta, una vegada i una altra: de Més Enllà a Badia Blava, de Badia Blava a les illes del Llop, de les illes del Llop a les Veles i de les Veles novament a Més Enllà. I aquesta era la seva darrera travessia abans de l'arribada de l'hivern.

En pujar per la inestable passarel·la, no vaig veure gaires tripulants a bord. Un parell de mariners carregaven botes mentre un gat assegut al pont els observava.

Un home alt, de galtes eixutes i mirada severa, es va fixar en mi.

—Ep, tu, on et penses que vas? —em va increpar mentre se m'aproximava a grans gambades.

Duia un abric de pell amb botons lluents i, a les orelles, unes gruixudes arracades d'or en forma d'anella.

—He vingut a embarcar-me —li vaig dir—. Vull anar a les Veles.

—Ah, sí? —va fer amb sorneguería—. Aleshores suposo que deus tenir prou calés per pagar-te el viatge.

—No, però treballaré per pagar-me el passatge —li vaig contestar, tal com el pare m'havia dit que faria—. Puc encarregar-me de fer qualsevol tasca a bord.

Els mariners van girar-se cap a mi i van fer una rialleta.

—Ha, ha! —se'n va riure aquell home tan malcarat—. No està gens mal pensat... Però, sigui com sigui, aquí no ens cal ningú que amb prou feines arriba a la borda. I per cert, nena, per què coi vols anar a les Veles, tu? T'asseguro que no és un bon lloc per a criatures...

—Vaig a buscar-hi el pirata Capblanc —li vaig respondre—. S'ha endut la meva germana i, per això, he d'anar a rescatar-la.

L'home, bo i fent uns ulls com unes taronges, va empallidir de sobte, i als dos mariners se'ls va esfumar el somriure de la cara.

—Ca-cap-Blanc, dius? —va quequejar llavors l'home amb veu ronca—. N'estàs completament seg...?

Va callar de cop, bo i dirigint la mirada cap a l'horitzó fosc, com si cregués que *El Corb de Neu* apareixeria tronant just en aquell moment. Va empassar saliva i, tot seguit, va sacsejar el cap.

—Ves-te'n d'aquí. No hi fas cap falta, a la mar de Gel.

—Doncs a mi sí que em pot fer falta, la nena —va bramar una veu eixordadora.

L'home malcarat va fer mitja volta. Al seu darrere hi havia un paio alt i fornit, amb una espessa barba rogenca i una panxa imponent.

L'home malcarat va arquejar les celles.

—Vaja! —va exclamar—. I es pot saber per què, Fredrik?

L'home que anomenaven Fredrik em va mirar.

—Saps pelar colinaps? —em va preguntar.

—Sí —li vaig contestar.

—I plomar pollastres?

—Sí.

—I cuinar pèsols?

—Sí.

—I treure cucs de la farina?

Vaig trigar a respondre, perquè en el que menys traça tenia era en això dels cucs de la farina, bé, en qualsevol mena de cucs. Tanmateix, finalment també vaig assentir.

—Sí.

En Fredrik es va tombar cap a l'home malcarat:

—Em servirà per a moltes coses, ja ho veus. Fa temps que necessito un ajudant. A més, com que la cuina és tan remaleïdament estreta, cal que sigui algú menut. Aquest napbuf m'anirà de primera.

L'home malcarat va tancar els punys amb força.

—Qui és el capità aquí, tu o jo? —va preguntar.

Apuntant un somriure, en Fredrik va replicar:

—Que potser et faig por, Urström?

A l'home que es deia Urström aquesta pregunta no li va fer mica de gràcia. Però no va contestar.

—Bah! —va exclamar—. No sé pas d'on treus aquestes bestieses.

I havent dit això, va marxar. Llavors en Fredrik em va fer un senyal amb la mà perquè m'hi acostés. Vaig continuar pujant per la passarel·la, amb el meu sac a l'esquena i, uns segons més tard, ja era a bord de l'*Estrella Polar*.

Des de la coberta, mentre amollàvem les amarres, vaig contemplar Badia Blava, el nostre poblet mig endormiscat, d'on a penes havia sortit mai, tret de per anar a pescar, a cercar ous o collir baies... En canvi ara viatjaria molt, molt lluny, a un indret d'allò més remot, per anar a trobar en...

No, no podia ni pensar-hi; l'aventura en què m'havia embolicat m'espantava massa. En comptes d'això, vaig pensar en el pare. Potser tot just s'acabava de despertar, i ara s'adonava esparverat que s'havia adormit. Alarmat, saltaria d'un bot del llit i veuria que jo no hi era, i la bossa tampoc... Aleshores lligaria caps. I sentiria tal desesperació que...

No, en això tampoc no volia pensar-hi. I en qualsevol cas, tampoc no ho hauria pogut fer, ja que en Fredrik em va cridar:

—Au, Napbuf, espavila! Tu i jo ara ens n'anem a la cuina. L'esmorzar ha d'estar llest d'aquí a una hora.

La cuina era certament molt estreta, tal com havia descrit en Fredrik. Era un miracle que hi cabéssim tots dos. En un clot hi havia una llar de foc feta de maons, i sobre la llar de foc, d'una llarga cadena de ferro hi penjava una olla enorme. Al fons del clot, a penes hi espetarregaven quatre brases a punt d'apagar-se. En Fredrik va tirar més llenya al foc i els troncs secs de seguida van revifar el caliu. En acabat, va omplir l'olla d'aigua i m'hi va fer afegir una bona de quantitat d'ordi.

—Molt bé —em va dir, mentre s'asseia en un petit tamboret—. Així és com es preparen les farinetes per a la tripulació d'un vaixell.

Després es va fer un silenci. En Fredrik no deia res, simplement contemplava com dansaven les flames. Se li va escapar un badall.

—Mmm —vaig fer al cap d'una estona—, escolta... l'Urström...

En Fredrik va clavar els seus ulls blaus en els meus.

—Sí?

—Creus que s'ha empipat? Vull dir... pel fet que jo sigui aquí.

En Fredrik va somriure i va recolzar els peus a la vora de la llar de foc. L'aspecte de les seves botes delatava clarament aquest costum: el cuir de la punta estava clivellat i ennegrit pel sutge.

—Per als mariners mercants, els pirates són el pitjor que hi ha, l'amenaça més perillosa a la qual s'exposen —em va explicar—. Val més que et vagis fent a la idea que no tindràs gaires amics a bord.

No vaig poder badar boca, i vaig notar com se'm feia un nus a la panxa. Trigaríem una bona colla de dies a fer cap a les Veles. I m'hauria de passar tota la travessia sent mal vista per tothom...

En Fredrik devia llegir-me els pensaments, perquè fent un somriure va afegir:

—No pateixis; si més no, aquí davant en tens un, d'amic. Què et sembla, eh?

I tot seguit em va allargar la seva manassa; confesso que em vaig sentir un pèl ridícula en encaixar-l'hi com fan els adults, encara que també molt feliç. Alguna cosa em deia que en Fredrik era el millor amic que podia tenir a bord de l'*Estrella Polar.*

Fraret per sopar

En Fredrik era la mena d'home a qui ningú no gosa enfrontar-se, ni el capità ni la tripulació. Era un dels més veterans a bord. Pesava més de cent trenta quilos, feia uns dos metres d'alçada i la barba li arribava per sota del pit.

A mi m'agradava molt. Era bo i divertit; sempre procurava que jo no tingués gaire feina per fer i a cada moment em preguntava si necessitava descansar.

A més a més, al final ni tan sols vaig haver de treure els cucs de la farina.

—Bah, tant és! —va deixar anar mentre pastàvem el pa—. Així aquests homenots quedaran més tips.

I a l'hora de l'esmorzar, va servir-los el pa amb cucs.

Jo solia asseure'm a observar com aquelles bestioles blanquinoses treien el cap entre les llesques, com es recargolaven i s'agitaven aquí i allà. Cada cop que veia alguns dels tripulants cruspir-se el pa, em marejava i em venien ois.

En Fredrik tenia un fusell. Em va dir que, de tant en tant, disparava contra algun fraret des de la coberta. Es veu que de vegades els frarets es posaven sobre els ormeigs de pesca per descansar les ales, i llavors en Fredrik corria a buscar el fusell.

Si tenia sort i l'encertava, el fraret queia mort damunt la coberta amb un deliciós i sonor *plof*. La carn del fraret era realment gustosa, almenys això crèiem ell i jo. Bé, de fet, ho creia tota la tripulació.

Efectivament, va succeir el que en Fredrik havia predit: tret d'ell mateix, cap més mariner no volia relacionar-se amb mi. Segons deien, jo duia malastrugança al vaixell, i per això em tractaven malament.

Un dia, després de rentar la platerada del dinar, en el temps lliure que teníem abans de començar a preparar el sopar, en Fredrik va decidir fer una repassada al seu fusell —netejar-ne el canó i coses així—, i jo vaig aprofitar per sortir una mica. En pujar a coberta, el vent va esbullar-me els cabells. Em vaig arrecerar al costat de la borda. L'onatge travessava la mar com si fos la respiració d'una bèstia descomunal. Ja havia vist un parell d'homes treure les tripes per la boca a causa del mareig, però a mi no m'afectava. No, m'havia passat mitja vida al mar i estava molt habituada al seu constant vaivé.

Tanmateix, mai no havia vist un onatge tan formidable. Aquelles onades et feien comprendre que les embarcacions fetes pels homes —tant se valia quants metres d'eslora o quants pals tinguessin— no eren més que fràgils capsetes de fusta.

—Mi-te-la, la valenta que ha de pelar el pirata Capblanc! —va amollar algú al meu darrere.

Vaig fer mitja volta. Hi havia tres grumets asseguts a coberta, descansant durant la seva pausa, i dos d'ells mastegaven tabac.

No vaig contestar, simplement em vaig tornar a girar i vaig continuar contemplant el mar. De totes maneres, de seguida vaig adonar-me que no tenien cap intenció de deixar-me en pau.

—Escolta, i com t'ho faràs? —em va preguntar un dels tres.

—Com faré què? —vaig dir, encara donant-los l'esquena.

Aleshores es van aixecar i se'm van apropar, mig fent tentines. Em van encerclar, i un d'ells va recolzar-se «amistosament» a la borda i se'm va quedar mirant. Tenia el nas ple de grans i els cabells del color de la palla.

—Tens fusell? —em va preguntar llavors.

—No —vaig respondre en veu baixa.

L'havia deixat a casa, amb el pare, i és que a mi el fusell em feia por, tenia pànic que se'm disparés tot sol.

—Aleshores bé deus tenir un ganivet, no? —va preguntar de nou el grumet dels grans al nas.

—No —vaig admetre.

El grumet va picar de mans.

—I com el mataràs, doncs, si ni tan sols disposes d'una arma?

—Ja ho tinc! El matarà a cops de puny! —va exclamar un dels seus companys.

Aquest altre tenia el front molt ample i duia uns ridículs

bigotis cargolats cap amunt. De sobte, em va agafar el braç i me'l va estrènyer per comprovar la meva força, i tot seguit va exclamar amb sarcasme:

—Vaja, vaja, no està gens malament! Capblanc, ja cal que et calcis!

Els altres dos van esclatar a riure i, al cap de ben poc, una colla d'homes, que també havien estat escoltant la conversa, es van arraïmar al meu voltant.

—Deixa'm anar! —vaig xisclar, estirant fort el braç—. Jo no penso lluitar!

—Sí! —va bramar algú—. Has de lluitar!

Un vell mariner barbut, amb la cara grisa i arrugada com una pansa, va venir fins a mi.

—Nena, bé hauràs de practicar una mica abans d'enfrontar-te a en Capblanc, no? —em va desafiar mentre s'arromangava les mànigues de la camisa—. Au, vinga, ensenya'ns la força que tens! Etziba'm un bon cop!

Més i més homes es van anar acostant per veure'm lluitar, i aviat vaig estar envoltada d'un grup de mariners que reien i cridaven que lluités.

—Deixeu-me tranquil·la! —vaig xisclar, intentant escapolir-me d'allà.

Però ara eren tants que em va ser impossible escapar. Quan vaig provar d'esmunyir-me entre dos mariners, em van empènyer altra vegada cap a dins.

—Va, noia, comencem! —va insistir el graciós que s'havia

arromangat i es comportava com si li anés la vida en aquella baralla—. Em moro de ganes de lluitar!

—Vinga, lluita! —van insistir els altres a cor—. Lluita! Lluita!

Finalment, i només per poder fugir d'allà, em vaig abraonar sobre el mariner i li vaig clavar un cop de puny a la barbeta. Va ser un cop irrisori, naturalment, però ell va fer comèdia, desplomant-se a terra i gemegant de dolor, com si li hagués desencaixat la mandíbula. La resta d'homes es cargolaven de riure.

Vaig intentar escapar-me de nou, però aquesta vegada el mariner de les mànigues arromangades es va posar dret i va fer un crit, fingint haver recuperat les forces. Va cloure els punys, em va agafar entre els braços i em va alçar de terra. Jo espeternegava amb fúria mentre sacsejava el cap d'una banda a l'altra.

—No vull! —vaig xisclar—. No vull!

—Digues-li això mateix a en Capblanc quan t'hagi capturat! —va cridar algú, i tothom va esclafir novament el riure.

El mariner seguia bramant.

—Ara veuràs! Et llançaré de pet al mar! —em va amenaçar estrafent la veu, com si imités la d'un pirata.

Aleshores em va arrossegar fins a la borda i jo vaig començar a xisclar desesperada, gairebé fins a esgargamellar-me, perquè ja no sabia si es tractava només d'un joc o si realment aquell home pensava llançar-me a l'aigua.

Però, tot d'una va sentir-se un tret que va ressonar pertot. El mariner, sobresaltat, per fi em va deixar anar. Vaig caure a la coberta i vaig mirar al meu voltant, cercant l'origen de la detonació. Havia estat en Fredrik, que era allà dret, amb el fusell entre les mans. Guaitava fixament el mariner, que de sobte es mostrava d'allò més submís i mirava en Fredrik bocabadat.

—Q-que volies d-disparar c-contra mi? —va quequejar el mariner.

—I ara! Mai de la vida se m'acudiria fer una cosa així —va respondre en Fredrik.

I en acabat va anar-se'n una mica més enllà i va recollir una cosa amb plomes de terra. L'ocell tenia les potes palmades i un bonic bec amb una gran franja vermella, una de blava i una altra de groga. Li sortia sang del ventre. En Fredrik em va mirar.

—Vens amb mi, Napbuf?

Em vaig aixecar, encara tremolant de cap a peus, i vaig córrer cap a ell. El cor em bategava desbocat. En Fredrik em va posar una mà a l'espatlla. I llavors va observar, gairebé un per un, tots els mariners que s'havien quedat allà, contemplant l'espectacle.

—Què, nois? Ja us sentiu més bé, ara que heu atemorit una pobra criatura?

Al principi ningú no va contestar, però després un dels mariners, amb un somriure adulador, va fer:

—Només volíem divertir-nos una estoneta... Segur que ella se n'ha adonat —es va escurar la gola—. Au va, Fredrik, tu sempre has tingut bona punteria. Ens anirà bé una mica de fraret per sopar.

En Fredrik va penjar-se el fusell a l'espatlla i, abans de girar cua, li va engegar:

—Tu, tros de miserable, soparàs arengades. Aquest fraret és per al personal de cuina.

En acabat, vam tornar al nostre racó. Em vaig asseure en un tamboret i, a mesura que el cor se'm tranquil·litzava, sentia tremolors als braços i a les cames. Vam plomar l'ocell entre tots dos. I després en Fredrik el va cuinar la mar de bo; el va farcir amb ous i panses, i el va posar al foc.

—Per què ets tan amable amb mi? —li vaig preguntar quan ens disposàvem a gaudir d'aquella carn tan saborosa.

—Amable? —va repetir en Fredrik amb una riallada—. Creus que soc amable?

—Sí —vaig afirmar—, que no ho veus tu?

En Fredrik es va arronsar d'espatlles.

—No ho sé pas, si soc amable —va dir molt fluixet—. Si més no, amb tu he procurat ser-ho.

—I per què?

—Doncs... perquè penso que a algú que té la intenció d'enfrontar-se al pirata Capblanc li pot anar bé una mica d'afecte.

Vaig sentir una esgarrifança en escoltar les seves paraules. Un cop, l'Olav, l'amic del pare, va tenir una cabra i, quan la cabra va envellir i es va posar malalta, l'Olav va saber que l'hauria de sacrificar. Allò el feia sentir tan malament que, durant uns quants dies, tractava la cabra amb una amabilitat exagerada: l'alimentava amb pa de blat i altres delícies, fins que al final se'n va desfer. L'explicació d'en Fredrik em va recordar aquella cabra.

—L'has vist mai? —vaig demanar-li—. En Capblanc.

En Fredrik va acalar els ulls i es va mirar els peus. Es va ficar una pansa a la boca i la va mastegar amb calma. En acabat, va amollar un sospir tan profund que va ser com si se li buidés tot l'aire dels pulmons.

—Surto a fer un tomb —va dir.

Llavors es va aixecar i va desaparèixer de la cuina.

Lluny, molt lluny de casa

Després d'aquella conversa, en Fredrik no va tornar a dirigir-me la paraula en tot el dia. Va ser com si el seu esperit alegre s'hagués ennuvolat de sobte, i ara els seus ulls semblaven els còdols suaus i grisos que arrossega el mar.

Al vespre no el vaig veure. I em vaig haver d'encarregar jo sola del sopar de tota la tripulació. Al final me'n vaig sortir, però el fet que estigués enfadat amb mi em feia sentir molt malament. Bé, potser «enfadat» no era la paraula, però en qualsevol cas, vaig comprendre que li havia fet una pregunta que hauria d'haver callat.

Després de servir el sopar, i quan tothom va haver acabat de menjar, em tocava desparar taula. Vaig lligar-me el davantal a l'esquena i vaig baixar per l'escaleta. Era molt dreta i en Fredrik havia intentat ensenyar-me a baixar-la d'esquena, que era la manera més fàcil i més segura. Tanmateix, jo gairebé sempre la baixava de cara, com si fos una escala normal.

A la cabina hi feia molta xafogor. De les parets penjaven uns fanals que irradiaven una claror daurada i acollidora. Eren imprescindibles, perquè a l'altra banda dels ulls de bou la nit era negra com el carbó.

Encara quedaven set o vuit homes asseguts a la taula. I a causa de l'aiguardent, havien començat a alçar la veu. El capità Urström n'era un.

Sense dir ni piu, vaig posar-me a recollir els plats de fusta, els gots i les culleres. Aquella nit les onades rugien desbocades, colpejant amb força el buc de la nau.

Quan vaig arribar al racó on seien els darrers mariners, la cridòria va minvar. Els homes em seguien amb la mirada mentre buidava els plats i els col·locava en una pila. Tot d'una, un d'ells em va agafar pel braç i em va preguntar:

—Què? Era bona la carn?

Es tractava de l'home a qui en Fredrik abans havia anomenat «miserable».

Era bastant grassó i duia un serrell recte. Tenia la mirada rabiüda, suposo que trobava injust que en Fredrik l'hagués menyspreat davant de tothom.

En comptes de respondre-li, vaig remugar alguna cosa entre dents. Llavors me'n vaig desempallegar i vaig continuar recollint els plats. Insatisfet, l'home grassó va elevar el to de veu, volia que tota la resta sentís el que deia:

—Capità, és convenient que un vaixell de càrrega dugui a bord una caçadora de pirates?

El capità Urström tampoc no va contestar-li, simplement es va limitar a toquejar un dels seus anells d'or. Ben mirat, no era el tipus de persona a qui escauen aquella mena d'anells. Era com si els lluís per semblar més important, però a mi em semblava més aviat ridícul. Com un moltó al qual no han crescut les banyes.

—El que vull dir és... —va prosseguir el mariner grassó—, què passarà quan els pirates capturin la nena i descobreixin que ha arribat a les Veles a bord del nostre vaixell?

El capità Urström va fer un glop d'aiguardent, però va continuar callat.

—Si jo fos en Capblanc —va afegir el grassó—, estaria bastant emprenyat amb el capità que hagués transportat la nena a través de la mar de Gel. Em faria l'efecte que el capità de l'*Estrella Polar* vol convertir-se en el meu enemic. I potser el buscaria per donar-li una lliçó. Potser fins i tot enviaria la seva nau al fons del mar.

—És només una criatura —va fer l'Urström sense perdre la serenitat.

—Una criatura, sí —va replicar el grassó—. Però, que jo sàpiga, també és l'única persona que ha gosat desafiar en Capblanc.

Es va fer un silenci. Tan sols se sentia l'etern espetegar de les ones contra el buc mentre avançàvem per la mar com un fustot solitari. Jo sabia perfectament que el mariner grassó havia verbalitzat un temor que tots compartien. Tal volta el capità Urström més encara que ningú.

—Estic d'acord amb l'Ottosen —va intervenir un altre dels homes—. Per què nosaltres, que ens dediquem tranquillament a transportar mercaderies d'un lloc a l'altre, hem de posar en perill les nostres vides per culpa d'ella? El millor que podem fer és no donar motius a en Capblanc perquè s'enfadi.

Es va fer un nou silenci. L'Urström se'm va quedar mirant amb les celles arrufades. Gairebé es podia sentir com li cruixia el cervell.

—Però és que no és segur que... —vaig defensar-me amb un fil de veu eixuta—. Potser els pirates no aconseguiran atrapar-me.

Totes les mirades es van dirigir cap a mi i ara ningú no reia. Però no hi havia cap dubte del que estaven pensant. I era que la nena que tenien al davant era una ximpleta i una ingènua. De fet, diria que en aquell moment la majoria d'ells es va compadir de mi.

—Bé, me n'he d'anar a rentar els plats... —vaig murmurar.

I a continuació vaig agafar la pila de plats i vaig tocar el dos d'allà, tan ràpida i silenciosa com un ratolí.

Aquella nit vaig estar-me una bona estona desperta al coi. Vaig plorar i plorar sense poder parar. Les llàgrimes em rodolaven galtes avall i em recordaven les tardors en què la Miki i jo anàvem a la platja a buscar restes de naufragis. A la tardor, les onades sempre són braves i escumejants, les tempestes les fuetegen en totes direccions, i arreu l'aire té gust de mar. Sí, i quan tornes a casa tens els llavis secs i arrugats per la sal.

No plorava pas perquè els homes de l'*Estrella Polar* es portessin malament amb mi, això podia suportar-ho. Sinó perquè tenien raó. Com podria jo, un napbuf que amb prou feines arribava a la borda, vèncer algú tan temible com en Capblanc? Ningú no s'atrevia ni tan sols a intentar-ho, i fins i tot els homes més forts i corpulents li tenien un pànic mortal. En canvi, una il·lusa com jo s'havia fet a la mar sense fusell, sense ganivet i sense la més petita idea de com actuar. Vaig tombar-me amb compte, perquè és molt fàcil caure daltabaix d'una llitera. Els taulons del vaixell cruixien i grinyolaven, i la tripulació roncava. Feien torns per dormir, és clar; calia que sempre hi hagués uns quants mariners ocupant-se dia i nit de l'embarcació, que solcava les ones amb el nas en direcció a les illes del Llop i el cul mirant a Badia Blava. Ja havíem recorregut una bona part del trajecte. Les aranyes marines que de tant en tant s'enfilaven a bord eren grosses com pastissets de peix. Estava lluny, molt lluny de casa. Què podia fer?

De sobte, mentre reflexionava sobre la meva situació i plorava com una magdalena, algú em va sacsejar. Vaig tenir un bon ensurt, perquè pensava que tothom dormia. En girar-me, vaig distingir el perfil d'una persona alta, fornida i ampla d'espatlles.

—Pots venir un segon? —em va demanar en Fredrik.

Vaig aixecar-me d'una revolada i em vaig calçar les botes de seguida. La jaqueta ja la duia posada, ja que les nits a l'*Estrella Polar* eren gèlides. En Fredrik anava davant meu; vam baixar les escales a correcuita, i en un tancar i obrir d'ulls vam arribar a la cuina.

Durant una estona llarga, ell no va badar boca, i jo tampoc. Mentrestant, em vaig eixugar les galtes; i el plor no va trigar a refugiar-se'm a l'estómac, el seu amagatall preferit. Aleshores en Fredrik va escalfar aigua, després va ficar la mà al fons de tot d'un calaix i en va treure un pot de mel. Era un pot secret, per descomptat, només seu. Va posar dues cullerades curulles de mel en una tassa, hi va afegir l'aigua calenta i me la va oferir.

—En vols? —va fer.

—No, gràcies —li vaig contestar.

En Fredrik va deixar la tassa sobre la taula. A les brases no els quedava gaire força. Va afegir-hi una mica més de llenya i va remenar el foc amb l'atiador.

—Estàs enfadat amb mi? —li vaig preguntar.

Ell va empassar saliva alhora que fixava la mirada en les flames dansarines. Després va deixar anar un sospir, un sospir tan profund que em va fer la impressió que es quedaria sense alè.

—No, no estic enfadat amb tu —va respondre—. És culpa meva. —Es va observar les mans, que reposaven sobre els genolls, i va restar uns minuts així abans de prosseguir—: Tu i jo tenim més coses en comú del que creus. No només el fet de saber plomar aviram i preparar farinetes.

—Ah, sí?

—Com es diu la teva germana? —va voler saber—. La que va segrestar en Capblanc...

—Miki —vaig dir.

En Fredrik va assentir amb el cap.

—La meva es deia Hanna.

—Què?

—La germana que en Capblanc em va arrabassar es deia Hanna —va dir en Fredrik—. Tenia onze anys.

La història de la Hanna

Apenes podia creure el que en Fredrik m'acabava d'explicar. Ell havia passat pel mateix que jo! En Fredrik, amb la seva imponent barba roja i els seus dolços ulls blaus, ell que gairebé sempre estava content, que fins i tot era capaç de pelar dotze quilos de colinaps sense perdre el somriure... Doncs a ell en Capblanc també li havia arrabassat una germana!

—Com va ser? —li vaig preguntar.

Tan bon punt va començar a relatar-me la seva història, a en Fredrik se li va endurir el rostre. I com més enraonava, més se li enduria.

En Fredrik i la Hanna vivien en una caseta situada en una illa mitjanament gran, l'illa de les Escates. Tots dos eren tan pèl-rojos que semblava que de les seves gorres en regalimés or fos. Els seus pares treballaven als coberts del moll, netejant bacallà, tal com feien la majoria de mares i pares de l'illa, i és per això que l'illa s'anomena així. Pràcticament cada vespre, la família sopava ous de bacallà bullits o fregits, que és un plat la mar de bo. Tanmateix, en Fredrik em va confessar que havia menjat tants ous de bacallà al llarg de la seva vida que els tenia del tot avorrits. N'estava fins als nassos, d'aquella massa

grisa i granulosa, i ara el que més li agradava del món eren els crancs acabats de bullir.

Un matí, quan els pares ja havien sortit a treballar, en Fredrik li va dir a la seva germana que es vestís, que anirien junts al moll. Com que era dos anys més gran que ella, en Fredrik sempre decidia què farien durant el dia. Allà, al costat del moll, cada família de l'illa de les Escates tenia el seu propi cobert per desar-hi les xarxes, les canyes i els bertrols. No tothom disposava de nanses cranqueres, ja que a les aigües de l'illa de les Escates hi escassejaven els crancs i, per tant, no era gaire rendible dedicar-se a caçar-los. Tot i així, hi havia un vell pescador anomenat Färden que tenia unes quantes nanses d'aquestes i, quan tenia sort, aconseguia atrapar-ne alguns.

Quan en Fredrik i la seva germana van arribar als coberts, no hi havia ni una ànima. Molts vaixells ja s'havien fet a la mar. Aleshores van agafar tres nanses cranqueres del cobert d'en Färden i se les van endur a la seva barca. Van remar cap al nord. La majoria de pescadors solien pescar o bé a l'oest o bé al sud de l'illa, però en Fredrik i la Hanna s'estimaven més no trobar-se amb ningú aquell dia. Van esquerar les nanses amb ous de bacallà que havien dut de casa i les van submergir a l'aigua.

La pesca del cranc funciona així: per poder obtenir una bona captura, cal deixar les nanses dins del mar com a mínim una nit sencera. Però, és clar, en Fredrik i la Hanna no podien tenir les nanses d'en Färden en préstec durant tant de temps, i tot just al cap d'un parell d'hores en Fredrik va decidir donar-hi un cop d'ull per veure si havien caçat alguna cosa.

I per increïble que sembli, resulta que havien estat de sort! Havien pescat set crancs enormes. Set! A l'illa de les Escates feia anys que ningú no havia vist tants crancs junts, i allò bé podria convertir-se en una petita llegenda de pescadors. Però ara en Fredrik i la Hanna només volien tornar ràpidament cap a casa per cruspir-se els crancs abans que tanquessin els coberts. En Fredrik va prendre els rems i va posar rumb a l'illa de les Escates sobre el mar onejant.

Poc després la Hanna va adonar-se que se'ls acostava una altra barca. A correcuita es van amagar les nanses cranqueres sota les jaquetes i van comprovar que cap cranc se'ls hagués escapat del viver.

L'home amb qui van topar es deia Loa. En Loa havia sortit a caçar frarets i els va explicar que en Färden estava molt empipat al moll. Pel que semblava, algú li havia pispat tres nanses cranqueres i pensava passar-se el dia allà assegut fins que aparegués el lladre. A continuació, en Loa va seguir remant, sense amoïnar-se de què feien en Fredrik i la Hanna al mar.

Ara en Fredrik i la Hanna no sabien què fer. L'illa de les Escates era costeruda i només hi havia dos bons llocs per desembarcar. Un era el gran embarcador on hi havia els coberts per netejar peix, però allà els seus pares podien descobrir-los fàcilment, i l'altre era el petit embarcador on en Färden feia guàrdia per enxampar-los. En Fredrik li va dir a la seva germana que estava disposat a rebre algun clatellot per haver-se endut les nanses cranqueres, però que de cap de les maneres volia renunciar als crancs. I el més probable era que en Färden fes un cop d'ull al viver i reclamés com a seus els set crancs, ja que s'havien caçat amb les seves nanses. Així doncs, en Fredrik va decidir que fessin el següent: la Hanna desembarcaria i es quedaria amb els crancs en un dels illots propers. I ell aniria fins al moll petit amb les nanses i confessaria a en Färden que se'ls havia emportat, però que no havia aconseguit pescar res. El vell pescador li clavaria un fart de llenya i llavors ell podria tocar el pirandó. Aguaitaria en Färden fins que el vell pescador marxés del cobert, i aleshores es ficaria corrents dins la barca i remaria fins a l'illot per recollir la Hanna.

En arribar a aquesta part del relat, en Fredrik va restar uns segons en silenci. Els ulls se li van humitejar. Les brases van fer uns quants espetecs.

—Ella no volia quedar-se sola... —va recordar en Fredrik—. Deia que tenia por.

—Dels pirates? —vaig preguntar.

En Fredrik va assentir.

—Pocs anys abans, havien raptat un parell de nens que vivien just al costat, a l'illa del Golut. Tot i això, jo vaig dir-li que no fos ruca, que no li passaria pas res. Que estúpid que vaig ser! L'únic que tenia al cap eren els crancs.

Per uns instants va ocultar el rostre entre les mans. Després es va mocar i va reprendre el relat.

En Fredrik va desembarcar la Hanna en un escull força menut i va amagar els crancs dins el forat d'una roca, molt a prop del mar, de manera que el forat era ple d'aigua salada. Llavors va manar a la seva germana que els vigilés bé, perquè no volia que se n'escapés cap. I finalment va tornar a la barca i va marxar remant. En arribar a l'illa de les Escates, va rebre un parell de bufes i una bona esbroncada. Després va cercar un amagatall segur i va esperar que en Färden se n'anés. Però l'home s'hi va estar més estona, perquè just aquell dia havia decidit sargir-se les xarxes. I sargir una xarxa de pesca requereix temps, sobretot si se'n tenen moltes, i en Färden en tenia un grapat. Per tant, en Fredrik va haver d'esperar molta estona.

A les dotze del migdia ben tocades, en Färden va enllestir la feina i per fi va marxar. En Fredrik va córrer fins a la barca; temia que, aleshores, la Hanna ja estigués morta de por. Ell i tot en tenia, de por, perquè no li feia cap gràcia sortir a la mar quan començava a fer-se fosc. Feia moltes hores que no menjava res i no podrien cuinar els crancs fins l'endemà. En qualsevol cas, aquella era la menor de les seves preocupacions; ara el que volia era recollir la seva germana i endur-se-la a casa d'una vegada.

Vaig notar com se'm tensaven tots els músculs del cos a mesura que en Fredrik em contava la resta de la història. Com havia arribat fins a l'escull i havia descobert que la Hanna no hi era; com, després de desembarcar, havia corregut entre roques i matolls, com havia relliscat, ensopegat i caigut, i com havia cridat la Hanna fins a perdre la veu. I com, en travessar el bosc pelat de l'escull i arribar a l'altra banda, va veure el maleït vaixell. Malgrat trobar-se molt lluny ja de l'escull, el seu color blanc resplendent el feia inconfusible: es tractava sense dubte d'*El Corb de Neu*, la nau del pirata Capblanc. En Fredrik em va explicar que, en aquell instant, va tenir la sensació que tota la sang del cos se li escolava i es vessava per terra; que per l'interior de les venes, en comptes de sang, li corria un esfereïment glaçat. El terror va instal·lar-se dins seu i l'estómac se li va transformar en un niu de pors on niava l'angoixa. I a pesar de ser un adult, a pesar dels anys que havien passat, aquella sensació de terror continuava acompanyant-lo.

El vaig guaitar amb sorpresa. Hi havia tantes coincidències en les nostres històries! Gairebé tot!

—Sí, però la gran diferència entre tu i jo —va concloure en Fredrik— és que jo vaig ser massa covard per sortir a buscar-la. Vaig quedar-me a l'illa de les Escates com un miserable covard, i un parell d'anys més tard, vaig viatjar a Més Enllà i em vaig enrolar a l'*Estrella Polar.* Des d'aleshores, no he tornat a casa ni un sol cop; em fa massa vergonya.

Es va mossegar el llavi inferior, que tenia ben ressec, durant una bona estona. Després va fitar-me amb els seus ulls enrogits i bondadosos. Per un moment, vaig creure que esclataria de nou a plorar, però no ho va fer. En canvi, amb una gran serenitat, em va dir:

—Siri, t'ajudaré a recuperar la teva germana. Hi he estat donant voltes tot el dia. Durant dotze anys he navegat amunt i avall pel mar, amb l'esperança d'oblidar el que va passar, el que vaig fer. Però una cosa així no es pot oblidar. Soc conscient que la Hanna fa temps que és morta. Pel que es veu, les criatures mineres no sobreviuen gaire temps. Però si jo... —Va respirar fondo, l'aire li va vibrar a la gola—. Si t'ajudo a rescatar la Miki, aleshores potser... potser aconseguiré sentir-me ni que sigui una mica millor.

Amb prou feines puc descriure com em vaig sentir en escoltar les seves paraules; de sobte, vaig començar a esbufegar i a riure de tal manera que devia semblar una autèntica beneita. En Fredrik havia dit que m'ajudaria! En Fredrik, que tenia un fusell i era tan alt i fort que podia aixecar tres sacs d'ordi amb els braços! No hi podia haver un home més adient per ajudar-me. De cop i volta, tot semblava tan senzill! Quasi com una gran aventura, més que no pas una empresa farcida de perills. Ja no estava sola en aquest viatge. Ara érem dos!

Vam estar-nos asseguts a la vora del foc, xerrant durant molta estona. Jo també vaig contar-li com havia perdut la Miki el dia de l'excursió a Poma de Ferro, i en Fredrik va estar d'acord que les nostres històries eren realment similars. Al final, vaig acabar acceptant l'aiguamel i l'estómac m'ho va agrair. Una escalforeta d'allò més agradable em va envair, i així que vaig recolzar el cap en un sac de sèmola, vaig caure profundament adormida. Ni tan sols em vaig adonar que un parell de braços musculats em van aixecar i em van dur altra vegada a la llitera. Vaig dormir fins l'endemà a mig matí, després de tenir un somni estranyíssim: no sé com, anava a parar a un poblet de carrers empedrats, on em trobava un home de cabells blancs i ondulats amb una nansa cranquera a la mà. En fixar-me detingudament en la nansa, no hi vaig veure cap cranc, sinó una nena petita amb les botes d'hivern molt gastades. I malgrat demanar-li mil vegades a l'home dels cabells blancs si es deia Capblanc, ell només reia i afirmava que era una altra persona.

Amb el fusell al llit

L'endemà en Fredrik va treure un paper que guardava a la seva motxilla. A l'entrecoberta tan sols cremava un fanalet, ens hi vam asseure ben a prop i llavors en Fredrik va desplegar el paper i me'l va ensenyar.

Era un mapa del nostre mar. Jo no n'havia vist mai cap com aquell, només els dibuixos que feia el pare sobre com devia ser la zona on vivíem. Aquest mapa, en canvi, es veia d'una hora lluny que l'havia traçat algú que en sabia un munt, de dibuixar. Hi havia balenes aquí i allà, i en un raconet fins i tot es veien un parell de petits frarets contemplant el mar. Era realment bonic.

En Fredrik va assenyalar l'illa de Més Enllà, que era el port base de l'*Estrella Polar.* I a continuació, em va indicar la nostra ruta amb el dit. La primera parada havia estat Badia Blava, el meu poble. Badia Blava era en una illa anomenada Corègon Blanc, però jo això ja ho sabia, naturalment. Després va assenyalar Poma de Ferro i la resta d'illots que pertanyien a Badia Blava, i en acabat va seguir per l'enorme i freda mar de Gel. Aviat faríem una parada a les illes del Llop per descarregar i carregar mercaderies, i tot seguit reprendríem el viatge fins a l'illa Exterior, la gran illa on hi havia la ciutat de les Veles. En pensar en aquell indret terrible vaig notar una forta fiblada a l'estómac, i fins i tot em vaig marejar una mica en observar la gran constel·lació d'illes que l'envoltaven. Es veien tan menudes! Com puces que l'illa Exterior s'hagués espolsat del damunt. I una d'elles era la del capità Capblanc...

—Com aconseguirem trobar-la? —vaig preguntar.

En Fredrik es va mossegar el llavi inferior.

—Ja ho veurem quan arribem a les Veles —va dir—. Els pirates a qui els agrada la cervesa són els més bocamolls, i al port n'hi ha un fotimer, de tavernes de mala fama: Les Armes de les Veles, La Porta Verda, Els Dos Porquets... Ens allotjarem en alguna d'aquestes i després... bé, després haurem de fer un tomb i preguntar un mica.

El vaig contemplar, assegut allà, amb la llum del fanalet ballant-li a les pupil·les. I en aquell precís moment em va semblar la millor persona del món. El pare i la Miki també eren persones excel·lents, no cal ni dir-ho, però ara els tenia tan lluny! Era com si fossin en un altre món, fins i tot en un món de mentida. En el món de debò, en aquesta mar immensa, gèlida i onejant, hi havia un sol punt lluminós: en Fredrik i el seu bonic esguard, càlid i del color del cel. I per això aleshores jo el considerava la millor persona del món.

—Doncs si ens hem d'allotjar a un hostal —vaig fer dubtosa—, sàpigues que jo no tinc diners. En realitat, no tinc res.

—No t'amoïnis per això —em va tranquil·litzar en Fredrik—. Com bé saps, fa una pila d'anys que cuino per a la tripulació de l'*Estrella Polar*, i a hores d'ara tinc uns quants estalvis.

De nou va abaixar la mirada cap al mapa, i va deixar que vagaregés per tots els puntets que rodejaven les Veles, com si provés d'endevinar a quina d'aquelles minúscules illes havíem de dirigir-nos. Llavors, tot d'una, va plegar ràpidament el mapa i va dir:

—Val més que anem a parlar de seguida amb el capità Urström. Ell n'ha d'estar al corrent, de tot això.

—V-vols dir? —vaig fer temorosa—. I no s'enfadarà?

En Fredrik va somriure.

—I ara! El pobre Urström no ens causarà cap problema —em va tranquil·litzar novament—. Au, anem.

En Fredrik se'm va avançar per l'escaleta i, en arribar a la coberta superior, va encaminar-se amb determinació cap a la cabina del capità Urström. Feia l'efecte que caminava més dret i amb més lleugeresa que abans. Com si la seva decisió d'ajudar-me hagués donat a les seves passes un impuls i una força que abans no tenien. Va trucar a la porta, va respirar fondo i va guaitar ple d'expectació les ones del mar.

—Sí? —es va sentir des de l'altre cantó de la porta.

En Fredrik va obrir i va entrar. Jo el vaig seguir. La cabina del capità era bastant estreta; en Fredrik es va haver d'ajupir per no colpejar-se amb el sostre. Hi havia quatre fanals penjats a les parets, tots encesos. En un prestatge reposaven uns quants llibres grans i gruixuts. El llit, lògicament, era millor que el de la resta de la tripulació. No era pas una hamaca penjant, sinó que estava fet de fusta; l'edredó es veia tou i confortable, i la manta no era una manta de llana qualsevol, era d'un teixit lluent i elegant, amb costures. I just al damunt de la llitera, el capità Urström hi tenia el fusell.

El vam trobar assegut darrere d'una tauleta, amb el nas enfonsat en un patracol de papers. Suposo que devien ser llistats de mercaderies. Va alçar la vista un instant i, en acabat, va continuar estudiant els papers.

—Vaja... —va fer— ara resulta que les farinetes es fan soles?

En Fredrik no li va tornar contesta, simplement es va ficar les mans a les butxaques i se'l va quedar mirant. Llavors l'Urström va deixar de seguida els papers i va creuar les mans damunt la taula.

—Vejam, què voleu?

—He vingut a demanar-te el meu sou —va dir-li en Fredrik.

—El teu sou? —va fer l'Urström, astorat.

—Sí —va respondre en Fredrik—. I també et faig saber que abandonaré el vaixell tan bon punt arribem a les Veles.

—Deixes el vaixell? Però, per què?

En Fredrik va fer un gest amb el cap, assenyalant-me a mi.

—La nena i jo seguirem junts. L'ajudaré a trobar el pirata Capblanc i a rescatar la seva germana petita.

L'Urström va parpellejar un parell de vegades, i el front se li anava arrufant per moments.

—Què dius ara? T'has begut l'enteniment, o què? —va exclamar.

—En absolut —va replicar en Fredrik—. És la primera decisió correcta que prenc des de fa temps.

—Correcta? —va bufar l'Urström—. Creus que és gaire intel·ligent sortir en busca d'en Capblanc?

En Fredrik tampoc no li va respondre aquesta pregunta. L'Urström va esbufegar, empipat, i va fer que no amb el cap.

—Si goses desafiar en Capblanc, posaràs en perill la meva vida i la de tota la tripulació, que no ho veus?! —va objectar.

—Ho faig perquè és el que he de fer —va afirmar en Fredrik amb contundència—. Hauries d'estar d'acord amb mi, en comptes de pensar només en tu. I ara et demano que em paguis tots els diners que encara em deus. La nena i jo haurem de comprar munició i altres coses quan arribem a les illes del Llop.

Els ulls de l'Urström espurnejaven de ràbia. Es va posar dret tan de pressa que de poc no cau de la cadira.

—Navegaràs fins a Més Enllà, tal com havíem acordat! —va grunyir, llançant saliva per la boca—. I aquesta bestiesa de perseguir en Capblanc, més val que te la treguis immediatament del cap! M'has entès?

En Fredrik va posar els punys sobre la tauleta i va inclinar-se amb calma cap a l'Urström fins que el va tenir només a un dit de la cara.

—El meu sou, Urström —va ser tot el que va dir.

L'Urström respirava tan acceleradament que el cos li tremolava de cap a peus. Van transcórrer alguns minuts i jo em preguntava com acabaria aquella discussió. Vaig dirigir la vista altre cop al fusell, just al damunt de la magnífica llitera. Això em va fer recordar una antiga dita de Badia Blava: el poruc dorm amb el fusell al llit. I en efecte, de tots els homes que navegaven a bord de l'*Estrella Polar*, el capità era segurament el més poruc.

L'Urström ja no va alçar més la veu, va comprendre que havia perdut la batalla. Aleshores va anar fins a un armari que hi havia a tocar de la llitera i, després de treure's una clau de la butxaca, el va obrir i va agafar un gran cofre. Va tornar a seure i va comptar els diners que devia a en Fredrik. En Fredrik em va mirar de reüll, i em va semblar que s'estirava encara un tros més en rebre el grapat de monedes. I és que eren moltíssimes! N'hi havia de coure i fins i tot algunes de plata! En Fredrik se les va guardar totes al moneder. L'Urström se'l mirava amb cara de pomes agres.

—I qui ens farà el menjar entre les Veles i Més Enllà? —va preguntar—. T'has parat ni tan sols a pensar-hi?

En Fredrik va sacsejar el cap.

—No tinc cap dubte que trobaràs algú a les Veles. Allà hi ha molta gent de mar.

L'Urström va remugar.

—No vull mariners d'aquesta mena a bord del meu vaixell.

—Tu mateix —va fer simplement en Fredrik.

En acabat, va assentir en senyal d'agraïment i tots dos vam marxar junts de la cabina de l'Urström.

En tornar als nostres cois, en Fredrik va guardar-se el moneder a la motxilla.

—Molt bé! —va exclamar—. Ara tenim diners de sobres per comprar munició i pagar-nos l'estada a una fonda. No et sembla, Napbuf?

—I tant! —vaig respondre, entusiasmada—. Són molts diners!

Les illes del Llop

Tres dies després vam desembarcar a les illes del Llop. L'arribada va ser d'allò més emocionant. Jo era dalt, a coberta, quan vam atracar. Des de ben petita, el pare em contava històries sobre els llops blancs, que tenien les dents llargues i esmolades com ganivets. Eren tan perillosos com bonics, i a les illes del Llop n'hi havia milers. Voltaven pertot arreu, pels camp, pels prats i, de vegades, fins i tot entraven als pobles. Quan això passava, calia afanyar-se a tancar bé la porta de casa.

El port on vam arribar no semblava pas gaire gran, amb prou feines un pèl més que el de Badia Blava. Amarrats al moll, hi havia un parell de vaixells mercants, però la majoria eren petites barques pesqueres.

Els estibadors van començar de seguida a descarregar la mercaderia de l'*Estrella Polar* destinada a les illes del Llop. Es tractava principalment de fusta i sacs de gra provinents de l'illa de Més Enllà, i de barrils d'arengs i greix de Badia Blava. La càrrega es dipositava als magatzems de l'oficina portuària, on es guardava fins que qui necessités fusta, gra i arengs anés allà a buscar les mercaderies. L'Urström va anar a parlar amb un responsable de l'oficina portuària, i vaig deduir que probablement parlaven de diners.

Llavors vaig veure que en Fredrik baixava per la passarel·la. Havíem d'anar a comprar munició per al seu fusell, a més d'altres estris. Vaig córrer darrere seu, ben abrigada amb el meu jersei de llana de coll alt i la jaqueta.

Feia més d'una setmana que havia embarcat a l'*Estrella Polar* i se'm va fer agradable tornar a caminar en terra ferma. Tot i així, quan em vaig aturar enmig del port i vaig mirar al meu voltant, encara tenia la sensació que tot es bellugava. La neu barrejada amb brutícia tenyia el terra de gris. Sobre les escales de les oficines del port hi havia un cartell amb un nus daurat dibuixat. Al costat hi havia un munt de barrils d'aiguardent, juntament amb unes grans caixes plenes d'oli per als fanals. Era evident que a les illes del Llop hi havia molta necessitat de llum i escalfor.

En Fredrik es va acalar la gorra per tapar-se bé les orelles.

—Bé doncs, anem a comprar —va dir, i vam encaminar-nos junts cap a les botigues.

Malgrat que encara era molt d'hora, la gent ja estava llevada. Es rentaven a la neu i carregaven els seus trineus. Les cabanes eren baixes i estaven bastant esgavellades. Fins i tot en vaig veure una que, en lloc de teulada, tenia una barca de cap per avall. Pel que semblava, aquí no disposaven de gaires materials per a la construcció. Per tant, segur que la fusta provinent de l'illa de Més Enllà devia costar una fortuna.

En fixar-me més atentament en aquelles persones, vaig adonar-me que, igual que les cabanes, el seu aspecte també era força atrotinat, ja que tenien els rostres marcats per profundes cicatrius, per ferides d'ullals i d'urpes.

—Guaita! —vaig cridar— Un llop!

Una mica més enllà, per un dels carrers del poble, s'aproximava un home caminant amb un llobató lligat amb una corretja. El cadell, que li arribava a l'home a l'altura dels genolls, feia saltirons tot enjogassat al seu costat, i l'home, a pesar de dur el braç embenat, semblava feliç amb el seu petit camarada. Es va aturar i li va acaronar el caparró, i aleshores el llobató li va rosegar els baixos dels pantalons i els hi va deixar encara més estripats del que ja estaven. L'escena em va fer riure, era tan tendra i alegre!

—Vinga, anem tirant —va fer en Fredrik, que no tenia cap ganes d'haver de córrer per preparar a temps les farinetes de l'esmorzar.

El cert és que jo m'hauria volgut quedar allà, mirant aquell graciós llobató durant més estona, però en Fredrik em va assegurar que a l'illa hi havia llobatons pertot arreu, i em va dir que segur que en trobaríem més si continuàvem caminant.

I així va ser! Pel carrer no en vam veure, però en entrar a la botiga on anàvem a comprar, se'm va escapar un xiscle d'alegria: en un racó hi havia un cadellet assegut, amb un collar i fermat a la paret amb una cadena de ferro.

—El puc acariciar? —li vaig demanar al botiguer mentre m'hi acostava.

L'home, des de darrere el mostrador, em va fer que sí amb el cap. Però em va advertir que seria culpa meva si sortia d'allà sense mans. Llavors va saludar en Fredrik i li va oferir diferents tipus de munició per a fusells.

Vaig situar-me a una distància prudencial del llobató i vaig asseure-m'hi al davant, a la gatzoneta.

—Hola, menut! —li vaig xiuxiuejar.

El cadellet estirava la cadena per apropar-se a mi, es notava que volia jugar. M'hi vaig acostar un mica més. Vaig allargar la mà per veure com reaccionava, però només perquè em pogués arribar al palpís dels dits; vaig pensar que, si em mossegava, podria seguir navegant sense les puntes dels dits.

El cadell em va llepar els dits. Va ser una sensació tan agradable, tan càlida i suau, que no vaig poder evitar que se m'escapés el riure.

—Guaiteu! —vaig fer—. Té gana!

El botiguer i en Fredrik estaven ocupats parlant de les bales, però van tombar-se a mirar-me i van somriure.

—Vine, et donaré una coseta per a ell —em va dir l'home.

Vaig córrer cap al mostrador. El botiguer va desaparèixer darrere d'una cortina i va tornar amb un tall de peix sec. Duia unes patilles tan llargues que gairebé se li ajuntaven sota la barbeta.

—Això li agrada molt —va fer—. Si el vols comprar, te'l deixaré a preu de ganga.

—Està en venda?

—I tant! —va exclamar el botiguer—. I com més aviat me'l tregui de sobre, millor. Si no, s'acabarà cruspint tot el peix que tinc.

Vaig tornar amb el cadellet i li vaig oferir el bocí de peix. Se'l va empassar en un tres i no res. I després ja vaig gosar acaronar-li el cap. Oh, tenia un pèl tan suau i tan preciós! I les orelletes eren tan minúscules, amb prou feines semblaven dues arruguetes.

—Tant de bo tingués diners per comprar-lo! —vaig exclamar—. És tan rebonic!

En Fredrik va somriure i va continuar els seus tractes amb el botiguer, que va tornar a desaparèixer darrere la cortina. Al cap de ben poc, però, va sortir amb dues mantes de llana noves, guants de pell ben gruixuts, una llauna d'esca i un parell més d'articles. Ho va embolicar tot amb les mantes i llavors ho va lligar amb un cordill per fer-ne un farcell. En Fredrik va treure el moneder i va pagar. Després es va col·locar el farcell sota el braç.

—Au, Napbuf, ja estem llestos —em va dir.

Jo vaig allargar els dits per tocar el cadellet un últim cop abans de marxar. Aquella llengüeta rosada em semblava la coseta més meravellosa del món.

Fora havia començat a nevar i em vaig apartar els petits flocs de neu que em cobrien les pestanyes. Ara al carrer encara hi havia més vida, perquè la majoria de comerços ja havien obert les portes. I si per aquest carrer passegés una nena de cabells foscos amb un llobató lligat a una corretja? I si aquesta nena es digués Siri? Mare meva, desitjava tant, tantíssim, un llobató, i em sentia tan feliç i entusiasmada amb aquell poble, que no podia parar de fer bots mentre caminàvem per la neu.

Tanmateix, en aproximar-nos al port vam sentir unes veus crispades. I en arribar-hi, vam veure dos homes dins d'un gran trineu. Lluitaven contra un llobató sense corretja. Un dels homes, que calçava unes botes de canya altes fins als genolls, tenia una cadena a mans i intentava passar-la pel coll del llobató, que enlairava les potes i ensenyava les dents. L'home tenia les mans i la cara ensangonades.

—Subjecta'l fort! —li cridava a l'altre home, que duia un barret d'ala ampla i una barba molt llarga.

—Sí, sí, ho estic intentant! —feia, també a crits, l'altre home.

Però, així que provava d'acostar-se per darrere al llobató, aquest es rebel·lava i alçava les potes, de manera que reculava, esporuguit.

En Fredrik i jo ens hi vam apropar. Se'm va fer un nus a l'estómac en contemplar com el cadellet lluitava i es defensava. No calia ser gaire llest per adonar-se que estava mort de por. Tenia el pèl del llom tan eriçat que semblava un raspall.

Aleshores el vell de l'oficina portuària va venir a donar un cop de mà. Era un home robust, de cabells llargs i encanudits, coberts amb una gorra de pell. Portava una escombra a les mans i va començar a clavar-li cops al pobre llobató.

—Pari! Pari! —vaig escridassar-lo, però cap dels tres homes no em va sentir, és clar.

—Siri, anem-nos-en d'aquí —em va manar en Fredrik mentre m'estirava fort del braç.

Però jo no em vaig moure; a pesar del malestar que em produïa veure-ho, no podia allunyar-me d'aquell horrible espectacle.

El vell de l'oficina portuària encara va colpejar amb més força el petit llobató i l'animaló s'agitava i sacsejava tot el cos per tal de defensar-se. Llavors l'home de les botes altes va aconseguir passar-li la cadena pel coll.

—Ja el tinc! —va exclamar.

—Subjecta'l ben fort! —va dir l'altre.

L'home de les botes va tibar la cadena a fi d'obligar el cadell, que feia força en sentit contrari, a baixar del trineu. L'altre home va acudir de seguida a ajudar-lo i, poc després, el llobató queia a terra de morros. Els dos homes el van arrossegar fins a un vaixell de càrrega anomenat *Errant*, atracat al moll, just al costat de l'*Estrella Polar*. El pobre cadell grunyia i esbufegava, es resistia tant com podia, i no parava de mirar cap al trineu mentre udolava desconsoladament.

Llavors vaig acostar-me una mica més i vaig descobrir perquè el llobató udolava d'aquella manera. Al trineu hi havia un llop de pèl blanc i grenyut que se li assemblava molt: era la seva mare! La llengua li penjava per un costat de la boca i tenia el pit immòbil, a més d'una crosta negra al coll. Allà on li havien disparat.

La imatge era tan trista que se'm van omplir els ulls de llàgrimes. I al mateix temps em vaig sentir com una autèntica bleda. Com podia haver estat tan ingènua per no sospitar de quina manera havien aconseguit els seus llobatons l'home del carrer o el botiguer? Pensava que els cadellets eren orfes, que s'havien extraviat, i que els dos homes els havien recollit en trobar-los vagant pel poble.

—Malauradament, aquí els llobatons són un botí d'allò més preuat —va explicar-me en Fredrik, bo i acariciant-me els cabells.

Just en aquell moment, el vell de l'oficina portuària va agafar l'escombra i va tornar a entrar al seu despatx.

—Hi ha molta gent que s'instal·la aquí durant un o dos anys per fer diners. Es procuren una arma i se'n van per les muntanyes a caçar tants llobatons com poden. I en acabat, els envien en vaixells de càrrega a llocs on la gent de diners els vol per lligar-los al capdavant del trineu. I així és com es converteixen en animals de tir.

—I què passa amb les mares, llavors? —vaig voler saber, i em vaig eixugar les galtes humides amb el dors de la mà.

—És difícil atrapar un llobató sense matar abans la seva mare —em va contestar en Fredrik—. Un cop mortes, a les mares se'ls arrenca la pell. Per desgràcia, la pell de llop també va molt buscada. Abans, a la botiga, no has vist la quantitat de pells que hi havia?

Vaig negar amb el cap. No, la veritat és que aquelles pells m'havien passat desapercebudes.

—És tan trist... —vaig mormolar, i vaig mirar cap al cadell que els dos homes havien arrossegat passarel·la amunt, però que encara es resistia amb totes les seves forces a pujar a bord—. Per què els han de capturar tan petits?

En Fredrik va sospirar i va tornar a acariciar-me el cap.

—Quan es fan grans ja no serveixen —em va dir—. Cal junyir-los al trineu a temps, entens? Han de ser ben menuts, perquè s'hi acostumin i no puguin conèixer cap altra vida.

L'encàrrec de l'Urström

I ara us contaré què va passar el dia que havíem d'abandonar les illes del Llop per continuar fins a les Veles. Feia un parell de dies que estàvem amarrats al port. En Fredrik em va comentar que, de fet, l'*Estrella Polar* acostumava a quedar-se més temps a les illes del Llop, però que ara, amb l'hivern a tocar, calia tornar a Més Enllà com més aviat millor. A la nit la temperatura havia baixat uns quants graus. La mar de Gel rares vegades es congela, però de tant en tant pot succeir, i si aleshores et trobes a alta mar, ja et pots anar acomiadant d'aquest món. La força de les masses de gel era tan descomunal que podia esberlar tot un vaixell com si es tractés d'una fràgil closca d'ou.

Estàvem a punt de salpar. Havíem acabat de rentar els plats del dinar i en Fredrik se'n va anar a fer la migdiada. Jo vaig quedar-me a la cuina, aquell dia feia molt de fred i venia de gust arraulir-se a la vora del foc.

De cop i volta va aparèixer el capità Urström. Va fixar la mirada en mi mentre mastegava tabac.

—Vine, vull que m'acompanyis a fer un encàrrec —em va dir.

—Jo?

Va fer que sí amb el cap.

—Au, afanya't, nena.

—Q-quina mena d'encàrrec? —vaig preguntar, bo i aixecant-me.

—Ja t'ho explicaré pel camí —va respondre l'Urström—. Au, anem.

En pujar a coberta, el vent va esbullar-me els cabells. Els flocs de neu que s'arremolinaven en l'aire eren tan minúsculs que, quan em venien contra la cara, em semblaven ben bé granets de sorra. A tots els racons del vaixell hi havia mariners treballant. Vaig suposar que es preparaven per partir; l'Urström no era l'únic que volia esquivar el gel. En Fredrik havia dit que tindríem mal temps fins a arribar a Ona del Nord. L'*Errant*, el vaixell que duia el llobató a bord, aniria fins a l'illa Salina. I al port també havia atracat una altra nau, gran i bonica, anomenada *Tasse*.

Vaig contemplar aquella mar tan agitada i impacient. Era com si les onades ens trobessin a faltar, com si ens preguntessin quan salparíem, quan podrien abraçar el nostre buc amb els seus braços humits i llançar-nos a l'infinit. Fins i tot feia l'efecte que ens preguntaven frisoses: què, us hi atreviu?

—Puc avisar abans en Fredrik? —li vaig demanar—. Si no, es preguntarà on soc...

—En Fredrik ara dorm —va contestar l'Urström—. I nosaltres val més que espavilem.

A continuació el capità es va dirigir ràpidament cap a la

passarel·la. Jo al principi el vaig seguir, però llavors em vaig aturar en sec.

—I quan es llevi...? —vaig fer—. No, crec que és millor que li digui que he de marxar; si no, s'amoïnarà i començarà a buscar-me pertot arreu...

Aleshores l'Urström va amollar un esbufec d'irritació i va alçar la veu:

—He dit que ens n'anem ara mateix! Que no soc jo el capità d'aquest vaixell? El teu capità i el d'en Fredrik?

—Sí —vaig respondre molt fluixet.

Em vaig acalar la gorra fins a les orelles i vaig baixar la passarel·la en silenci darrere seu.

L'Urström tenia pressa. I així que vam desembarcar, es va encaminar de dret cap a l'oficina portuària i va trucar a la porta.

Ens vam haver d'esperar una estona abans que algú vingués a obrir. El cert és que jo amb prou feines gosava dirigir-li la paraula al capità Urström, però al final em vaig obligar a parlar, perquè era terriblement incòmode estar-se allà sense dir res.

—Hem vingut a recollir alguna cosa, potser?

—No —va replicar ell, i tot seguit va llançar una escopinada a terra que va formar una taca marronosa sobre la neu.

La porta de l'oficina per fi es va obrir i va aparèixer el vell que se n'encarregava. Que gros que era! De la cintura li penjava un gruixut feix de claus. Va fer un cop d'ull a l'Urström i llavors va dir:

—Ah, sí, encara falta enllestir això.

Aleshores va anar a buscar la seva gorra de pell. A la part del davant, la gorra duia una insígnia brillant amb el mateix nus del rètol que hi havia a la porta. Després de posar-se la gorra, va sortir a la tempesta de neu i va anar cap a la gran esplanada deserta del moll. L'Urström el va seguir de prop. Jo tenia un nus a l'estómac, no m'agradava gens haver de fer aquell passeig. Tanmateix, l'Urström era el capità i jo havia d'obeir les seves ordres sense piular. Per tant, valia més fer l'encàrrec com més aviat millor.

A mig camí, el vell de l'oficina portuària es va tombar de cop i va dir a l'Urström:

—Tinc un vell magatzem que em penso que ens servirà. La veritat és que no té res de dolent, però queda una mica lluny d'aquí i, per això, ningú no hi vol dur res. T'asseguro que els estibadors s'han tornat uns autèntics dropos! Al capdavall, se'ls paga per carregar i estibar mercaderies, no?

L'Urström va fer un gruny en senyal de conformitat.

—Perfecte, anem-hi, doncs —va fer l'Urström, etzibant-me una empenta a l'esquena.

Vaig empassar saliva i el vaig seguir.

En arribar-hi, el vell va obrir amb la clau i hi vam entrar. L'interior era fosc, però era fàcil adonar-se que el magatzem estava completament buit. Vaig girar-me cap al capità Urström:

—Què és això? —li vaig preguntar mostrant-me decidida, malgrat que en realitat tenia por—. Què hi hem vingut a fer aquí?

—Hi descarregarem una mercaderia que hem portat des de Badia Blava —va contestar-me l'Urström—. Aquest és el teu port de destí.

Les seves paraules em van glaçar la sang. Potser la por que tenia es devia al fet que d'alguna manera ja havia pressentit que passaria una cosa així. Però no m'ho havia volgut creure. No, *no podia creure* que el capità fos capaç d'una maldat tan gran; de deixar-me allà, sola i abandonada!

Tot d'una vaig córrer cap a l'Urström, vaig intentar fugir, però, com era d'esperar, el vell de l'oficina portuària no va dubtar a ajudar el capità. Em va ventar un bon batzac i vaig caure rodona a terra, un terra brut i gelat.

—Ja veuràs quan ho sàpiga en Fredrik! —vaig xisclar amb llàgrimes als ulls.

L'Urström va apuntar una rialleta.

—L'única cosa que en Fredrik sabrà és que vas decidir fotre el camp.

Es va ficar la mà a la butxaca i en va treure una bosseta de color marró. Era el moneder d'en Fredrik. Vaig quedar de pedra, no me'n sabia avenir: com i quan havia aconseguit prendre-li els diners a en Fredrik? Mmm, havia hagut de ser mentre ell i jo estàvem ocupats a la cuina. Llavors l'Urström va obrir el moneder, es va abocar les monedes al palmell de la mà i se les va ficar totes a la butxaca. En acabat, va llançar el moneder buit a terra, al meu costat.

—Sense quartos, segur que li marxen d'aquell cap pèl-roig

totes aquelles rucades sobre en Capblanc! —va exclamar abans d'anar-se'n.

Vaig plorar tant i tant que em va començar a fer mal el pit. L'Urström ho havia calculat tot a la perfecció. Si en Fredrik creia que jo li havia robat el moneder, per què s'hauria de molestar a intentar trobar-me? Senzillament, deuria pensar que jo era una vulgar lladregota, algú a qui un grapat de diners podien fer-li oblidar tot el que havíem planejat junts. O potser es deuria imaginar que no m'havia pogut treure el llobató del cap i havia decidit sortir a comprar-lo fos com fos. Quin pla tan lleig i roí!

—Urström, no pots fer-me això! —vaig cridar.

—L'*Estrella Polar* és el meu vaixell, senyoreta —em va respondre el molt pocavergonya—. I per tant, em desempallego de qui em rota.

Vaig mirar el vell de l'oficina portuària. Que no veia que allò estava molt mal fet, que el capità Urström no tenia cap dret a tancar-me allà?

D'alguna manera, el vell devia copsar el que em passava pel magí, perquè va arronsar les espatlles i va dir:

—Jo em limito a guardar-li la mercaderia al capità Urström. Ho he fet en moltes ocasions i mai no faig preguntes.

L'Urström va callar uns segons, i en acabat va deixar anar un sospir. Em va fer la impressió que se sentia un pèl culpable. Però llavors va alçar la barbeta i es va ficar les mans a les butxaques.

—Escolta bé el que et diré, coi de mossa —em va advertir—. No se t'acudeixi acostar-te mai més a l'*Estrella Polar*. Si a Badia Blava s'hagués fet la meva voluntat, ni tan sols hauries pujat a bord, perquè aquest viatge sense sentit que has emprès només pot acabar malament. Però en Fredrik és un beneit i sembla que no ho entén.

—En Fredrik no és cap beneit! —el vaig defensar.

—Sigui com sigui —va continuar el capità Urström—, les farinetes les fa molt bones. I ara no tinc cap intenció de començar a donar voltes per trobar un nou cuiner. Això ens endarreriria la tornada a casa i, amb les tempestes d'hivern pràcticament a sobre, ens faria perdre un temps massa valuós. Si no, ja que esteu tan entossudits a malbaratar les vostres vides, us hauria desembarcat aquí a tots dos.

I amb aquestes paraules em va tancar allà dintre. El pany va grinyolar quan el vell va girar la clau. Vaig clavar cops i empentes a la porta amb totes les meves forces.

—Obriu! Deixeu-me sortir! Aquí dins em moriré de fred! —vaig suplicar a crits una vegada i una altra.

—No pateixis, no t'hi estaràs pas gaire temps tancada! —va fer finalment l'Urström des de fora—. Tan bon punt haguem salpat del port, el meu amic vindrà i et deixarà anar, així que para de rondinar.

—Deixeu-me sortir ARA! —vaig bramar a plens pulmons—. No hi ha dret! Això que fas no està bé! No està gens bé!

El capità Urström ni tan sols es va molestar a respondre. Vaig colpejar la porta encara més fort, hi vaig etzibar puntades de peu, vaig agafar impuls i em vaig llançar contra la porta amb totes les meves forces. Però la porta no es va obrir i, al final, l'únic que vaig aconseguir és tenir les espatlles, o més ben dit, el cos sencer, ben adolorit.

Vençuda, em vaig desplomar a terra i m'hi vaig arrupir, envoltant-me els genolls amb els braços. De tant en tant plorava, i de tant en tant em llançava de nou contra la porta i li clavava una altra puntada de peu. I així van transcórrer les hores, un temps que em va semblar etern i durant el qual vaig patir un fred terrible. Per fi, l'odiós vell de l'oficina portuària va tornar i em va obrir la porta.

—Apa, nena, ja pots marxar —em va dir, sense la més mínima espurna de compassió a la mirada.

No li vaig contestar; vaig sortir rabent del magatzem i vaig córrer cames ajudeu-me fins al port. Ja ho sabia, però necessitava veure-ho amb els meus propis ulls per creure-m'ho de veritat.

El lloc on l'*Estrella Polar* havia estat amarrat ara era buit. I no se'n veia ni rastre, al mar. Desesperada, vaig deixar-me caure sobre unes caixes abandonades i em vaig cobrir el rostre amb les mans. Sí, no hi havia cap dubte: estava sola altra vegada.

El senyal

Mentre seia arrupida al port, desfeta en llàgrimes, una senyora va passar per davant meu amb el seu trineu. Duia un barret de pell i uns pantalons de cuir de bona qualitat. Tenia la cara resseca i clivellada a causa del vent i del fred. En veure'm, va aturar el trineu i se'm va quedar mirant. Suposo que no era freqüent veure una nena a les illes del Llop.

—Què hi fas aquí sola? —em va preguntar.

«Per què contestar?», vaig pensar, si ja res no tenia sentit. Ja res no valia la pena.

La dona va restar aturada uns minuts, i després va entrar a l'oficina portuària. En va sortir al cap de poc, amb un paquet sota el braç. Sens dubte, havia parlat de mi amb el vell de l'oficina, perquè se'm va tornar a adreçar i em va dir:

—Vaja, vaja... així que t'han deixat en terra.

Aquesta vegada tampoc no vaig molestar-me a respondre.

La dona va continuar davant meu, observant-me amb atenció.

—Et sembla gaire assenyat, això d'anar a cercar el pirata Capblanc quan no ets més que una criatura? —va fer, i com que vaig seguir sense contestar-li res, va afegir—: Potser hauries d'estar contenta que algú t'hagi tret aquesta bajanada del cap.

—No n'estic gens, de contenta! —vaig esclatar llavors—. Les meves bajanades són cosa meva!

Aquest cop va ser ella qui va quedar muda; al cap d'una estona, però, em va preguntar:

—Tens gana?

Vaig fer que sí amb el cap.

—Acompanya'm a casa, doncs —va proposar-me la dona, i aleshores es va treure un guant i em va allargar la mà—. Em dic Nanni.

—Siri —vaig fer jo mentre em posava dreta.

És possible que fos una bogeria anar-me'n a casa d'una persona completament desconeguda. I tanmateix, què més podia fer? Si aquella nit no dormia a prop d'una llar de foc, moriria congelada. El vell de l'oficina portuària, còmplice de la meva dissort, no havia mostrat el més mínim senyal de preocupació per mi.

Vam dirigir-nos cap al nord per l'únic carrer que hi havia al poble, i vam anar deixant enrere aquelles cabanes tan lletges i tots els magatzems. La Nanni em va explicar que el paquet que havia anat a recollir havia arribat en un vaixell provinent de l'illa de la Cabra. Allà hi vivia la seva germana, que un cop l'any li enviava un parell de mitjons gruixuts nous, perquè, si no te'ls treus mai, els mitjons es desgasten de seguida.

—I per què no te'ls treus mai, Nanni? —vaig voler saber.

Ja havíem sortit el poble i ara els patins del trineu de la Nanni formaven solcs a la neu acabada de caure. Sota la capa de neu més recent podien intuir-se arreu les petjades dels caçadors de llops. La Nanni no em va contestar la pregunta.

Aviat el poble va quedar reduït a unes primes espirals de fum en la distància. Al cap d'algunes hores, vaig poder entreveure un parell de cabanes menudes de color gris mig ensorrades en la neu. Eren les cabanes de la Nanni.

Les havia construït amb restes de naufragis que havia trobat a la platja. A la mar de Gel naufragaven moltes embarcacions i, per a aquells que necessitaven fusta, aquella era la forma més ràpida i senzilla d'aconseguir-ne. Les cabanes estaven un pèl tortes i esgavellades. I a fora, la Nanni hi havia col·locat una corda d'una manera ben estranya; sortia d'un forat en una de les cabanes i anava fins a un pal clavat a la neu.

—Nanni, no se't gela la bugada quan l'estens aquí fora? —li vaig preguntar.

Ella va apuntar un lleu somriure alhora que aparcava el trineu al costat de la cabana més gran. En acabat, va apartar uns draps que hi duia a dins i a sota va aparèixer un fusell. El va agafar, va obrir la porta de la cabana i jo la vaig seguir.

El que més em va cridar l'atenció en entrar va ser una enorme pell blanca a terra. Damunt d'un llit bastant tronat, n'hi havia una altra, i després una tercera penjava a la paret, a prop d'un altre fusell.

—Ets caçadora de llops? —vaig preguntar-li, garratibada.

La Nanni va tirar uns quants troncs a la menuda llar de foc. En acabat es va tombar cap a mi. Els seus ulls clars van centellejar.

—Doncs, és clar —va contestar.

—Però... —vaig murmurar, sense saber com continuar.

Mentrestant, ella va agafar una olla i va sortir fora a omplir-la de neu. A continuació, la va penjar en una cadena sobre el foc i després va obrir un calaix i en va treure un parell de talls de carn. Va tirar la carn a l'olla, amb un pessic de sal, i no li va caldre res més per preparar una sopa de carn de llop.

Vaig romandre tota l'estona una mica apartada i en silenci. No volia asseure'm a la pell blanca, malgrat l'aspecte tan flonjo que tenia. I tampoc no pensava tastar ni la sopa ni la carn de llop, si era això el que pretenia.

Tanmateix, el meu estómac rondinava i reclamava teca. Havia passat molt de temps des del meu darrer àpat.

—Que no vols menjar? —em va preguntar la Nanni.

Vaig fer que no amb el cap.

Aleshores ella, sense immutar-se, va asseure's a la taula i es va prendre el seu plat de sopa. Va haver de mastegar la carn a consciència; devia ser estellosa i eixarreïda.

—No m'agrada que matin els llops —vaig fer llavors, com per explicar el meu comportament.

—Caram —va amollar ella sense mirar-me.

Després hi va haver un nou silenci. Tan sols se sentien les mandíbules de la Nanni mastegant els trossos de carn: un

cruixit quan se li enganxava algun cartílag entre les dents o un xarrup quan bevia la sopa.

Uf, quin mal em feia la panxa! El cap em rodava, em sentia buida i les temples em bategaven.

—Però tu... tu potser no mates les mares, oi que no? —vaig preguntar-li.

—Què? —va fer ella.

—Dic que tu no deus disparar mai a les mares llobes, oi? —vaig repetir—. Segur que a les que tenen cadellets les deixes tranquil·les...

La Nanni va escurar el plat amb el dit gros, se'l va llepar per netejar-se'l i va apartar el plat buit.

—Jo disparo contra qualsevol llop que veig —va respondre.

Aleshores va anar a buscar un altre tall de carn crua del calaix i se'l va menjar.

I va tornar a sortir de la cabana; s'havia fet de nit.

De sobte, alguna cosa va dringar darrere meu i vaig fer un bot, sobresaltada. Sabia que jo era l'única persona que hi havia dins la cabana. En guaitar al meu voltant, vaig descobrir que el so procedia d'unes llaunes lligades a l'extrem d'una corda. La corda entrava a través del petit forat fet a una de les parets de la cabana. Era l'estenedor que havia vist abans fora.

La Nanni va tornar. Va agafar un dels seus fusells, i el va carregar pel canó amb una bala que va treure d'una capsa que hi havia en un prestatge. Després va col·locar el fusell al costat del forat i es va ajaure al llit.

—Ara t'has d'estar ben calladeta, d'acord? —em va dir, com si jo hagués estat xerrant pels colzes des que ens havíem conegut!

I llavors es va adormir. Tot allò era tan absurd! Jo allà quieta i tremolant, mentre ella, una completa desconeguda amb pantalons de cuir, dormia a dues passes de mi.

Van transcórrer un parell d'hores, o això em va semblar. Estava tan esgotada i morta de gana que amb prou feines podia raonar. L'olla continuava penjada al foc. La sopa s'havia refredat, tot i que encara se'n sentia la flaire. Gairebé la podia assaborir a la boca, notava com el caldo em lliscava gola avall, i com omplia el dolorós buit que tenia als budells.

Si li pispava un bocinet de carn, no se n'adonaria, oi? Només un, un de molt petit. Només per saber quin gust tenia...

De puntetes, vaig apropar-me a la llar de foc. Era fosc, i al llum d'oli li faltava poc per apagar-se. Amb el cullerot, vaig pescar una mica de carn, me la vaig ficar a la boca i la vaig mastegar. Era seca i corretjosa, però tenia bon gust. No me'n vaig poder estar i en vaig agafar més. I més, i més... i al final vaig dur-me l'olla a la boca per beure'm el caldo espès. Però, just en aquell instant, alguna cosa va ressonar a la paret! Em vaig espantar tant, tantíssim, que l'olla em va relliscar de les mans i em va caure. Llavors la Nanni es va aixecar de cop i va córrer cap al fusell.

Va sonar un tret, em vaig tapar el cap amb els braços i vaig arraulir-me a terra. El cor em bategava a cent per hora, i vaig creure que m'explotaria. La Nanni va omplir el llum d'oli perquè hi hagués més llum. Va carregar de nou el fusell, el va agafar amb una mà i amb l'altra va agafar el llum. En acabat va sortir a fora. En tota aquella estona, ni tan sols va mirar-me.

Però va tornar de seguida. I es va quedar un moment al llindar.

—Suposo que t'agradarà saber que he fallat el tret —em va dir. Aleshores va dirigir la mirada cap a l'olla, que continuava a terra—. O potser has canviat de parer sobre la caça de llops?

No vaig poder articular paraula. Vaig recollir l'olla de terra; no crec que em veiés mentre escurava la sopa vessada. La pell de llop blanca també havia quedat esquitxada de caldo, però no la vaig poder netejar.

—Pitjor per a tu —va fer la Nanni, i em va llançar la pell—. Jo en aquesta porqueria no hi dormo.

Va tornar a sortir de la cabana amb més talls de carn i immediatament després les llaunes van sonar un altre cop.

«El senyal», així és com s'anomenava l'invent, era cosa de la Nanni. Ella l'havia creat. En realitat, la corda no era cap estenedor per a la bugada. No, al pal, la Nanni hi enfilava un tros de carn, i quan el llop, atret per l'olor, estirava la carn i començava a menjar-se-la, la corda es bellugava i les llaunes dringaven. Aleshores la Nanni havia de ser d'allò més ràpida amb el fusell. De vegades, però, per molt ràpida que fos, errava el tret, sobretot a la nit, quan l'única claror que tenia era la dels estels. Malgrat això, al rebost hi tenia tanta carn de llop que no se la podria pas acabar mai ella sola. La Nanni, que era de l'illa de Sota, havia arribat a les illes del Llop un parell d'anys enrere, i no sabia quant de temps s'hi quedaria. Tal com em va explicar ella mateixa, no era gaire la gent nascuda a les illes del Llop, en canvi era molta la que hi havia mort. La vida d'aventurera era dura i perillosa.

Després d'esquerar «el senyal», la Nanni va entrar a dins a fer una becaina. Jo aleshores ja m'havia ajagut, tapada amb la pell blanca que, malgrat estar encara bruta i humida, escalfava moltíssim. Feia una olor intensa, d'animal i d'espècies a la vegada, que resultava estranyament fresca. Aquesta era l'olor que feien els llops quan rondaven pels camps, creient que al món no existien ni el perill ni la maldat. I amb ells, probablement corrien i saltironejaven els seus llobatons, maldant per no quedar-se enrere.

Em pregunto què hauria dit el pare de tot allò. De veure'm dormint sota una pell de llop a casa d'algú que deixa podrir la carn perquè li sobra. El pare sempre tenia molta cura de no prendre de la naturalesa res més que l'imprescindible. Deia que qui no actuava així era un avariciós.

Finalment, el cansament em va vèncer. La Nanni i jo vam jeure capiculades, i l'últim que vaig pensar abans d'adormir-me va ser que, si més no, havia tingut sort que just aquell dia ella estrenés els seus mitjons nous.

Quan vaig disparar

A casa de la Nanni no t'havies de treure els mitjons de cap de les maneres; ho vaig comprendre l'endemà al matí, així que em vaig despertar. El foc de la llar s'havia extingit feia hores, i el terra de fusta estava tan mal clavetejat que hi havia llocs on es veia el que hi havia a sota.

Curiosament, aquell segon dia ens vam comportar amb certa familiaritat l'una amb l'altra. Fins i tot gairebé vaig tenir la sensació de viure allà. I quan la Nanni va coure carn de llop per esmorzar, no és que m'abraonés sobre el plat cridant visca, però se'm va fer més fàcil donar-li les gràcies.

Fora feia una autèntica tempesta de neu, els flocs eren grans com punys. La cabana de la Nanni no tenia finestres, però es podia guaitar alguna cosa a través del forat per on ella disparava. Només obríem la porta quan era estrictament necessari. En una cabana com aquella, la vida tenia un aire estrany i furtiu, vaig pensar. Em sentia com una anguila atrinxerada al seu cau, en espera que una presa li passés per davant, si pogués ser ben a prop de les mandíbules i aleshores... paf! Llavors en menjotejava una mica i n'escopia la resta. I és que, entorn de l'indret on la Nanni aguaitava amb les mandíbules obertes, hi havia piles i piles d'esquelets. Tanmateix, la neu que anava caient formava noves capes sobre les muntanyes d'ossos de manera que, si no ho volies, no calia que hi pensessis.

I com si m'hagués llegit el pensament, just en aquell moment la Nanni em va preguntar:

—Tan dolent et sembla matar llops?

Em va allargar una tassa amb aigua bullida i jo la vaig agafar entre les dues mans, perquè l'escalfor es repartís per tot el meu cos. Després me la vaig acostar als llavis, vaig bufar i en vaig fer un xarrup.

Al cap d'una estona, i en comptes de respondre, li vaig preguntar:

—Cal matar-ne tants?

Va riure. Juraria que sense malícia, però tot i així em va fer sentir com una beneita. La Nanni tenia les dents curtes i bastant espaiades.

—La idea és disparar-ne a molts —va contestar.

—Sí, però... per què? Si un ja té prou carn per quedar més que tip... I als llobatons se'ls podria deixar estar...

—Precisament jo el que vull són els llobatons —em va interrompre—. Cada nit que passo aquí, ajaguda en la foscor, desitjo amb tota l'ànima que alguna mare amb els seus cadells caigui a la trampa i mossegui el tall de carn penjat a fora. Si sabessis el que em paguen per un cadell viu!

Aleshores va ficar-se la mà a la butxaca de la jaqueta i en va treure un moneder. El va obrir i me'l va ensenyar. Mare meva, quantes monedes de plata! La Nanni en tenia moltes més que no pas en Fredrik quan va cobrar el seu sou.

—Tot això m'ho van pagar a canvi de llops —va explicar-me—, llops que vaig vendre a les botigues del poble. Després, els botiguers venen la mercaderia als patrons dels vaixells. I els patrons la transporten molt, molt lluny. A les grans illes hi ha gent rica que vol decorar casa seva amb catifes blanques i tenir un tir de llops per al trineu.

Va tancar el moneder i el va tornar a desar.

—Cadascú fa el que pot per sobreviure —va concloure—. Ho fan els llops i ho faig jo.

La Nanni va afluixar un sospir i va observar pel forat.

—Punyeta! És que no s'acabarà mai? —va remugar.

Es referia a la tempesta de neu, que ja feia hores que durava. Fora, l'únic que es veia era un gran remolí de color blanc brut. La Nanni no havia sortit a comprovar el senyal, esperava que la nevada amainés. Però a mesura que passava el temps, s'anava posant més i més nerviosa. Les llaunes que penjaven a l'extrem de la corda seguien sense sonar, i la Nanni va començar a caminar d'una banda a l'altra, botzinant de neguit.

—La carn ha caigut de la corda —va afirmar secament.

Com podia saber-ho? Era com si pogués percebre que el tros de carn havia caigut a la neu, i que un llop se l'havia cruspit i havia marxat ràpidament d'allà, ben tip i satisfet.

Aleshores la Nanni va agafar el fusell d'una revolada i va anar cap a la porta.

—Sortiré de totes maneres —va esbufegar.

De tant que havia nevat, la porta no s'obria i la va haver d'empènyer amb totes les seves forces. I tan bon punt va ser fora, vaig tancar bé al seu darrere. Llavors vaig córrer a mirar pel forat, però entre tanta blancor no es veia ni rastre d'ella.

Ara vaig poder experimentar de debò com de silenciós era estar-se allà, enmig del no res. Tan sols se sentien els lleus espetecs de la llar de foc. A fora, els flocs queien silents sobre la flonja capa de neu que cobria el terra, i al voltant de la cabana no bufava ni un bri d'aire.

Però no, el silenci no era absolut. M'arribava un eco sord, un so ombrívol, com quan algú arrossega un moble feixuc per terra. Venia de fora, de la nevada.

—Siri!

Era la Nanni qui em cridava, amb la veu mig ofegada pel pànic. La veu va emmudir de cop i el que vaig sentir a continuació em va glaçar la sang: un udol!

Vaig córrer fins a la porta, però de seguida vaig fer mitja volta i vaig despenjar el fusell de la paret. En acabat, vaig agafar la caixa de bales i vaig sortir rabent a l'exterior.

La neu m'arribava per damunt dels genolls, vaig relliscar i el fusell em va caure de les mans. El vaig collir amb una esgarrapada i vaig fer una ullada al meu entorn. Tot era blanc. Blanc, dens i moll. Els flocs de neu se m'adherien a les pestanyes, i no veia res més que blancor.

—Nanni! On ets? —vaig cridar.

—Aquí, aquí!

Vaig avançar amb dificultat a través de la neu, però ben aviat vaig perdre l'orientació.

—On? Crida, digue'm on ets! —li vaig demanar de nou.

—Al costat del pal! —va exclamar la Nanni—. Afanya't, sisplau!

Al costat del pal, és clar. Llavors vaig saber a l'instant què havia de fer. Vaig tornar a correcuita fins a la cabana i, caminant sempre arran de la paret, vaig dirigir-me cap al forat per on la Nanni disparava. Em vaig ficar la caixa de les bales a la butxaca. Després vaig agafar la corda i vaig arrencar a córrer en direcció al pal. La corda feia gairebé deu metres de llarg —això és el m'havia dit la Nanni—, i es triga una bona estona a recórrer una distància així enfonsat a la neu. El cor em martellejava el pit de la por que tenia, por del llop que s'amagava a prop, por de veure'l venir cap a mi amb la boca oberta, por que els seus ullals esmolats m'esquincessin el ventre, però sobretot por de tornar-me a quedar sola. Si el llop matava la Nanni, jo estaria sola altre cop, i per això corria cames ajudeu-me, amb la corda cremant-me el palmell d'una mà i el glaçat canó del fusell cremant-me l'altre.

Tot d'una, vaig distingir el contorn d'una esquena blanca en la tempesta.

—S-soc aquí! —vaig xisclar; de fet, per estúpid que sembli, la meva intenció era espantar el llop—. Tinc un fusell!

—Dispara, de pressa! —em va cridar la Nanni.

El llop es va girar, em cercava. En clissar-me, va entretenir-se un moment a ensumar-me, per tal d'esbrinar quina mena de cosa era jo. Malgrat ser un animal gros, em va semblar que estava molt magre. Aleshores va aixecar el llavi superior i em va ensenyar les dents; em vaig estremir de pànic. Amb els dits, vaig palpejar la butxaca fins que vaig aconseguir treure una bala de la capsa de llautó. Sense perdre ni un segon, la vaig introduir al canó del fusell. Els flocs de neu no van tardar a mullar la capsa. Quan anava a tancar-la, vaig tornar a relliscar i em van caure totes les bales menys dues. I ara el llop venia cap a mi. Ai, mare meva! Era tan gran i tan terrible; segur que aquells ullals tan enormes em farien miques. Vaig apuntar. Volia matar-lo, i és que ara l'odiava profundament. Se'm van tensar tots els músculs del cos i notava com em pujaven les nàusees per la gola. El vaig mirar als ulls. Eren uns ulls gèlids i vaig tenir clar que a aquell llop jo no li importava un rave, i tampoc li importava que hagués plorat per un llobató al port. No, tal com havia dit la Nanni, aquí cadascú es preocupava exclusivament de la seva pròpia supervivència.

Vaig prémer el gallet, el tret va ressonar, el fusell va retrocedir i em va deixar l'espatlla terriblement adolorida.

Vaig fallar. I tanmateix el llop es va sobresaltar. Va arquejar el llom, va girar cua i va córrer uns quants metres abans d'aturar-se i tombar-se un moment cap a mi. El tret i l'olor de pólvora l'havien espantat.

Aleshores em vaig decidir. Vaig carregar de nou el fusell, vaig apuntar el canó enlaire i vaig disparar. El llop es va girar i va córrer uns metres més. Després es va aturar i em va guaitar. Com si sabés que la capsa no trigaria a quedar buida, com si volgués descobrir de quina manera faria servir la meva última bala.

Després de carregar la munició, els braços em tremolaven tant que el fusell semblava tenir vida pròpia; se'm bellugava d'una banda a l'altra, talment com un peix acabat de pescar. Jo apuntava ara al llop, ara a l'aire, i no sabia què fer. El llop continuava esguardant-me amb aquells ulls tan estranyament freds. Esperava. La Nanni baladrejava i s'esgargamellava demanant-me que disparés contra l'animal, però la nevada ofegava el so de la seva veu i ella semblava gairebé irreal. L'única cosa real era el llop davant meu. Va ser com si el temps s'hagués parat, i em va fer l'efecte que podien haver passat anys.

Aleshores el llop es va estremir i va fugir corrents. Es va esvair en la profunditat d'aquell món blanc com la llet. Vaig disparar el meu darrer tret cap al cel i vaig cercar-lo amb la vista. El llop havia desaparegut.

Fusta de caçadora

Uns minuts més tard, va venir la Nanni, caminant a les palpentes per la neu. Tenia els ulls humits i la boca encara conservava la ganyota d'un xiscle de terror.

—L'has mort? —em va preguntar.

Vaig fer que no amb el cap. Llavors vam tornar juntes a la cabana, agafant-nos a la corda, i un cop a dintre, vam tancar bé la porta. En acabat, la Nanni va passar el forrellat.

Jo no podia parar de tremolar, tant que amb prou feines m'aguantava dreta. Mentre la Nanni afegia més llenya al foc, vaig anar fins al llit i m'hi vaig asseure. El foc va revifar. Les mans enrogides i balbes de fred em feien mal. I a mesura que l'escalfor del foc les anava tornant a la vida, em fiblaven. La Nanni va venir a seure al meu costat.

—Ha aparegut sense fer gota de soroll —va començar a explicar-me—. Jo només volia comprovar que el tall de carn seguia allà, anava a apartar la neu que el cobria i... de cop i volta, el llop era allà. Ha sortit del no res, com per art de màgia. He volgut disparar-li, però el fusell m'ha caigut de les mans i s'ha enfonsat a la neu.

Aleshores es va tapar el rostre amb les mans i va romandre

en silenci una bona estona. Tan sols se sentia la seva respiració feixuga. Llavors va alçar el cap i em va mirar de fit a fit.

—Has sigut valenta, Siri —em va dir seriosa—. Més valenta que molts homes que venen aquí i creuen que enfrontar-se a un llop blanc és cosa de bufar i fer ampolles.

Allò em va provocar una mena d'explosió al pit que va desencadenar un esclat de plors i sanglots, desenfrenat i sense aturador.

—No, no ho he estat gens, de valenta! —vaig exclamar—. He passat moltíssima, moltíssima por! Més por que mai en tota la meva vida!

La Nanni em va acariciar l'esquena.

—Tranquil·la... —em va dir—, ara ja està. No ploris més.

Però jo no podia contenir les llàgrimes. I així vam estar una bona estona, jo sanglotant i ella passant-me la mà suaument per l'esquena. Va intentar consolar-me diverses vegades, però no va servir de res. Fins que finalment em va proposar:

—Si t'explico una història divertida, pararàs de plorar?

—No ho sé... —vaig fer entre sanglots—. Potser sí.

La Nanni va rumiar un moment i va decidir explicar-me una història de les illes del Llop. Ella mateixa l'havia sentit en una ocasió, poc després d'arribar a l'illa, i l'havia animat quan tot li resultava estrany i nou. La història deia així: en Babau i en Ningú van comprar-se un fusell perquè volien aprendre a disparar. En Ningú va decidir ser el primer. Va agafar el fusell i el va disparar, però la bala va rebotar i li va anar a parar al front. I va caure rodó a terra. En Babau va córrer fins al poble en busca d'ajut, i va entrar a la fonda on es reunien els caçadors. «Ningú s'està morint! Ningú s'està morint!», va exclamar esverat. «Doncs, que bé!», van respondre els caçadors. «Que no m'heu sentit? Ningú s'està morint!», va cridar novament en Babau. «Doncs millor, que ningú s'estigui morint», van corejar els altres. «Però, és que no em penseu ajudar? Ningú s'està morint!», va tornar a bramar desesperat el pobre Babau. Aleshores els caçadors se'l van mirar i li van preguntar: «Tu ets babau, oi?». «Sí!», va contestar llavors en Babau.

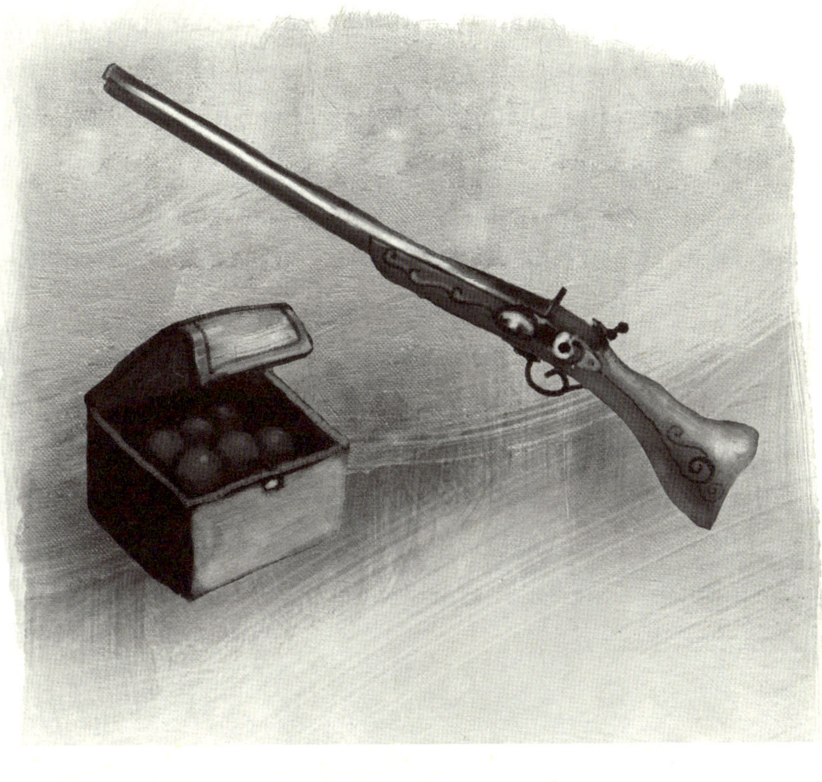

En arribar al final, la Nanni va esclafir a riure. I jo també vaig notar com una rialla es despertava a poc a poc al fons del meu interior. Com quan es posa aigua a bullir en una olla al foc: al principi només bombolleja molt suaument, d'una forma gairebé imperceptible; llavors, des del fons, comencen a pujar les primeres bombolles, i després se'n formen més i més, fins que la superfície escumeja amb força, plena d'una infinitat d'alegres bombolles dansarines. En realitat, la història era una ximpleria, però tot i així vaig riure... perquè era absolutament meravellós sentir com la por abandonava el meu cos i saber que aquell dia no moriria.

La Nanni va eixugar-se unes quantes llàgrimes de la comissura de les parpelles. En acabat, em va esguardar fixament.

—Digues el que vulguis, Siri —va fer—. Però jo crec que ets bona per a aquest tipus de vida. I per a mi és molt agradable tenir companyia a la cabana.

A continuació es va posar dreta i va donar una ullada a través del forat. Per fi havia parat de nevar. Ara a penes queien quatre flocs, escassos i despistats, com si es preguntessin què se n'havia fet, de la nevada.

—Surto a veure si trobo el fusell —va dir la Nanni.

—A mi abans també m'han caigut les bales —vaig fer.

La Nanni va respondre que tant se valia, que en tenia moltes capses. Llavors va descórrer el forrellat i va obrir la porta. El cel encara era gris, però arran de terra la visibilitat era una altra. Sortir era segur.

Quan em vaig quedar sola, vaig reflexionar sobre el que la Nanni m'havia dit. Era bona per disparar, jo? Potser podia ser com ella, una caçadora?

Em vaig aixecar i vaig fer un volt per l'interior de la cabana. Em vaig imaginar que es tractava de la meva cabana i de les meves pertinences. Vaig aturar-me davant la pell penjada a la paret, i en vaig acariciar el pèl blanc i espès. I l'hauria mort i escorxat jo, aquell llop? I si fos meu el moneder el que estava replè de monedes de plata? I si tornés a Badia Blava amb diners...?

No. A casa no hi podria tornar mai. Però podia anar a altres llocs. A llocs on hi hagués carrers empedrats i em pogués comprar dolços i llaminadures. I si en Fredrik s'equivocava quan deia que és impossible oblidar? I si resultava que, si realment ho volies, al final podies esborrar de la memòria les baies, les germanes i les mines?

La porta es va obrir de nou. La Nanni havia recuperat el fusell. Em va mirar i em va adreçar un somriure. Fins aleshores no me'n vaig adonar que encara estava dreta davant la pell, acariciant-la. Vaig enretirar la mà ràpidament.

—Una pell de llop a la paret... —va dir la Nanni amb un espurneig als ulls gèlids—. És molta la gent que la voldria tenir.

I aleshores, no sé per què, vaig recordar l'aleta de sirena. No hi havia pensat ni un sol cop des que vaig emprendre el viatge, però la boca se'm va obrir i les paraules en van sortir soles.

—Doncs saps què hi tenim nosaltres, a la paret de casa, a Badia Blava?

La Nanni em va mirar amb una expressió evident de curiositat.

—La cua d'una sirena! —vaig exclamar, i vaig notar com l'aire m'omplia tant els pulmons que la camisa m'estrenyia el pit.

La Nanni va somriure, com si jo hagués tornat a dir una bestiesa.

—Bé... —vaig puntualitzar—, només un trosset.

—Qui t'ha fet creure una bola com aquesta? —va preguntar-me ella, llavors.

I tot seguit es va asseure al llit i va començar a inspeccionar el fusell.

—Ei, que no és cap bola! La tenim allà penjada! —vaig replicar—. Jo mateixa hi vaig enganxar unes pedretes molt maques al voltant, l'hauries de veure.

La Nanni va assentir, encara amb el somriure als llavis.

—Un dia el meu pare la va pescar amb una xarxa —vaig continuar—. Era una sirena molt petita.

Aleshores la Nanni es va posar el fusell a la falda, em va esguardar i va dir:

—Siri, les sirenes no existeixen.

Se'm va escapar una riallada; per fi la que deia ximpleries era la Nanni i no jo.

—Si no existeixen, d'on ve, doncs, el nostre tros d'aleta? —vaig fer-li—. Ha, en això no hi has pensat, oi?

—El teu pare devia fer broma —va contestar, amb un punt d'irritació a la veu—. Com pot ser que no ho vegis?

—No era cap broma, et dic! Jo hi era quan va desembarcar i ens ho va explicar.

La Nanni va deixar anar un sospir i va arquejar les celles. Aleshores vaig posar els braços fent nanses.

—Jo sé perfectament quan el meu pare fa broma i quan no! —vaig protestar, indignada.

—Doncs potser és que li falta un bull... —va xiuxiuejar ella llavors.

—Què? —vaig fer amb la mosca al nas.

—D'acord, és possible que no ho digués de broma, jo no puc saber-ho —va respondre amb serenitat la Nanni—. Però sí que sé una cosa. I és que les sirenes no existeixen, com sí que existeixen els peixos, els ocells o els llops. Així que si aquell dia, en desembarcar, el teu pare et va dir que n'havia vist una, és que està tocat del bolet. Ho has d'entendre, i no cal que ens enfadem pas per això.

La Nanni va seguir potinejant el seu fusell, i vaig fixar-me amb quina cura n'eixugava el canó amb la màniga, com bufava la neu fosa a l'interior del percussor. No, naturalment que mai de la vida se m'havia acudit que el pare fos un guillat. De fet, aquí l'única guillada era jo. Sí, perquè m'havia arribat a plantejar passar-me la vida disparant i caçant! En tan sols un dia m'havia transformat en algú completament diferent, en algú com la Nanni, que cuidava el seu fusell com si fos el seu fill. I sí, vaig reconèixer aquella frisança seva mentre esperava que amainés la tempesta; allò no era més que avarícia, una avarícia corrosiva i abominable.

—No penso disparar mai més amb tu —li vaig dir.

—Molt bé, doncs —va fer ella sense aixecar la vista.

Vaig respirar fondo uns instants, necessitava mesurar bé les meves paraules abans de continuar:

—Si caces llops per diners, aleshores no ets pas millor persona que el pirata Capblanc. Tots dos sou exactament iguals.

La Nanni es va posar dempeus amb tant d'ímpetu que em vaig esglaiar. Els músculs de la cara se li van tensar de la ràbia, i va esbatanar els ulls.

—Retira el que acabes de dir!

—No! No ho retiraré mai, perquè és veritat!

—Hi ha una gran diferència entre caçar llops per diners i caçar persones per diners!

—Sí, es clar, una diferència que han determinat les persones! —vaig replicar a crits.

Tot seguit, vaig agafar la jaqueta, els guants i la gorra i vaig marxar d'allà corrents.

Una balandra anomenada *Pop*

—Siri!

La Nanni em va cridar, però jo no em vaig tombar. No, no volia veure-la mai més. Segons ella, hi havia diferència entre els éssers humans i els animals. Però no s'adonava que feia no res dos animals de presa havien estat tremolant davant la mort en la tempesta i que, en aquells moments, entre ells no hi havia cap mena de diferència, cap ni una. I jo ara pensava anar a cercar l'animalet que el pirata Capblanc m'havia arrabassat per confinar-lo en una mina per diners. Sí, ara tenia clar que havia de reprendre el meu viatge.

Lògicament, el rastre que la Nanni i jo havíem deixat el dia abans ja no es veia. Tanmateix, empetitint els ulls, podia albirar en la distància les primes columnes de fum que sortien de les xemeneies del poble. Per tant, no seria gaire difícil trobar el camí. Vaig abrigar-me amb la jaqueta, la gorra i els guants, i vaig emprendre la meva llarga caminada a través de la neu. Al port, a banda de l'*Estrella Polar*, hi havia vist altres vaixells. Potser avui mateix podria enrolar-me en algun d'ells. I encara que no anés directament a les Veles, tal volta m'hi pogués apropar una mica; deixar-me a mig camí, per exemple. De vegades per cosir un cobrellit cal posar un pedaç.

La Nanni encara em va cridar un parell de cops més; suposo que per tranquil·litzar la seva pròpia consciència més que per cap altra cosa. De totes maneres, a mi la seva consciència egoista i podrida m'importava un rave. Si per mi fos, l'embolicaria amb un llaç i la vendria a qualsevol botiguer del poble.

Quan la Nanni per fi va parar de cridar-me, vaig tornar a estar sola enmig del silenci. La neu m'entrava per la canya de les botes. Tenia un llarg camí per endavant i notava com la por s'ensenyoria novament de mi. Per sort, un cop havia escampat la tempesta, podia veure què tenia al voltant, però els camps eren completament blancs, i els llops també.

De cop i volta vaig fer un bot al costat, hi havia alguna cosa al meu darrere!

Buf! No, no era res. Tan sols la meva imaginació.

Però... i allà? Just darrere d'aquell turó? Vaig aturar-me i el vaig observar de lluny amb atenció. Afortunadament, cap llop no va acostar-se salivant cap a mi. I tampoc no es van sentir udols. Tot estava en calma.

Vaig caminar tota l'estona sense parar, sempre tement que en qualsevol moment m'escometés de sobte alguna fera. Fins que, finalment, vaig mig arrencar a córrer, avançant amb dificultat a través de la neu, ensopegant i caient, amarada de suor. Les xemeneies de les cases del poble apareixien cada vegada més grans als meus ulls. Unes hores més tard, una aroma deliciosa i familiar em va omplir els narius i, molt poc després, entrava per l'únic carrer del poble.

Era tard, els comerciants ja estaven tancant els seus petits establiments; s'aproximava el capvespre. Vaig encaminar-me directament cap al port. Tant el *Bon Vent* com l'*Errant* havien salpat; en canvi el *Tasse*, el vaixell gran i esplèndid que acabava d'arribar, encara hi era!

El vell gras i malcarat de l'oficina portuària s'estava dret a les escales de l'oficina. Tenia la vista clavada en dos paios malforjats que rondaven entre les barques de pesca. La veritat és que li tenia tanta tírria, al vell, que m'hauria estimat més no haver d'enraonar-hi, però ara ho havia de fer, no tenia altre remei. Vaig reunir tot el coratge de què vaig ser capaç i vaig anar fins a l'escala. Vaig fer un parell d'estossecs per cridar-li l'atenció, però ell tenia la mirada fixa en aquells dos homes.

—Bon dia —vaig saludar.

El vell es va limitar a acalar els ulls i emetre una mena de gruny a tall de resposta.

—Voldria saber quan salpa el *Tasse* —vaig continuar—. I si sap quina destinació té.

—Eh, vosaltres! —va exclamar llavors el vell. Sobressaltats, els paios del moll es van girar per mirar-lo—. Si cap d'aquestes barques no és la vostra, ja podeu escampar la boira d'aquí!

Un dels homes, que era més aviat baixet i calb, va obrir els braços.

—Vaja, ara resulta que els vaixells pesquers ja no es poden ni mirar! —va vociferar, amb una veu estrident i desagradable.

El vell va esbufegar.

—Com si fóssiu pescadors, vosaltres! Au, va... que sé reconèixer la gentalla d'una hora lluny, jo! Vinga, foteu el camp ara mateix!

Per uns segons, va semblar que el calb buscaria brega, però l'altre, que duia els cabells llargs i una barba espessa, li va xiuxiuejar alguna cosa a l'orella i llavors tots dos van marxar.

El vell els va seguir amb els ulls, i fins que no van haver desaparegut carrer amunt no va fixar-se de debò en mi.

—Ah, ets tu! —va fer.

—Voldria saber quan es farà a la mar el *Tasse* —vaig repetir, i fent un gest amb el cap en direcció al moll, vaig afegir—: Parlaré amb el capità sobre la possibilitat d'embarcar-m'hi i treballar a bord.

El vell de l'oficina portuària va amollar un sospir.

—Que no et va dir el capità Urström que t'oblidessis d'aquestes bajanades?

—Sí, però jo només vull preguntar —vaig contestar molt fluixet.

El vell va fer una ganyota d'indiferència.

—D'aquí ja no salparà cap nau fins a la primavera —va afirmar—. Així que si vols sortir a la mar, hauràs de fer-ho nedant.

—Sí, però... i el *Tasse*? —vaig insistir.

—El *Tasse* és el nostre vaixell i passarà l'hivern aquí. Ara ja ho saps.

I havent dit això, va fer mitja volta i va desaparèixer a l'interior de l'oficina. Certament, no era la classe de persona que s'amoïna per una nena abandonada, si ho pot evitar.

Me'n vaig anar. Al carrer del poble les botigues estaven tancant. Un home va obrir una finestra i va buidar una gibrelleta, un altre intentava desenganxar a puntades de peu el seu trineu gelat de terra. Ningú no va fer-me el més mínim cas. A ningú no se li va acudir pensar què hi feia jo allà, o si em calia ajuda. Fet i fet, només la Nanni s'havia preocupat per mi. I jo me n'havia volgut allunyar. El neguit feia que se m'encongís cada cop més l'estómac. No tenia enlloc on anar i la nit no trigaria a estendre la seva capa negra sobre les illes del Llop. Algunes estrelles ja brillaven al firmament. Què podia fer, ara?

Tot d'un plegat vaig sentir una remor de veus. Vaig allargar el coll i vaig reconèixer el calb i el barbut, els dos homes del port. S'havien aturat enmig d'un carreró i havien deixat les seves maletes a terra, però no m'havien vist. Estava a punt de marxar d'allà, ja que, per alguna raó, em desagradaven. Però aleshores vaig sentir de què parlaven i vaig quedar de pedra.

—Em pregunto si no deu ser una bogeria —va remugar el barbut—, això de fer tractes amb en Capblanc.

—Se t'acut una idea millor? —li va replicar el calb.

—Potser no... —va fer, dubtós, el barbut—. De totes maneres, treballar per a algú com ell em sembla una temeritat. Vull dir que què passa si capturen la tripulació? Què faran amb els pirates?

Em vaig amagar darrere d'un parell de caixes esgavellades que hi havia a tocar de la paret d'una cabana. Amb prou feines estava a quatre metres d'ells. Els podia veure i escoltar el que deien sense problema.

—Què farà «qui»? —va fer el calb amb un rebuf—. No hi ha ningú en tota la mar de Gel que gosi perseguir els pirates d'en Capblanc.

—D'acord, doncs —va convenir el barbut. Tot seguit va restar en silenci uns segons, com si rumiés, i al final va fer un sospir—. Però no hauríem d'esperar una mica? Segur que el vell està atrinxerat en algun racó, aguaitant per si tornem.

—Sortirem aquesta mateixa nit —va dir el calb amb decisió—. Com més aviat marxem, millor.

—No ho sé... —va dubtar el barbut—. Fa massa fred. A aquestes altures de la tardor, ni tan sols els vaixells més grossos surten a navegar, i tu vols que ens fem a la mar amb una trista barqueta de pesca!

—Amic, en aquesta vida, si un vol fer fortuna i no acabar els seus dies com un pobre desgraciat, de vegades cal assumir riscos —va declarar el calb—. I la tripulació d'en Capblanc guanya una bona picossada de calés. O és que no saps que en Capblanc els permet quedar-se amb tot el botí? Ell els tresors no els vol per a res!

El barbut va fer un esbufec.

—Mmm, tots sabem què és el que vol.

—Sí, i? —va fer ara el calb, en to conciliador—. Però des de quan et preocupa, a tu, que l'home enviï un grapat de criatures a una mina? Bah, jo tampoc no vaig tenir una infància feliç. Escolta, si tenim sort amb el vent, arribarem a les Veles d'aquí a dos o tres dies.

—I si la sort no ens acompanya? —va objectar el barbut.

—Au, va, deixa't de romanços! —li va engegar el calb.

I llavors es va treure els guants i, amb molt de compte, va agafar de dins de la jaqueta un penjoll. Vaig estirar el coll tant com vaig poder. Era un rei dels peixos. Semblava nou de trinca. Segons deien, dur un amulet del rei dels peixos et protegia contra les desgràcies.

El calb va prémer l'amulet amb força dins el puny i va dir:

—A partir d'ara s'ha acabat la mala sort.

Aleshores tots dos van agafar el seu equipatge i es van esfumar carreró avall. Quan van passar pel costat del munt de caixes i escombraries on jo m'amagava, em vaig arraulir tant com vaig poder, amb prou feines vaig gosar respirar per por que em descobrissin. Però ni el barbut ni el calb em van veure. Tenien molta pressa per arribar al port.

La lluna ja havia sortit, i amb la claror que escampava era fàcil no perdre'ls de vista. Els vaig seguir, fent corredisses d'ombra en ombra, fins a la vora del mar.

La balandra que pensaven robar tenia una vela aurica i era bastant gran, si més no per tractar-se d'una balandra. Enfront de l'oficina portuària hi havia un magatzem, i m'hi vaig amagar al darrere mentre els dos homes es preparaven per salpar. Van llançar les maletes a la balandra i... just quan anaven a pujar a bord, es va sentir un crit des del magatzem del port. El barbut havia tingut raó: el vell s'havia quedat esperant-los i ara se'ls acostava a grans gambades.

—Amolla les amarres! —va ordenar el calb al barbut, mentre aquest començava a tirar les cordes.

Tanmateix, el vell va arribar de seguida i va engrapar el barbut per la jaqueta, allunyant-lo de l'embarcació.

—Vaja, vaja... —va fer el vell—. Ja m'ho pensava, jo, això! Així que preteníeu navegar amb el vaixell d'un altre mariner, eh? Doncs espereu que vagi a cercar l'amo d'aquesta balandra, segur que voldrà dir-vos quatre paraules. I després... us llançarà de cap al mar! Això és el que fem aquí amb els lladregots!

El calb, però, va actuar amb rapidesa. Es va abraonar sobre el vell, va empènyer la seva tremenda panxa i el va tirar a terra.

—Ves a buscar alguna cosa amb què lligar-lo! —va manar el calb al seu company, i el barbut va córrer de dret al magatzem.

En va tornar ràpidament amb un manat de cordes. Llavors, entre tots dos, van reduir el vell, que es resistia i no parava de cridar mentre li lligaven les mans a l'esquena. I en acabat, se'l van endur cap a dins del magatzem. Vaja, al final ell mateix també hi acabaria tancat! L'esperava una nit ben freda.

Ara em tocava a mi actuar sense perdre ni un segon. Vaig córrer com un llamp a través del moll i vaig saltar a la balandra. Em vaig arrupir a la bancada de popa i vaig tancar la tapa. Si m'estava allà ben quieta, tindria espai de sobres.

Els dos homes van tornar al cap de molt poc, van amollar les amarres i es van ficar a la banyera. La balandra va balancejar-se en abandonar el moll. Llavors van hissar la vela, i un d'ells es va asseure a la bancada on jo m'havia amagat i es va posar al timó. Quan la vela es va inflar i l'embarcació va agafar velocitat, vaig notar com començava a inclinar-se i em vaig haver de subjectar fort per no rodolar i colpejar-me. Teníem vent terral, i això volia dir que navegaríem a bon ritme.

—*Pop* —va fer el barbut, que pel que semblava era qui seia al meu damunt—. Quin nom tan ridícul per a un vaixell.

—Què té, de ridícul, aquest nom? —va replicar el calb.

Al principi el barbut no va saber què respondre, però després de rumiar-hi una estona, va arribar a la conclusió que robar un vaixell anomenat *Pop* per força havia de portar mala sort. Perquè, quina altra cosa podia oferir-li el destí a una nau així, sinó arrossegar-se pel fons marí, condemnada com un pop?

Vam travessar l'estret i el mar es va començar a encrespar. Des del meu amagatall, sentia com el barbut sospirava i renegava cada dos per tres. Haver embarcat en aquest veler que anomenaven *Pop*, rondinava, no podia ser altra cosa que una autèntica bogeria.

Fusta

Una claror tènue que es filtrava per una escletxa entre els taulons em va despertar. La remor, l'eterna remor que es feia més forta en la cresta de l'onada i disminuïa en la vall, m'havia ensonyat i ja s'estava fent de dia. Tenia tant de fred i estava tan entumida que em feia mal tot el cos. De tota manera, no gosava bellugar-me ni un mil·límetre. El més lleu cruixit de la fusta podria alertar els dos homes, delatar-me i fer que obrissin la tapa de la bancada de popa. I aleshores, què seria de mi? Què farien en descobrir-me?

Pel que semblava, el barbut també s'havia endormiscat; potser feien torns al timó. En qualsevol cas, el vaig sentir badallar i grunyir, com fa molta gent en despertar-se. Llavors va preguntar al calb pel vent, i aquest va contestar-li que no havia estat gens malament. Havien navegat amb vent llarg, rumb al sud-oest. Per com enraonaven, devien tenir un mapa del mar.

Vaig restar immòbil, com si m'haguessin clavat a la barca. Com si el meu cos s'hagués fusionat amb el *Pop*, transformat en un tros de fusta corbada i grisa. I si ser una barca consistia en això? A notar com l'impacte de cada embat i de cada recalcada es propagava pel meu cos amb una irradiació de dolor terrible? Tan sols desitjar estirar-se, separar-se de les quadernes i estalviar-se aquell maleït vaivé etern. Ser una barca, atrapada en la seva forma. Mai fins aleshores no m'havia imaginat com d'horrorosa podia ser una vida així.

—Em deixes posar al timó? —va preguntar el barbut.

—No —va respondre el calb.

Després van restar en silenci. Al cap d'una estona, però, el barbut va deixar anar un sospir i va començar a remugar. Insistia que realment estaven desafiant el destí, que fer-se a la mar quan tots els grans vaixells ja havien deixat de navegar era una imprudència absoluta.

—Si n'ets, de pesat! —va engegar-li el calb—. De debò creus que el destí ens hauria afavorit més a les illes del Llop?

El barbut va callar.

—Au, digues! —va atacar-lo el calb—. Que ens va tractar millor, allà, el destí?

—Potser no... Però, si més no, allà no vam fer cap disbarat.

—Ah no? I no és un disbarat el que hem estat fent? Deixar passar els mesos a les illes del Llop sense aconseguir res de res?

—Bé, ja se sap, els començaments són durs...

—Els començaments, dius? Però si durant un any sencer no hem fet altra cosa que començar i tornar a començar!

Van continuar discutint, i pels retrets que es feien vaig comprendre que l'any que el calb i el barbut havien viscut a les illes del Llop havia estat un fracàs absolut. No havien caçat ni un sol animal! Però el més curiós era el raonament del calb; segons ell, si el destí li desitjava tant de mal com per no permetre-li caçar ni un sol llop, aleshores se les hauria d'heure amb ell, deia. Pensava etzibar-li al destí una bona plantofada als morros, i per això s'havia comprat l'amulet del rei dels peixos.

Però el barbut va murmurar que el destí no es pot controlar, que és més poderós que els homes, els llops i tots els reis dels peixos junts.

En comptes de contestar, el calb va deixar anar un ruflet, i després crec que van seguir enfadats, perquè es van estar ben bé un parell d'hores sense tornar a dirigir-se la paraula. Tan sols se sentia el brogit del mar i del vent, que cada vegada bufava amb més força. Les ones es van anar embravint i l'aigua entrava a gavadals dins la banyera. Jo sentia mareig cada cop que pujàvem i baixàvem al ritme de les onades. Tanmateix, tant el calb com el barbut ara guardaven silenci, i navegaven de mala gana, com si tot plegat hagués estat una mena de competició a veure qui aguantava més sense exclamar: «Coi, quin vent!».

Al final, però, el barbut va considerar que calia esquinçar la vela major.

«No», va ser la tallant resposta del calb, que no pensava estripar res.

El barbut no parava de remugar, volia esquinçar-la de totes passades, encara que només fos una mica; segons ell, era una bogeria forçar tant la balandra quan no la tenien per la mà.

El calb continuava negant-s'hi en rodó; ell volia seguir navegant a bon ritme. Havia permès durant massa temps que el maleït destí dirigís la seva vida i ara no tenia gens de por del vent.

Tot i així, el barbut devia començar a afluixar la drissa, perquè de sobte el calb va posar-se a cridar que la deixés estar. Van embrancar-se en una nova discussió. El barbut va acusar el calb de voler-los matar, i el calb, alçant encara més la veu, va dir-li que, si per ell fos, arriarien les veles i deixarien que el destí els dugués a la deriva. El vent va refermar i vaig sentir autèntic pànic de trobar-me atrapada, feta un cabdell enmig de la foscor i sentint tots aquells brams: els dels homes, el de les ventades i el de les ones. L'aigua colpejava fort el buc, martellejant-lo amb els seus centenars de punys, com volent-li dir: deixeu-me entrar!

I enmig de tant brogit i tanta cridòria, vaig sentir com alguna cosa queia al mar. El *Pop*, després d'estar molta estona inclinat cap al mateix costat, tot d'una va escorar violentament, i jo vaig rodolar i em vaig colpejar el cap. Els dos homes renegaven desesperats; el calb va cridar al barbut que afluixés, i vaig sentir el so d'una vela esquinçant-se pel vent. El pal de la vela aurica s'havia deixat anar. Sí, això era el que havia passat, i llavors la vela havia caigut al mar. El barbut es devia haver abocat per la borda a fi de rescatar-la, mentre el calb no parava de cridar, i cada vegada entrava més i més aigua a la coberta.

—Acabarem completament xops! —xisclava, histèric, el calb—. Prepara una àncora flotant!

Una àncora flotant és un estri que es llança a l'aigua perquè l'embarcació navegui més a poc a poc. El millor, i més senzill, era muntar-la amb un cubell i una corda llarga. Així doncs, tan aviat el barbut va haver recuperat la vela major, va començar a buscar un cubell. Jo tenia els nervis de punta, i em vaig mossegar fort els llavis amb l'esperança que en trobés algun a proa, potser entaforat sota d'un altre banc de remar. Però una estona més tard, vaig sentir com el barbut li deia al calb que s'aixequés.

I de sobte, un feix de llum em va inundar els ulls i els vaig haver de cloure de tant de mal que em feien. Tot seguit, algú em va estirar amb força pel braç, que em va cruixir com si fos de paper, i va ser com si el meu cos, que havia estat cargolat i del tot immòbil, es trenqués en mil bocins. Vaig xisclar de por i de dolor, i els homes també van cridar. Llavors van preguntar-me què diantre hi feia, jo, allà; van deixar anar tota classe de renecs i paraulotes, i em van amenaçar de tirar-me al mar. Però abans que jo pogués dir res tots tres vam rebre una nova dutxa d'aigua gelada, i ells dos van comprendre que s'havien d'ocupar primer de la barca, perquè la roda ja estava gairebé sota l'aigua.

Com que no havien trobat cap cubell, ara el barbut estava buidant un dels sacs que havien pujat a bord; poc més tard, va aconseguir trobar una corda ben gruixuda, la va lligar al sac i va llançar el sac per la borda.

De cop i volta el *Pop* va quedar sota control; va ser com si un genet gros i robust en subjectés les regnes i el doblegués. Per això, malgrat que el vent seguia rugint i fuetejant-nos de mala manera, i les onades embogides ens eixordaven, ja no feien de nosaltres el que volien. Jo estava xopa fins al moll de l'os, i tan congelada que l'aire semblava aturat als meus pulmons. I em sentia estranya, a la llum del dia i amb plena llibertat de moviments. Què seria de mi, a partir d'ara?

Sense treure'm la vista de sobre, el calb va subjectar fort la canya del timó, mentre jo continuava asseguda a la bancada. Tenia una mirada penetrant i horrible. La balandra avançava a batzegades sobre la mar escumosa i plomissa. El barbut havia apartat la vela que havien recobrat, i ara buidava l'aigua de la banyera. Em guaitava ara i adés, però no pas amb la mateixa intensitat que el calb.

—Tu ets la nena que ahir a la tarda parlava amb el vell de l'oficina portuària, oi? —va voler saber.

Jo no vaig contestar, tan sols tremolava i evitava topar amb els seus ulls sinistres.

—Quan vas ficar-te dins la bancada? —em va preguntar el calb.

—Mentre vosaltres... quan vosaltres vau lligar... —vaig respondre en veu baixa—... el vell de l'oficina.

El calb va reflexionar un moment, i en acabat em va tornar a preguntar:

—Saps cap a on ens dirigim?

Jo vaig assentir.

—Voleu arribar a les Veles. Us vaig sentir parlar-ne al carreró.

Els ulls se li van empetitir.

—I per què hi vols anar? Què diantre hi ha de fer una criatura com tu a les Veles?

Vaig empassar-me la saliva.

—En C-capblanc ha s-segrestat la meva germana petita i jo... Jo la rescataré.

Els dos homes es van esguardar. Van romandre callats uns segons, i després van esclatar a riure. Però no eren pas les típiques riallades de quan s'escolta una ocurrència divertida. No, es tractava d'un riure més aviat sorneguer, com quan un et diu alguna cosa inconcebible.

La tempesta va amainar tan de pressa com s'havia desfermat. Ara avançàvem sobre ones plàcides i argentades. El calb va llevar l'àncora flotant i, a partir de llavors, vam continuar navegant amb el floc, la vela triangular davantera. La tempesta ens havia desviat de la ruta i ja no sabíem on érem. Vam començar a albirar illes, illots i esculls; alguns apareixien en filera, com perles enfilades en un collaret. Però eren illes i illots deserts, on només hi havia gel i neu.

El calb, que havia tingut temps de rumiar una mica, ara se n'alegrava, de tenir-me a bord. Al capdavall, el millor regal que podien oferir a en Capblanc era una nena, una esclava més per a la seva mina de diamants. De ben segur que això els garantiria una bona rebuda a *El Corb de Neu.*

—Doncs espero que hi arribem abans que se'ns acabi l'aigua dolça... —va remugar el barbut, alhora que donava un cop d'ull al mapa.

Les pannes de gel i els icebergs que flotaven entorn nostre eren gegantins. De vegades colpejaven el buc amb tanta força que jo estava convençuda que ens enfonsaríem. Però aconseguíem salvar-nos de cada nou embat, i el *Pop* prosseguia, mig mutilat i amb molta cautela, el seu viatge a través del mar.

De cop i volta el barbut es va sobresaltar.

—Ei, he vist alguna cosa —va dir arrufant les celles.

—Què? Què has vist? —va preguntar, alarmat, el calb.

—Ara ha desaparegut.

—Què era? —va insistir de nou el calb.

—Una foca, potser —va respondre el barbut, encara observant el punt on l'havia vist. Aleshores es va posar dret d'un bot—. Mira allà, allà!

Tant l'un com l'altre van estirar el coll tant com van poder i, en aproximar-nos-hi, tots tres ho vam poder veure. El calb va renegar entre dents, se'l veia lleugerament espantat. El que es bellugava entre les onades era un ésser viu, un ésser que agitava els braços amb desesperació, que plorava, cridava i tenia la pell rosada. Si no fos perquè era impossible, hauria jurat que el que vèiem era un nen completament despullat.

Un nen dins l'aigua

Immediatament vam virar cap a estribord i el barbut va amollar la vela. El *Pop* va alentir la marxa. El calb, amb els colzes recolzats a la borda, mirava l'ésser nu que giravoltava dins l'aigua i que, de tant en tant, agitava una cua semblant a la d'una foca.

—Què és allò? —va preguntar el barbut.

El calb a penes va moure el cap i va continuar amb la vista clavada al mar, com si cregués que somiava.

—Ni idea... —va mormolar.

Entre l'escuma de les ones podia distingir-se lleugerament un caparró. Llavors es va sentir un nou somiqueig i, tot just després, un esgarip inconsolable. Dos bracets grassonets colpejaven amb desesperació la superfície de l'aigua.

—És una sirena... —vaig fer molt fluixet.

—Què has dit? —em va preguntar el calb.

—Ho ha de ser —vaig afirmar mentre contemplava la criatureta agitant-se al mar—. O potser sigui una cria de sirena.

El barbut i el calb van riure. Diria que els va semblar agradable que les bestieses d'una nena traguessin gravetat a la situació. Van intercanviar-se unes quantes mirades de complicitat. Tanmateix, vaig notar que no estaven del tot segurs que el que jo deia fos una bestiesa. Perquè si allò que hi havia a l'aigua —un cos de pell rosada amb cap, braços i una aleta caudal— no era una sirena, què era, doncs?

Un parell de segons després, el calb va prendre una decisió.

—Agafa el salabret —va manar al barbut.

—Vols dir? —va fer aquest, dubtós—. Es podria trencar.

—Bah, tant és!

—Sí, però, i si es trenca? El salabret el necessitem per...

—No veus que l'hem de pescar? Una cosa així pot valer una fortuna —li va fer entendre llavors el calb.

El barbut va assentir; va regirar un manyoc de cordes i en va treure el salabret.

—M'hi he d'apropar més —va dir amb el salabret a la mà.

El calb em va mirar.

—Saps remar? —em va preguntar.

No gosava pas negar-m'hi, per tant vaig fer que sí. Vaig agafar els rems i els vaig introduir als escàlems. En acabat, sota les ordres del calb, vaig remar cap a la criatura que es debatia a l'aigua.

En aproximar-nos-hi, el nen es devia espantar i es va submergir ràpidament. A la superfície tan sols va quedar-hi una flor blanca d'escuma.

—Maleït sia! —va renegar el calb. Es va aixecar, va engrapar la gafa i em va mirar—. Mantén la barca aquí quieta! —em va ordenar.

A continuació es va agenollar a la bancada de proa i va inclinar-se sobre la borda per observar bé l'aigua. I mentre seguia amb la vista cada moviment de les ones, va comentar que als pobles grans hi havia metges que pagaven quantitats astronòmiques de diners a canvi de noves espècies de peixos; es veu que les conservaven en pots plens d'alcohol i després les disseccionaven amb un ganivet. I si pagaven tant per una nova espècie de peix, què no pagarien per una cosa com aquesta, per una criatura...

I no va saber dir-ne res més. Perquè... al cap i a la fi, què era el que havíem vist? El barbut, que era un paio bastant impressionable i poruc, es va estremir i va dir que, *si* les sirenes existien de debò, per força havien de ser éssers infernals. Si més no, això era el que ell havia sentit a dir: que podien pesar diversos centenars de quilos i que, si volien, podien matar un home d'un sol cop. I si resultava que sota el *Pop* n'hi havia tot un grup amagat...?

El calb estava tan concentrat examinant la superfície de l'aigua que ni tan sols va sentir què deia el seu company. De tant en tant es buscava amb la mà el rei dels peixos que duia penjat al coll i l'acariciava suaument, com si li demanés ajuda. I llavors, de cop i volta, va exclamar amb un sobresalt:

—Allà! Allà! Ja el veig!

Ràpidament va apuntar la part punxeguda de la gafa a l'aigua i va intentar clavar-l'hi a aquell ésser desconegut.

—No! Para! —vaig cridar.

El calb, que havia fallat el primer intent, ho va tornar a provar; va calcular de nou la distància i va intentar enfonsar la gafa al cos de la criatura. Però encertar no era gens fàcil, perquè la balandra es bellugava molt.

Aleshores vaig arrencar a remar com si m'hi anés la vida per tal d'allunyar l'embarcació d'allà. I alhora també picava fort de peus a la banyera; volia que, d'alguna manera, la criatura agafés por i es capbussés més al fons, que s'ocultés a l'ombra dels fragments de gel flotant.

—Però què carai fas, tu ara? —em va esbroncar el calb—. Para de fer soroll!

Tanmateix, jo vaig continuar picant de peus i remant amb rapidesa; sabia que, per poc que aconseguís avançar, al calb li costaria molt trobar altre cop el mateix lloc. I per això es va empipar com una mona. Va tirar la gafa a la banyera, es va abraonar damunt meu i, agafant-me per les solapes de la jaqueta, em va enlairar i em va sostenir sobre la borda.

—Malparida! Se m'ha escapat per culpa teva! —va cridar, traient foc pels queixals. I amb els ulls humitejats, va afegir—: L'únic botí que he tingut a l'abast en tot un any!

—Deixeu-lo estar, pobret! És tan petitó! —vaig protestar mentre espeternegava desesperadament, cercant un punt on recolzar els peus a la borda, però la fusta estava mullada i relliscava molt.

El calb va donar una ullada a la superfície del mar, i tot seguit em va fulminar amb el seu esguard mesquí i punyent.

—Ben mirat, tu no ets la mena de nena que vol el pirata Capblanc —va dir—. De què li serviria algú tan rebec?

I amb això em va deixar anar. Vaig notar com quedava suspesa en l'aire durant una estona estranyament llarga. Realment, vaig planar sobre la borda tant de temps, o tot plegat només va ser fruit de la meva imaginació? Bé, fos com fos, el cas és que no vaig parar d'agitar els braços per mirar de trobar algun tipus d'agafall, i finalment una de les meves mans va ensopegar el cordill de cuir amb el rei dels peixos, que el calb duia penjat al coll. I ell, que no s'ho esperava, va ser arrossegat pel meu impuls i, durant un instant, vaig tenir el convenciment que cauríem junts per la borda.

El barbut, però, va afanyar-se a socórrer el seu amic; el va agafar per la cintura i el va subjectar fort. El cordill es va trencar i llavors jo vaig caure al mar. El rei dels peixos em va seguir al fons del mar.

No era la primera vegada que queia a l'aigua; ja m'havia succeït abans en un parell d'ocasions i, en certa manera, la sensació és sempre la mateixa. Si l'hagués de descriure, diria que de cop i volta saps qui ets. Sovint poden transcórrer una pila de dies sense que et paris a reflexionar en coses d'aquest tipus. Ho fas tot de manera automàtica: fregar, netejar el peix, fer la bugada, anar a dormir i aixecar-te al matí... i no et plantegès pas qui és que duu a terme aquestes activitats. En canvi, quan caus a l'aigua, llavors ho saps. Immediatament penses: soc la Siri. Soc jo qui ha caigut a l'aigua.

El pitjor de tot és que la roba esdevé molt feixuga. La llana, quan es xopa, es converteix gairebé en plom, i ara sentia com si una poderosa mà em subjectés i m'estirés cap avall.

Vaig tocar fons i aleshores vaig entrar en pànic, perquè, si m'havia enfonsat tant, ja havia begut oli. Mai no tindria la força necessària per tornar a la superfície si no podia ajudar-me de res per pujar.

Però, allò era realment el fons?

Vaig observar la blavor al meu voltant; vaig veure foscor en una direcció, però claror en l'altra. I llavors vaig comprendre que havia caigut al replà d'un iceberg.

En amollar el cordill per aferrar-me a les irregularitats de l'iceberg, el rei dels peixos va desaparèixer en la foscor. L'aire que tenia als pulmons estava a punt d'esgotar-se. El pare un dia em va explicar que, abans de morir, els que s'ofeguen embogeixen per manca d'aire. I com que perden el cap, intenten respirar malgrat trobar-se al fons del mar i llavors, en comptes d'aire, els pulmons se'ls omplen d'aigua. I així és com moren.

En mirar enlaire, cap a la claror que s'estenia damunt meu, vaig distingir unes petites pannes de gel que suraven com una bandada de gavines. I encara no sé ni com, vaig aconseguir pujar el darrer tram abans que se m'enfosquissin els ulls. I en treure el cap a la superfície, vaig inspirar profundament, omplint-me d'aire fins a notar que m'explotava la gola. I en acabat, saltant de panna en panna, vaig arribar a un illot que hi havia a prop, i m'hi vaig enfilar. Per fi trepitjava terra ferma! Terra ferma de debò! M'hi vaig agenollar emocionada. I tot seguit vaig notar el fred, un fred tan intens que vaig pensar que els braços i les cames se'm desprendrien del cos.

Els habitants de Rosa de Neu

Així que vaig recobrar l'alè, em vaig posar dreta i vaig començar a córrer. Ho havia de fer si volia entrar en calor i no congelar-me. Després de fer unes quantes corredisses per la petita platja de sorra blanca, vaig veure unes petjades. No pas les típiques empremtes que deixen els peus, no, allò era una altra cosa. Potser el rastre de pasteres que havien estat arrossegades per la sorra?

Vaig donar una ullada al meu entorn. I si allò no era un illot deshabitat? I si resulta que hi havia gent a l'altre costat de les roques? Potser fins i tot hi trobaria algun poblet...

Desconeixia les dimensions de l'illot, lògicament, però segur que el podria recórrer sencer abans que es fes fosc. Havia de resistir.

Se'm va congelar la roba i la capa de gel es va convertir en una eficaç cuirassa contra el fred. Oi que sembla estrany? Tenia una closca! Els leotards i la samarreta de llana, les peces de roba que duia més adherides al cos, se'm van eixugar amb la meva pròpia escalfor. El gel a la deriva havia arribat fins la paret de les roques i havia format pannes grans com cases. Vaig grimpar amunt i avall, i aviat vaig començar a suar. Però hi havia neu de sobres, així que, si més no, de set, no en passaria.

«Aquí hi ha vida —vaig pensar—. En aquesta illa hi trobaré vida. Ho he de fer.»

La foscor es va començar a estendre per damunt de l'illot. Al principi, tan a poc a poc que vaig creure que podria foragitar-la amb un parpelleig, però de seguida es va fer més i més espessa; el sostre del cel s'abaixava. Les meves cames volien descansar, però les vaig obligar a continuar caminant. Gairebé vaig quedar-me cega, de tant buscar algun rastre, un lloc on la gent arrossegués les seves barques i hi hagués cases, menjar i foc.

Quan per fi vaig descobrir les primeres petjades, el cor gairebé em va sortir del pit. Vaig córrer l'últim tros, temorosa que només fossin imaginacions meves, però no, es veien clarament. Més senyals de barques!

—Hola! —vaig cridar—. Que hi ha algú?

Vaig cridar un cop i un altre, fins a quedar afònica. Però, malgrat els meus crits, no vaig rebre cap resposta.

Llavors, de sobte, vaig veure petjades a la neu. Tanmateix, no eren petjades de la gent que remava a les pasteres: eren les meves pròpies petjades.

Vaig desplomar-me a terra. Havia fet la volta sencera a l'illot. Estava esgotada, havia caminat més de pressa del que pensava i no havia trobat senyals de vida enlloc.

Potser aquest illot era un lloc de caça per a gent que vivia lluny, en alguna altra illa. De la mateixa manera que la Miki i jo acostumàvem a anar en barca fins a Poma de Ferro, aquesta gent devia remar fins aquí un cop l'any. Tal vegada aquest indret també tingués un nom, Rosa de Neu?

Bé, ara això tant se valia. Els estels s'havien encès i va arribar la gelor nocturna, diligent i furibunda. Durant la caminada, havia tingut temptacions de treure'm la jaqueta, en canvi ara tenia tota la pell de gallina. Llavors vaig començar a saltar i a córrer, per la sorra i entre les pannes de gel, sempre agitant els braços. Si volia conservar la calor del cos, ho hauria de seguir fent tota la nit. Tant de bo l'endemà sortís el sol! I seria meravellós que tingués ganes de brillar sobre Rosa de Neu, ni que fos durant unes hores, així podria dormir una estoneta abrigada per la seva escalfor. De moment, però, per salvar la vida, vaig continuar corrent a la llum de les estrelles. Però al cap d'unes hores, les cames van deixar de respondre'm, corria cada vegada més lentament i els peus relliscaven sobre aquelles estranyes petjades. Queia i em tornava a aixecar. Queia i m'aixecava.

Fins que vaig caure un cop més damunt la neu, ara de panxa a terra i ja no vaig poder-me aixecar. No em quedaven forces. I, de fet, ja no *volia* aixecar-me! Tant m'era que el fred s'apoderés de mi, necessitava descansar. Cloure les parpelles, recolzar el front sobre el fred coixí de neu... Oh, era tan agradable! Si morir de fred era tan plàcid, llavors potser ja no m'importava morir. No vaig pensar ni en la Miki ni en el pare ni en en Fredrik. Tan sols tenia un pensament: «Descansa una mica, Siri, després ja ho veurem».

Era jo qui plorava? És possible. Ja era morta, doncs? Estava asseguda i plorant al costat de les despulles del meu cos?

Vaig parar l'orella i vaig escoltar amb atenció. No, jo no estava morta. Era una altra persona la que plorava!

Aleshores vaig posar-me dreta. Al principi no identificava d'on provenia el plor, però de sobte vaig sentir un xipolleig, com si algú espeternegués al mar, i els plors es van transformar en una espècie d'udols desconsolats.

Vaig córrer cap a la platja. En la llunyania i, gràcies a la claror de la lluna, vaig distingir un cosset; el vaig reconèixer immediatament. Sí, era la criatura que havíem vist al mar!

Jeia de bocaterrosa, escarrassant-se per avançar, empenyent-se cap endavant amb la cua, perquè en comptes de cames tenia una aleta caudal! Esborronava veure'l allà, a la vora de l'aigua, completament nu i desemparat.

M'hi vaig apropar sense fer soroll, i vaig ajupir-me al seu costat. El nen va emmudir. Va observar-me expectant, potser per timidesa. I tot seguit va reprendre la seva lluita. La superfície era molt relliscosa, no aconseguia sortir de l'aigua, i llavors va arrencar a grunyir. Eren grunys de ràbia, i em mirava com retraient-me que no l'ajudés.

M'hi vaig acostar més, el vaig agafar en braços i el vaig dur fins a la platja. Em vaig treure els guants glaçats per tocar-li la pell i veure si tenia fred. I va resultar que no. Estava calent, i fins i tot em va semblar que suava!

El nen, tot balancejant-se, va seure. Els ulls blaus li centellejaven a la llum de la lluna, com fars al seu bonic rostre rosat. Tenia un nassarró menut i arromangat, i a la boca unes dentetes que tot just li apuntaven. La pell era dura i aspra, i sota l'aleta vellosa li penjava una cosa diminuta, més menuda encara que el meu dit petit. La titoleta.

El nen va estirar el braç i va assenyalar cap a les roques. Va inclinar el cap cap enrere i va fer una mena de xiulet llarg. Jo vaig dirigir la vista cap on m'indicava, però no comprenia què volia mostrar-me.

Va repetir el mateix gest uns quants cops i llavors, recolzant-se sobre la panxa, va començar a arrossegar-se en aquella direcció. S'impulsava amb les mans i, com que lliscava amb tanta traça i rapidesa sobre els clots de neu dura, gairebé vaig haver de córrer per seguir-li el pas.

Entre les roques hi havia una esquerda que abans m'havia passat desapercebuda. El nen s'hi va esmunyir, i jo li vaig anar al darrere.

A dintre, la foscor era absoluta. Mentre avançava, mig a les palpentes, notava que el terra cruixia sota els meus peus. Li havia perdut la pista, no tenia ni idea de cap a on havia anat.

—Ei, torna! —vaig cridar—. Això pot ser perillós!

No vaig rebre resposta. Recolzant la mà a la paret de la roca, vaig continuar caminant a palpes. El cruixit sota els meus peus es va fer més intens. Què hi havia a terra? Branques no eren, i gel tampoc. Ossos, potser?

Just en aquell moment vaig sentir cridar el nen:

—Na-naa!

Allò em va espavilar, vaig albirar un punt de llum més endavant i m'hi vaig afanyar. La claror de la lluna es filtrava a través d'una clivella al sostre. I allà vaig trobar el nen. A la cova hi feia calor, gairebé tanta com a Badia Blava a la primavera. Tanmateix, aquí l'aire era putrefacte i pudent. Finalment em vaig atrevir a ajupir-me per esbrinar què era el que cruixia sota els meus peus. Eren closques de musclos! N'hi havia a cabassos, escampades pertot arreu. Llavors ho vaig entendre: les sirenes menjaven musclos i el nen havia viscut amb la seva mare en aquella cova. I no era estrany deduir que fossin més, tota una colla, potser. Ahir devien haver sortit a la mar i segurament la tempesta els va separar. El nen, extraviat, devia cercar la mare durant hores, fins que per fi va trobar el camí a casa.

Mentre em feia aquestes reflexions, el nen va cridar de nou, com si volgués que jo hi anés. En arribar on ell era, me'l vaig trobar ajagut. Vaig asseure'm al seu costat i llavors em vaig adonar que el lloc on s'havia arraulit era un niu; un gran niu de branques i algues seques. Tan bon punt em va veure, el nen va deixar anar una mena de ronquet de satisfacció, com fan els gats quan se senten a gust. I quan em vaig haver tret la roba gelada per estirar-me també al niu, ell va acostar el seu càlid cosset al meu; em va agafar un floc de cabells amb la maneta i el va començar a llepar.

Així doncs, vaig pensar abans d'adormir-me, les empremtes de la platja no eren de cap pastera. Eren el rastre que deixaven les criatures que habitaven a l'illa de Rosa de Neu.

A la recerca d'un vaixell

Em vaig despertar a causa del nen, que no parava d'estirar-me els cabells; els agafava, els llepava i els rosegava. Al cap d'una estona, se'm va enfilar al damunt i va començar-me a esgarrapar. I mentre m'esgratinyava, deixava anar petits esbufecs i gemecs. El cert és que era una criatura tremendament maldestra, i jo continuava tan cansada de l'esforç del dia anterior que amb prou feines podia mantenir el cap dret. Un cop i un altre m'envestia amb el seu front diminut, alhora que entonava aquell planyívol «Na-naa!». Vaig suposar que devia ser el nom de la seva mare.

—Que tens gana, potser? —li vaig preguntar amb un badall, bo i aixecant-me del niu.

Ell va protestar i va sacsejar tot el cos.

—Doncs em sap greu, però no tinc menjar per a tu —vaig dir—. Ni per a mi tampoc.

El nen va gemegar encara més fort, com si entengués perfectament el que li deia però no em pogués respondre. La boqueta de pinyó se li va deformar en una ganyota de desesperança, i tot seguit se li van desfermar les llàgrimes.

—Xxxt! —vaig fer— No rondinis més.

Em vaig tornar a vestir amb la meva roba humida i vaig afegir:

—Au vine, que sortirem a veure si trobem alguna cosa.

Li vaig envoltar la panxolina tan grassoneta amb els braços i el vaig carregar, amb molt de compte i mig a les fosques, a través de la cova, caminant per damunt de totes aquelles closques pestilents.

En sortir, la llum ens va cremar els ulls. La mar estava grisa i agitada, amb petites onades que aixecava el vent. La temperatura havia baixat durant la nit. I el meu alè es transformava en núvols espessos d'un baf vidrat. Vaig deixar el nen a terra. Ell, impulsant-se amb els braços, va lliscar cap a la platja. Vaig donar un cop d'ull al meu voltant. Però, què menjaven a Rosa de Neu? Aquí no hi havia ni gallines que ponguessin ous, ni esbarzers on collir baies. I jo tampoc no disposava d'ormeigs de pesca, ni de cap salabret amb què caçar algun fraret. Per tant, la resposta era òbvia: a Rosa de Neu es menjava el mateix que les sirenes, és a dir, musclos. El nen ja havia arribat a la vora del mar i estava absort collint-ne.

Hi vaig anar de seguida. El fons de l'aigua era ple de musclos d'un negre blavós. Després d'agafar-ne sis o set, em van quedar les mans balbes i adolorides pel fred. En acabat, els vaig obrir i en vaig arrencar la carn freda i gelatinosa. Me la vaig mirar uns segons; reconec que em va fer força angúnia, però me la vaig ficar immediatament a la boca i em vaig obligar a empassar-me-la. Al final, no la vaig trobar pas tan dolenta. A casa, alguna vegada havíem hagut de menjar arengs passats, i eren molt pitjors. De totes maneres, no cal dir que m'hauria estimat més poder menjar qualsevol altra cosa. La vida a Rosa de Neu devia ser bastant fosca i monòtona, tan sols amb una cova pudent com a habitatge i res més que musclos com a aliment.

El nen va endrapar com un lladre; mastegava les closques dels musclos fins a reduir-les a resquills, i sense tallar-se, i després se'n cruspia la carn. De tant en tant m'esguardava amb els seus ullets blaus; era evident que ara estava molt més content. Devia pensar que ens ho estàvem passant la mar de bé, tots dos junts.

Després d'engolir tres grapats de musclos, em sentia d'allò més tipa. Vaig netejar-me la boca amb la màniga de la jaqueta, i llavors vaig enlairar la mirada cap al mar. Tant de bo pogués albirar algun vaixell! Si algú passés navegant a prop d'aquí, potser a recollir unes xarxes o a llançar unes nanses... I si algun pescador que em veiés de lluny s'adonés que hi havia una pobra nena abandonada a la seva sort en aquella illa!

Vaig caminar durant hores per Rosa de Neu, donant-hi voltes sense un rumb fix, però amb la vista clavada al mar. El nen no em deixava tranquil·la, el tenia tota l'estona entre les cames. M'estirava de les botes i les mossegava, i constantment allargava els braços cap a mi perquè l'agafes a coll.

—Na-naa! —repetia sense parar.

—D'acord —vaig fer a l'últim, en començar a notar un gran cansament a les cames—, vols asseure-te'm a la falda?

El sol es filtrava a través de la capa de llana grisosa del cel i ara escalfava de valent. Vaig agafar el nen a collibè i me'l vaig endur a l'entrada de la cova. Hi havia una gran pedra llisa on potser seria agradable descansar una estoneta. Tanmateix, abans d'arribar-hi vaig ensopegar amb alguna cosa a la neu. Vaig caure i el nen va rodolar per terra. Va plorar de tal manera que semblava que plovia a bots i barrals, i em va costar unes quantes carícies i magarrufes aconseguir calmar-lo. Aleshores vaig remenar una mica la neu amb el peu per esbrinar amb què m'havia entrebancat. Eren uns taulons de fusta vella, possiblement d'algun vaixell naufragat, que devia fer anys i panys que eren allà. Vaig sentir una esgarrifança, ja que, d'alguna manera, resultava estrany que m'hagués passat el dia sencer cercant un vaixell i al final n'hagués trobat un, però naufragat, cosa que, naturalment, no em serviria de gaire.

O potser sí?

Vaig deixar el nen a terra, aquest cop sense amoïnar-me per si es queixava o plorinyava. Alguna cosa s'havia despertat dins del meu cor, una idea que em va donar un bri d'esperança. Vaig continuar furgant amb els peus en la neu, ajudant-me també de les mans. Vaig desenterrar peces de les quadernes i les traques, clavilles i claus, i fins i tot una sobrequilla trencada. Tanmateix, el que buscava realment no era això.

Després d'excavar en la neu una bona estona, i quan ja tenia els guants tan xops i pesants que gairebé se m'escorrien de les mans... per fi ho vaig trobar! L'havien enterrat una mica més lluny, juntament amb la resta de l'aparell: la vela major!

Era mastodòntica, i em va costar Déu i ajuda arrencar-la de sota la neu. Per poder-la agafar millor, i malgrat el fred, em vaig treure els guants. A més a més, el nen es va encaparrar a enfilar-se damunt les veles i les cordes, i el vaig haver d'apartar.

Un cop treta la vela de la neu, em vaig aturar a examinar-la. Es tractava d'una vela civadera, de forma quadrada, molt gruixuda i sense cap estrip. Les costures s'havien podrit lleugerament i la tela s'havia tornat negra en un parell de puntes, però aquests detalls no tenien cap importància. Vaig desenterrar el pal del qual s'havia desprès la vela, així com totes les cordes que vaig trobar.

Aleshores em vaig adreçar al nen amb un somrís:

—Escolta'm, petit —vaig dir-li—, saps què farem tu i jo, ara? Pujarem al cim més elevat de Rosa de Neu.

El nen va riure; li devia semblar una aventura engrescadora. Vaig agafar amb força el tros de vela rígida, me la vaig carregar a l'espatlla i, a continuació, vam emprendre la nostra excursió.

Uf! Si vaig bregar aquell dia! En primer lloc, vaig transportar tota sola la vela, el pal i les cordes fins al punt més alt de l'illot, trescant per la neu, que m'arribava fins a la cintura i on se m'enfonsaven els peus cada dos per tres. Després va començar la tasca de subjectar la feixuga vela al pal. El més complicat era que la vela no havia d'estar al costat llarg del pal, per al qual fou cosida, sinó al costat curt. Vaig engegar tants renecs junts que crec que va ser per no sentir-me que el sol es va ocultar una estona darrere els núvols. I quan per fi vaig acabar, encara em quedava fer el més difícil: aixecar tot l'invent.

Per tal d'aconseguir-ho, vaig apilar un munt de roques que anava desenterrant de la neu; com més grosses, millor. Però, és clar, de tant traginar els rocs amunt i avall, l'esquena em feia un mal de mil dimonis! El nen es va portar prou bé, em va voler ajudar, arrossegant-se d'una banda a l'altra amb pedres a les mans; pedres a penes més grans que patates. Les col·locava a la pila, tot i que, un segon més tard, trobava igual de divertit treure-les d'allà i col·locar-les en un altre lloc. És clar, s'ho passava d'allò més bé, el murri.

De cara al capvespre, el mar va tenyir-se de color violat. Les ones alegres i desbocades s'havien encalmat i ara la superfície del mar semblava un mirall. Les pannes de gel pràcticament no es movien. Amb tots els músculs adolorits i amarada de suor, vaig ficar amb compte la base del pal a la pila de roques que havia amuntegat, deixant-hi un forat al mig. Vaig reunir les meves últimes forces per alçar el pal i, en acabat, vaig ferme enrere per contemplar la meva feina.

Em vaig sentir un pèl decebuda. Era així com m'ho havia imaginat? M'hi havia escarrassat molt durant tot el dia, a penes amb tres grapats de musclos a la panxa, i només havia aconseguit això? Què podria fer amb un pal i un trist drap?

Mentre reflexionava sobre això, de sobte va girar-se una ràfega de vent que va arribar fins a l'illot i va agitar la vela. Tot d'una se'm va accelerar el cor. Ara la vela es veia molt més que abans! Així era just com me l'havia afigurat. La tela onejava al vent i, un cop més, vaig escodrinyar la mar, immensa i silenciosa. La superfície s'encrespava i les onades empenyien les pannes de gel. Fins on m'abastava la vista, no es veia cap vaixell.

Avui no, però potser un altre dia. Potser un dia algú passaria a prop de Rosa de Neu i veuria la meva bandera.

El joc

La temperatura a Rosa de Neu baixava a un ritme vertiginós. La neu congesta que hi havia a la vora de la platja s'enduria més i més cada dia. Fora, el mar tronava i bramava. Afortunadament, el fred no penetrava a l'interior de la nostra cova. Allà hi regnava sempre la mateixa primavera fosca i crua. Per l'illa no passava ni una sola embarcació. Tanmateix, l'única cosa assenyada que jo podia fer era esperar.

El dia del qual ara parlaré era el setè que passava a l'illot. Havíem pres el nostre esmorzar i, com de costum, jo havia baixat cap al mar a la recerca d'algun senyal de vida. Els icebergs es movien a l'horitzó, lents, silenciosos i imponents. I, com de costum, tenia el nen entre les cames que, com de costum, em mossegava els pantalons i la canya de les botes.

—Ei, para d'una vegada! —vaig exclamar, alhora que l'apartava sense miraments—. Que no veus que em faràs malbé les botes?

Ell va caure de cul, encara que va rodolar de seguida i va tornar a seure. Llavors em va clavar les dents a les cames amb tanta força que vaig xisclar com una posseïda.

—Prou ja! M'estàs destrossant la roba! —el vaig renyar—. Au, ves a jugar amb una altra cosa.

Però, és clar, el nen no volia jugar sol, i quan em va tornar a rosegar els pantalons em vaig empipar i vaig esclatar a riure al mateix temps. Era impossible defensar-se d'aquella criatura tan rodanxona.

Em vaig ajupir per collir una pedra i l'hi vaig posar davant del nassiró arromangat.

—Veus això? —li vaig preguntar—. Doncs ara... ves a buscar-la!

Vaig llançar la pedra tan lluny com vaig poder i, segons després, va caure amb un sonor «plof» a l'aigua.

El nen va amollar un esgarip d'emoció i va arrossegar-se ràpidament fins a la platja per recuperar-la. La va agafar i me la va tornar molt de pressa.

—Bravo! —el vaig felicitar—. Ho vols provar altre cop? Vinga, ves-hi!

La pedra va caure novament a l'aigua i el nen va sortir a cercar-la més content que un gínjol. Va tornar així que la va haver recollit i me la va donar amb la mirada frisosa.

El vaig agafar per la barbeta i vaig somriure.

—Què, t'agrada? T'ho passes bé? —vaig preguntar-li.

El nen va fer un gruny i va sacsejar tot el cos, impacient perquè li tornés a llançar la pedra. Ho vaig fer i, ves per on, resulta que havíem trobat un joc amb què distreure'ns a Rosa de Neu!

Renoi, si hi vam jugar! Jo llançava pedres i el nen corria a buscar-les, i així hora rere hora. El petit no es cansava mai. I a mi també em divertia. Se'm va ocórrer que, si cada cop li llançava la pedra més lluny, millor aprendria ell a nedar. Vaig recordar el dia que el vaig veure per primera vegada, des del *Pop*, i com n'era, de maldestre i rondinaire. Li convenia practicar i, gràcies al joc, ho feia sense adonar-se'n.

—Ara sí que nedes de pressa, eh? —vaig dir-li, bo i sospesant una pedra a la mà.

Ell va somriure, preparat per arrencar a córrer un cop més.

Aleshores vaig decidir posar-l'hi un pèl més difícil. Agafant impuls, vaig llançar la pedra amb totes les meves forces. Tanmateix, me'n vaig penedir així que la pedra va tocar l'aigua: havia caigut massa lluny.

—Espera! —el vaig advertir, però va ser massa tard.

Ell ja era a mig camí. I un cop dins el mar, va fer un parell de braçades i tot seguit s'hi va capbussar.

Em vaig passejar de punta a punta per la platja, esperant amb impaciència que tornés. Les esquitxades de les onades van mullar-me la vora dels pantalons, però tant me va fer. L'únic que volia era que el petit tornés a terra sa i estalvi.

Quan per fi va aparèixer a la superfície, s'havia empassat molta aigua. Va estossegar i balbotejar, es va refregar el nas i va cridar.

—Vine aquí ara mateix! —li vaig manar.

Ell no va respondre.

—No vull que vagis tan lluny! —vaig insistir—. Vine aquí de seguida! Deixa-la estar, la pedra!

En recuperar-se de les glopades d'aigua, va fuetejar fort la mar amb la seva curta aleta i va capbussar-se de nou.

L'estona va anar passant. Vaig fixar la mirada en el punt on s'havia submergit i vaig observar com les bombolletes s'esvaïen de mica en mica. No sabia quant de temps podia passar una sirena sense respirar. Si en aquest aspecte eren igual que els humans, aleshores ja hauria de sortir. I si era massa menut i inexpert per saber-ho? I si s'ofegava?

A mesura que transcorrien els segons, em sentia més angoixada, fins al punt de notar que em mancava l'alè. A l'últim, vaig decidir ficar-me a l'aigua jo mateixa, tot i saber que era una bogeria. Però just en aquell moment va aparèixer un borbolleig i, a continuació, el nen va treure el cap. Xisclava d'alegria i provocava remolins a l'aigua de tant agitar l'aleta.

Quan va arribar a la platja, vaig córrer cap a ell i el vaig abraçar amb totes les meves forces, com si no el volgués deixar anar mai més.

—Quin ensurt m'has donat! —vaig exclamar.

Després d'una estona es va desfer de la meva abraçada. Va arrossegar-se un tros i es va dreçar per quedar assegut. I va ser llavors que vaig descobrir què duia realment a la mà. No era pas una pedra, sinó una peça brillant amb un cordillet: el rei dels peixos!

El nen el toquejava i provava de clavar-hi les dents.

—T'ensenyaré per a què serveix —vaig dir-li mentre m'asseia al seu costat.

Li vaig agafar el rei dels peixos de la maneta, vaig fer un nus al cordill i l'hi vaig penjar al coll. En mirar-me'l, se'm va escapar una riallada: era tan graciós i bonic veure una cria de sirena lluint un penjoll humà!

En canvi, a ell, no li va fer cap mena de gràcia, això del cordill. I no va parar d'estirar-se'l fins que el va trencar. Se'l va treure del coll i, després, va llançar el penjoll a terra.

—Així, no el vols? —li vaig dir.

Vaig arreplegar el rei dels peixos de terra i me'l vaig penjar al coll.

En comptes de contestar-me, el nen es va ficar un tros de gel a la boca i el va mossegar fins a triturar-lo amb les seves esmolades dentetes. Tot d'un plegat, la joia per culpa de la qual tanta aigua havia empassat, va deixar d'interessar-li.

I jo vaig treure pit orgullosa, ara tenia el meu propi amulet de la sort! No hi havia gaires nens que en tinguessin un així. A casa, a Badia Blava, alguns veïns s'havien pogut comprar un rei dels peixos, però era gent molt més rica que nosaltres.

Vaig agafar el petit de la mà.

—Vols que seguim jugant? Si et ve de gust, et puc llançar una altra pedra.

Però ell ja estava rebentat, de tant capbussar-se i bussejar. Me'l vaig endur en braços fins a la cova, el vaig ajeure al niu i m'hi vaig estirar al costat. Suaument, vaig acariciar-li l'esquena i després li vaig fer un petó al front. Aleshores es va posar tan content que, enganxant-se a mi, va repetir el seu «Na-

naa!», com si cregués ben bé que jo era la seva mare. Vam romandre així, ajaguts frec a frec, durant una bona estona abans d'adormir-nos, i jo no vaig apartar el nas dels seus cabells clars i esclarissats. Feia tan bona oloreta!, vaig pensar. Com de terra i mar alhora.

A la nit vaig somiar en un vaixell. Jo era a l'illot, i el veia aproximar-se a través de l'aigua amb una lentitud sorprenent. A més, malgrat que no feia ni un bri d'aire, duia totes les veles hissades. I quan es va detenir, vaig adonar-me que la vela no estava feta de tela, sinó de gel i de neu. De fet, el buc sencer era fet d'aigua congelada. A bord hi havia un home de cabells llargs i blancs. Agafava amb força una nena del braç, una nena que amb prou feines devia tenir un anyet, grassoneta i completament nua. Jo deia a l'home que tenia un rei dels peixos i que volia canviar-l'hi per la nena. Ell feia que sí amb el cap, però llavors aixecava la nena i la llançava per la borda. Ella volava pels aires dibuixant un arc, queia al mar i s'enfonsava. Aleshores l'home deixava anar una gran riallada i em preguntava si és que jo no sabia que, en realitat, els reis dels peixos porten mala sort.

Travessia

La nena del somni s'assemblava extraordinàriament a la Miki, que de menuda també era més aviat pleneta, i tenia una pell rosada, fina i deliciosa. La mare havia mort de part i, per tant, no l'havia pogut alletar. I llavors el pare va decidir alimentar-la amb nata líquida, que a ella li encantava i se la bevia a dojo. Recordo que quan li posava l'orella a la panxeta sempre sentia com un gloc-gloc.

Pensar en la Miki em trencava el cor. Pobra germaneta meva! A aquestes altures, segur que ja s'arrossegava per les fosques galeries de la mina d'en Capblanc, amb tants sacs de diamants a l'esquena que no trigaria gens a partir-se-la. O potser ja estava malalta per culpa de la humitat? I si tenia els pulmons destrossats i l'havien entaforat dins d'un clot, on es passava el dia panteixant, tossint i escopint sang per la boca? O si ja s'havia consumit? O la foscor l'havia fet embogir i havia exhaurit totes les forces del seu petit cos, fins a robar-li la vida mateixa? Devia ser morta?

Sí, era un suplici per a mi pensar en la Miki, però també em dolia pensar en el nen. Al cap i a la fi, sabia que no podia quedar-me a Rosa de Neu. Algun dia hauria d'abandonar-lo i marxar de l'illot per tal de salvar la Miki.

—No em resultarà gens fàcil anar-me'n d'aquí —li vaig confessar al nen una tarda, mentre sèiem junts, gaudint de la darrera estona d'escalfor que el sol ens oferia—. Et trobaré molt a faltar.

El nen em va mirar de fit a fit, i vaig notar un sentiment nou als seus ulls; una barreja d'astorament i disgust.

—Ja ho sabies, oi? —vaig dir-li dolçament, passant-li la mà pels cabells, que sempre tenia molt aspres a causa de la sal—. No puc quedar-me aquí, per sempre, amb tu... Algun dia m'hauré de tornar a fer a la mar.

Ell em va apartar la mà, esquerp i afluixant un gruny.

—Escolta, petit —vaig fer, empassant saliva per intentar contenir les llàgrimes—, tard o d'hora hauré de sortir a navegar. Has d'entendre que el meu deure és alliberar la meva germana Miki de les grapes dels pirates. Estic convençuda que et sabràs espavilar tot sol. Tens el fons del mar ple a vessar de musclos, ja ho saps, oi? I t'has convertit en un nedador de primera, perquè t'he entrenat molt bé. Així que no t'enfadis, entesos?

Però ell es va empipar, i molt; de fet, es va enrabiar de mala manera. Va començar a fer escarafalls i a etzibar cops a la neu, i quan el vaig voler abraçar, va fugir de mi. Em sentia desconcertada i ruca al mateix temps; havia estat tan segura que ho comprendria!

—Tu em vas ajudar a fer la bandera, te'n recordes?

En adonar-me que ell no entenia el que li deia, vaig assenyalar cap al cim on havíem col·locat la bandera; aquella bandera que no es veia des de la nostra platja, però que ell sabia perfectament que era allà.

—La bandera és un senyal per als vaixells que passin a prop d'aquí, perquè així sàpiguen que hi ha algú i vinguin a rescatar-me.

El nen va fer que no amb el cap, i la boca se li va torçar en una ganyota de dolor. I llavors, tot de sobte, va esclatar a plorar tan desconsoladament que se'm va partir el cor.

—Bé... no he volgut dir que em vinguessin a «rescatar» —vaig titubejar—, sinó a... a recollir. Va, sisplau, torna i deixa'm abraçar-te.

Es va fer a un costat i, durant mig segon, em va fulminar amb una llambregada carregada de fúria; tenia la cara vermella com un tomàquet i les llàgrimes li rodolaven galtes avall. Després va girar-me l'esquena i se'n va anar reptant.

Em vaig estar més d'una hora esperant-lo. El sol ja no escalfava i jo cada vegada tremolava més. Vaig donar voltes per la platja, davant de l'entrada de la nostra cova, mirant tothora a dreta i esquerra. Però, del nen, ni rastre.

Aleshores vaig decidir sortir a buscar-lo.

—Eooo! —el cridava un cop i un altre, mentre pujava i baixava pels blocs de gel—. On ets?

Esglaiat pels meus crits, un èider reial de bec virolat va aixecar el vol des del mar, i poc després, va desaparèixer al cel.

—Eeeooo, neeen! —vaig bramar—. Vine, que soparem plegats! Qui sap? Potser m'hagi d'esperar fins a la primavera abans que algú vegi la bandera. No cal pas pensar-hi, ara!

L'únic que vaig rebre per resposta va ser un silenci absolut. Vaig fer mitja volta per cercar-lo en alguna altra banda i... zas! Era allà! Just darrere meu.

Li faltava l'alè, pobrissó, i tenia els cabells coberts de neu, però, si més no, ja no feia cara de pomes agres. Ans al contrari, em va esguardar amb els seus bonics ullets i em va fer un gran somriure.

—On eres? —li vaig demanar de seguida—. T'he buscat pertot arreu.

—Na-naa! —va contestar ell, bo i allargant els braços cap a mi.

El vaig agafar a collibè i li vaig estampar un petó al front.

—Petit, jo no soc pas la teva Na-naa —vaig xiuxiuejar-li—. Però ara anem a fer un mos, que segur que estàs mort de gana!

Me'l vaig endur en braços fins a la nostra platja i, mentre caminava, l'estrenyia ben fort contra el meu pit. En arribar-hi, ens vam fer una fartanera de musclos. Mentrestant, en algun indret llunyà, es va sentir el trèmul nyec-nyec d'un èider reial. El capvespre, amb les seves resplendors rosades i violàcies, va donar pas a una fredor crua i punyent. Així eren els capvespres a Rosa de Neu. Preciosos i terribles alhora, bells però perillosos.

«Quan marxi —vaig pensar—, quan hagi de reprendre la

meva travessia, sempre recordaré aquests capvespres amb el nen a Rosa de Neu.»

Quatre dies més tard, vaig ser la primera a despertar-me al niu. Vaig quedar-me ajaguda al costat del nen i el vaig observar amb la tènue claror argentada que es filtrava a través del sostre de la cova. Respirava fort, i la panxona se li inflava i desinflava rítmicament; bellugava la boqueta en somnis i també els ulls, inquiets, darrere les parpelles. Era tan bufó que feia mal.

Vaig decidir fer-li una sorpresa i tenir-li l'esmorzar preparat per quan es llevés. Després d'esmunyir-me per l'esquerda estreta, llarga i fètida, vaig anar de dret cap a la platja. Aquell dia el vent bufava fort i la neu que queia sobre l'aigua era espessa com unes farinetes de civada. Almenys, de musclos no en faltaven i jo, que m'havia acostumat a collir-los asseguda a la gatzoneta, aviat en vaig amuntegar una bona pila.

Aleshores vaig fer una petita pausa; em vaig llepar els dits i vaig contemplar la mar, seguint la línia de l'horitzó amb la vista, entretancant els ulls pel vent... I tot d'una, la perplexitat em va paralitzar. Sí, allà hi havia un vaixell! Un veler!

—Aquí! —vaig cridar, aixecant-me d'un bot. Vaig saltar amunt i avall, agitant els braços amb desesperació—. Aquí! Aquí! Sisplau, vaixell, mira cap aquí!

El mariner que pilotava la nau no es va tombar. Devia ser un home vell i segurament sordejava. Però, com era que no havia vist la bandera? Havia passat molt a prop, per força havia d'haver vist el nostre illot!

Vaig xisclar i xisclar fins a esgargamellar-me; tant que el nen va sortir a correcuita de la cova, mort de por. Ell també va veure el veler en la llunyania, i llavors va comprendre el perquè de tant d'esvalot.

La gola em cremava de tant cridar, però el vaixell es va anar fent cada cop més petit. Fins que finalment va fer-se fonedís entre les ones.

Vaig córrer feta una fúria a esbrinar què havia passat amb la meva bandera. Havia caigut, potser? El nen em seguia, fent el ploricó.

En arribar al punt més alt de l'illot, vaig quedar-m'hi palplantada una bona estona. Bocabadada, i amb uns ulls com unes taronges, fitava el lloc on havia alçat la bandera. Ara no n'hi havia ni rastre! Vaig donar la volta al turonet de pedres. Encara estava en bon estat, només se n'havia ensorrat una part. Però, on caram era la bandera?

Aleshores vaig fixar-me en un munt de neu, llargarut i estret, situat més o menys a un parell de metres de la pila de pedres. Aquell munt de neu abans no hi era. M'hi vaig apropar, vaig clavar-hi quatre puntades de peu i de seguida va aparèixer la fusta del pal. Em vaig ajupir i vaig agafar amb força la base del pal a fi de destapar tot l'invent de la capa de neu que l'amagava.

Així doncs, la bandera no havia caigut pas. Algú que no volia quedar-se sol a Rosa de Neu l'havia desmuntat i l'havia enterrat a la neu.

Un so feble va fer que em girés. El nen m'havia seguit. Estava assegut a terra, i em guaitava expectant. I llavors, allargant dubitatiu els bracets cap a mi, va xiuxiuejar:

—Na-naa?

Encesa de ràbia, vaig deixar anar la bandera, vaig anar de dret cap a ell i li vaig etzibar una empenta amb totes les meves forces. El nen va rodolar per la neu i va caure de morros a la neu. Tanmateix, de seguida va dreçar l'esquena per tornar-se a asseure, i em va fitar atemorit. Les llàgrimes li brollaven dels ulls blaus i arrufava el llavi inferior. Mentre ell plorava, jo tremolava d'ira.

—Però, saps què has fet? —el vaig escridassar—. Ho has espatllat tot! Ves-te'n! No et vull veure mai més!

Ell plorava a llàgrima viva, amb tant de desesper que semblava que es desfaria. Aleshores, de cop i volta, vaig córrer a abraçar-lo.

—Perdona'm, petit... —vaig dir-li molt fluixet—. Perdona'm sisplau, perdona'm...

Vaig restar allà, estrenyent ben fort el seu cosset convuls, i em vaig odiar a mi mateixa per haver-lo empès i haver-li dit aquelles paraules. Em van ressonar a les orelles un cop i un altre, fins que em van resultar insuportables i, de sobte, em vaig aixecar i vaig anar fins a la bandera. Vaig començar a esquinçar-la, amb ungles i dents, per tal de separar la tela del pal, i, quan la tela es va desprendre, la vaig arrossegar fins al penya-segat i la vaig llançar al buit. Després vaig agafar el pal i també el vaig llançar daltabaix. Vaig asseure'm davant del nen i el vaig esguardar fixament als ulls:

—Escolta'm bé —li vaig dir—. No t'abandonaré. T'ho prometo. M'encarregaré de tu com si fossis meu.

La visita vinguda del mar

Des del dia que vaig empènyer el nen a terra, tenia càrrecs de consciència del matí al vespre. No el podia abandonar. Com hauria pogut fer-ho, si li havia promès el contrari?

Però com rescataria la Miki, si no abandonava el nen? I no cal dir que intentar endur-me'l amb mi era, lògicament, impossible. Perquè... i si passava com havia dit el calb? I si als pobles hi havia metges i científics desitjosos de conservar les sirenes en formol i disseccionar-les amb un ganivet...? Si era així, aleshores seria massa perillós emportar-me el nen a les Veles.

T'ho miressis com t'ho miressis, estava atrapada entre dues petites vides que em necessitaven. El meu terrible dilema no tenia solució.

Bé, si més no, això era el que jo creia... Però el problema es va solucionar, i va ser d'una manera d'allò més natural i sorprenent alhora. El desllorigador va arribar del mar una nit, quan la lluna brillava com una gran moneda de plata al firmament, acompanyada de milers d'estels. Els icebergs cruixien en la llunyania i el món sencer semblava inquiet.

Jo jeia arraulida al niu de branques i algues seques. En tan sols un parell de dies la temperatura havia baixat més de deu graus, i el nen i jo cada vegada sortíem menys de la cova. Embolcallats per la segura calidesa del nostre refugi, dormíem la mar de bé.

Tot d'un plegat, però, un esgarip em va despertar. Es va sentir en la distància i, al principi, vaig pensar que era un somni. En palpar al meu voltant, vaig adonar-me que el nen no hi era. Em vaig incorporar ràpidament i vaig parar l'orella amb atenció. Sí, el nen va tornar a xisclar i el so provenia clarament de l'entrada a la cova. Què diantre hi feia allà fora, en plena nit?

Em vaig alçar a correcuita, però just en aquell moment vaig sentir uns xiscles que em van glaçar la sang a les venes: no era només ell qui xisclava a la platja, hi havia algú més. Algú havia arribat a l'illa! Algú havia desembarcat a Rosa de Neu i havia trobat el nen!

Vaig córrer cap a l'entrada de la cova, però vaig ensopegar i vaig caure a terra tan llarga com era. I des d'allà, amb el nas enganxat a les pudents closques de musclos, vaig escoltar de nou l'altra veu. Un calfred em va recórrer l'espinada: era una veu d'home, fosca i irritada. I el nen cridava i cridava, i la veu masculina li responia a brams... Estava tan morta de por que vaig creure que em desmaiaria.

I si la persona que havia desembarcat també coneixia les intencions d'aquells malvats metges dels pobles? I si volia capturar el nen per després vendre-se'l? No, jo no permetria pas que això succeís!

Vaig aixecar-me de terra i vaig continuar corrent, malgrat que sentia nàusees i les cames em feien figa. En arribar a la sortida de la cova, em vaig aturar. Vaig trigar uns segons, llargs i estranys, a comprendre el que veien els meus ulls. L'escena tenia lloc a la platja, a la llum de la lluna i les estrelles, i allà no hi havia cap embarcació ni tampoc cap home. No, el nen li feia crits a un ésser totalment diferent, a una criatura gegantina, grassa i amorfa, amb unes mamelles grans com sacs. Tenia els cabells llargs i embullats, el rostre pàl·lid, amb una barbeta prominent i un nas minúscul. I quan colpejava fort el terra amb la cua, la neu i el gel s'arremolinaven.

El nen s'abraonava sobre la criatura un cop i un altre, l'envestia, li mossegava la pell i li tustava amb entusiasme el ventre gegantí. Se li volia enfilar al damunt, arribar-li a la panxa, i llavors ella li feia upa amb els braços, uns braços enormes i flàccids que es gronxaven pel greix acumulat. El nen li ensumava les galtes, el nas, tot el cos, i li feia petites mossegades pertot arreu. I mentrestant, xisclava i xisclava tota l'estona. I aleshores vaig entendre que els sons que sortien de la seva gola menuda i rabassuda eren xiscles de felicitat, i no pas udols de temor i desesperació. I quan l'altra criatura rugia a tall de resposta, no era pas que estigués enfadada, sinó que era la seva forma d'expressar-se. I sobretot, vaig entendre que aquella figura grossa i grassa era sens dubte la mare del nen.

Vaig restar una estona contemplant-los mentre reien, s'ensumaven i joguinejaven. I també vaig observar que, malgrat el fred gelador que feia, l'escalfor que desprenia la mare havia format un clot a la neu.

—Na-naa! —va fer el nen.

Ho va repetir diverses vegades i, al final, em feia tant de mal sentir-lo que vaig haver-me de tapar les orelles. L'odiava. Odiava que hagués vingut, i que el nen li llepés els cabells a ella en comptes de llepar-me'ls a mi. Per què havia trigat tant a venir? Que no sabia que el seu fillet hauria mort de solitud sense mi? Sabia que ara ell i jo dormíem junts al niu de la cova?

Vaig avançar amb determinació cap a la mare i el nen sirena, i llavors vaig clavar un cop de peu a una pedra del terra gelat.

—Vols jugar? —vaig proposar al nen—. Mira què tinc per a tu!

I vaig llançar la pedra a l'aigua, però el nen no va sortir a buscar-la. Tan sols em va esguardar amb els ulllets mig aclucats, bo i recolzant el front al pit de la mare.

Aleshores la mare va deixar anar el seu fill i va fer un bram esgarrifós. Va tirar el cap enrere, i la doble o triple papada va tremolar tota pel moviment. Era lletja i abominable, i devia pesar més d'un centenar de quilos. Tot seguit, va rodolar sobre la panxa i va dreçar el cos. I llavors se'm va apropar, escopint de ràbia.

—E-eh, que j-jo soc amiga del nen! —vaig defensar-me—. Deixa'm tranquil·la!

La mare va continuar acostant-se'm, a rossegons i colpejant l'aire amb els punys, com si em volgués tombar a terra. En aquell moment vaig comprendre que no es podia raonar amb ella, que tan sols reaccionava com l'animal espantat que era.

Vaig recular ràpidament, a punt de girar cua i fugir cames ajudeu-me, però aleshores vaig relliscar i ella va aprofitar per llançar-se'm al damunt. L'alè li pudia a musclos i dents brutes, em va estirar de la jaqueta i em va ventar un bon cop, com si volgués calibrar quanta resistència jo era capaç d'oferir-li.

Llavors va sentir-se un xipolleig i ella es va tombar. Era el nen, a qui finalment li van entrar ganes d'anar a cercar la pedra. La mare va desaparèixer immediatament. Suposo que temorosa de perdre'l de nou, va llançar-se com un llamp a l'aigua i li va costar a penes uns segons atrapar-lo. En acabat, agarrant-lo fort pel bracet, va tornar nedant fins a la platja. Un cop fora de l'aigua, va asseure's amb ell a la falda. Li va acaronar els cabells xops i el va ensumar. La mare sirena havia decidit ignorar-me i, pel que es veia, el nen també.

Potser si jo no hagués muntat tant d'esvalot, la mare m'hauria permès viure a la cova. M'hauria buscat un raconet on dormir, i els hauria deixat a tots dos jeure junts al niu.

En qualsevol cas, era obvi que la mare considerava que la cova era seva. I que no li faria la més mínima gràcia compartir-la amb mi. Però, si no m'hi deixaven entrar, segur que em moriria de fred! Com podia ser que el nen no se n'adonés?

De totes maneres, no gaire més tard va quedar clar que no calia que m'hi amoïnés gens, per poder-me arrecerar a la cova. Després de fer-se magarrufes durant una estona, abraçats, rient i jugant junts, la mare va tornar a rodolar sobre l'estómac. Tot seguit es va col·locar el nen a les espatlles, i aquest va aprofitar per agafar-li els cabells, bo i xisclant d'emoció. Per un instant, el nen es va girar i em va mirar; mai no l'havia vist tan feliç i content mentre va estar amb mi. La mare va posar els palmells de les mans sobre el terra gelat i, d'un impuls, va saltar al mar. Va fuetejar les ones amb la cua i tots dos es van esfumar.

Vaig romandre quieta uns minuts, esperant, malgrat saber que ja no tornarien. Feia temps que havien decidit marxar. Només s'havien endarrerit una estona.

Neu

No tenia cap ganes de tornar a l'interior de la cova. No volia moure'm, no volia fer res. El nen tan sols feia una estona que se n'havia anat, però el trobava tant a faltar que se m'encongia l'ànima. L'aire era gèlid. Mai a la vida no havia sentit un fred tan intens. Els músculs de la cara em van quedar com petrificats, i fins i tot els ulls quedaren immòbils a les conques. Tot i així, no pensava entrar a la cova; no volia veure el niu on el nen i jo havíem dormit junts, el niu on ja mai més no tornaríem a dormir plegats.

Els icebergs avançaven per la superfície del mar cada vegada més a poc a poc, i cruixien i espetegaven com fusells a mesura que la temperatura baixava. Fins i tot feia l'efecte que els estels al cel s'encongien pel fred. De bon matí, vaig anar a tocar l'aigua. El mar estava completament gelat, convertit en terra ferma. Vaig començar a caminar en línia recta, allunyant-me d'allà.

Trepitjar l'aigua congelada em provocava una sensació molt estranya. Al principi vaig tenir por que el mar només s'hagués solidificat al voltant de Rosa de Neu i que, poc més enllà, continués en estat líquid. La caminada, però, va ser llarga i en cap moment vaig notar que la capa de gel fos fràgil, més aviat semblava estendre's sens fi al meu davant. Amb una mica de sort, potser avui mateix podria arribar a alguna illa on visqués gent! I aquesta vegada, em fixava molt bé en els illots que deixava enrere; em servien com a punts de referència per no desviar-me i acabar caminant en cercles.

Sí, ara feia fred de debò. Vaig enlairar la vista cap al cel, a veure si en queia algun ocell amb les ales congelades, però l'únic que hi havia allà dalt era un sostre buit de color gris clar.

Llavors vaig mirar cap avall, al terra dur i lluent. Molt per sota dels meus peus, allà on començava l'aigua, vaig veure bombolles que es bellugaven, arrossegant-se lentament com si fossin cucs d'aire. Com devien respirar ara, el nen i la seva horrible mare? I si se'ls havia congelat l'aigua just a sobre, mentre buscaven musclos al fons del mar? I si encara eren allà sota?

Vaig córrer una mica, no sé per què. Bé, sí, suposo que per fugir d'aquests angoixants pensaments. Al cap i a la fi, la mare devia saber per on podrien sortir a la superfície, segur que coneixia perfectament els punts on les aigües eren obertes i no es gelaven mai. És clar, i era per això que havien abandonat Rosa de Neu tan de pressa! Sabien del cert que es gelaria. De fet, és possible que passessin els hiverns en altres illes.

Després de caminar unes quantes hores, del sostre grisós es van desprendre uns fragments petits i suaus que voleiaven fins a caure a terra. Al principi va ser divertit, els flocs es fonien amb el gel i em resultava més fàcil lliscar. Vaig acabar coberta de neu; en tenia als cabells, a les pestanyes i al nas, i vaig treure la llengua per tastar-la. Al cap d'una estona, el vent va arrencar a bufar amb més força i els flocs em fuetejaven insistentment el rostre. Em vaig acalar la gorra fins a les celles i, amb penes i treballs, vaig prosseguir la marxa. Si més no, sabia que si continuava nevant així no podia fer tant de fred com abans. Malauradament, però, el vent havia decidit bufar en contra meva. A més, la nevada s'intensificava cada cop més. Els illots que havia pres com a punts de referència aviat van quedar ocults sota la gran capa blanca. Ara tan sols podia seguir sense rumb i confiar que m'estava dirigint cap a algun tipus de refugi. Necessitava arribar a una illa, em calien roques darrere les quals arrecerar-me, un racó on esperar que el temporal amainés o cessés del tot.

Tanmateix, per més que caminava, no arribava enlloc. I si resulta que feia estona que donava voltes? I si el vent m'estava endarrerint? I si trepitjant tota l'estona el mateix lloc s'hi acabava obrint una esquerda?

Vaig córrer de nou, esporuguida per les meves pròpies fantasies. Els flocs de neu m'encegaven, i ja no em quedaven forces ni per apartar-me'ls de les parpelles. Vaig córrer enmig de la foscor, corria i corria, amb el desig que els meus peus topessin amb alguna pedra.

Fins que tot d'una em vaig aturar; vaig eixugar-me la cara amb la màniga de la jaqueta i, entretancant els ulls, vaig observar el meu entorn. Per un instant, em va semblar distingir la silueta d'alguna cosa realment gran. Eren roques? Una penya, potser?

No gosava creure-m'ho, però vaig arrencar a córrer de nou. La suor em xopava els cabells. Durant tota l'estona vaig creure que la imatge de les roques titil·lava davant meu, però tan de pressa com apareixien, s'esfumaven. I si m'estava tornant boja?

No, no, les roques eren allà, ara les veia clarament, no eren pas imaginacions meves! Roques! Esculls negres que emergien entre tanta blancor... Això volia dir que era més a prop del que havia pensat! L'últim tram el vaig córrer rient, reia pel meravellós descobriment que em salvaria la vida.

Llavors, protegint-me els ulls amb la mà, vaig escodrinyar la paret rocosa; hi cercava alguna cavitat... o alguna cova petita. Com la que teníem el nen i jo a Rosa de Neu, per exemple... Per què no? Potser aquí també n'hi havia una de semblant!

Grimpar per la paret era realment difícil. Les capes de neu tenien gruixos diferents i cedien sota els meus peus, de manera que les cames cada vegada se m'hi enfonsaven més. No vaig trobar cap cova i, al final, em vaig haver de conformar amb el sortint d'un penyal. En vaig enretirar tota la neu que vaig poder i, en acabat, em vaig arraulir sota aquell improvisat sostre de roca. I aleshores vaig esperar.

La neu va continuar caient, espessa i eterna. De tant en tant apartava les piles de neu que s'acumulaven al meu voltant, mirava com es desplomaven i provocaven petites esllavissades que prenien diferents camins rost avall, fins a perdre força i aturar-se a la platja. I quan per fi va parar de nevar i vaig poder contemplar el panorama des de la meva talaia, vaig sentir-me com un animal en hibernació que, després de mesos de fosca i quietud, treu finalment el cap del cau i ensuma l'aire al seu entorn.

Ara tenia tan bona visibilitat que podia albirar altres illes en la llunyania. La capa blanca de gel tenia un aspecte suau i bonic. Llavors, just quan començava a baixar, em va semblar que alguna cosa ressonava en la distància. Me'n feia creus, però allò era... un pet? Un pet? De veritat?

Vaig estirar el coll, vaig guaitar en totes direccions i vaig intentar endevinar d'on provenia el so. De l'altre costat del cim?

Vaig girar cua i vaig tornar a escalar; la meva angoixa no parava de créixer. I en coronar el cim i contemplar el que hi havia a la plana, a la badia, va ser com si tots els músculs del meu cos es desfessin i es desprenguessin dels ossos.

Un vaixell. Un vaixell blanc, gran i malèfic, amb tres pals i un cap de corb a la proa. *El Corb de Neu.*

Sí, era cert! *El Corb* del capità Capblanc estava congelat, cobert de neu i atrapat en el gel, amb prou feines si semblava viu. Els mariners havien obert una escotilla a la coberta. El pirata que orinava al costat de la borda duia uns calçotets llargs i un jersei, i llavors va fer un altre pet.

Vaig allargar el coll. L'illa era més gran del que m'havia imaginat en asseure'm a esperar que passés la tempesta. I d'algun indret del seu interior, en sortia una columna de fum que s'alçava cap al cel. És clar! Allà hi havia la mina d'en Capblanc! Per tant, allà hi havia la Miki!

Vaig quedar absolutament petrificada, amb la mirada clavada en la badia, i incapaç de creure tot el que veien els meus ulls. Tenia la boca tan seca que, quan vaig voler empassar-me la saliva, la llengua se'm va adherir al paladar. El pirata es va estremir i va fer un parell de badalls. En acabat d'orinar, va tornar a l'escotilla i va baixar a les bodegues. Ell a mi no m'havia vist.

Vaig girar cua i vaig baixar a correcuita pel penya-segat. Feia setmanes que havia marxat de Badia Blava decidida a trobar l'illa del capità Capblanc. Havia viatjat en vaixell, en veler, a peu i ara, quan per fi havia arribat a la seva illa, tenia tanta, tanta por que el cor gairebé m'explotava dins del pit. Sí, tenia por, pànic, d'en Capblanc, l'home que es recollia els cabells en un monyo, com fan les dones, i que esclavitzava les criatures com si fossin animals. I ara tan sols volia fugir, amagar-me, posar-me a recer i sentir-me fora de perill.

Aleshores la neu va cedir de sobte i el peu em va quedar atrapat entre unes pedres que hi havia a sota. Vaig caure de cap a terra, però el peu es va alliberar i vaig seguir lliscant pendent avall, malgrat intentar amb totes les meves forces aferrar-me a alguna cosa. Vaig rodolar a cent per hora amb el cap entre les cames i, en arribar a baix de tot, vaig colpejar-me el front contra una cosa duríssima; després, la vista se'm va ennuvolar i tot es va tornar fosc.

No sé quant de temps vaig passar allà ajaguda, i no sé pas si somiava quan vaig notar que un parell de mans m'agafaven per la jaqueta. I tampoc sé si somiava quan em va semblar que m'aixecaven de terra i em xiuxiuejaven unes paraules incomprensibles a cau d'orella. Tanmateix, en experimentar que levitava damunt del gel, i avançava tan de pressa com un gavot sense que les cames se'm belluguessin, vaig tenir la sensació que allò *havia de ser* un somni, que no podia ser més que un somni.

El noi del tamboret

Vaig despertar-me en un llit, amb un matalàs sec a sota i una manta calenta a sobre. Vaig aspirar l'olor de llana, que es barrejava amb una pudor de brutícia. El cap em feia molt de mal. M'hi devia haver donat un bon cop. L'habitació estava en penombra. Vaig distingir bigues al sostre i, un pèl més enllà, una finestreta molt menuda. Vaig sentir veus i soroll fora, com el brogit d'un poble. Un noi assegut en un tamboret em mirava; tenia els cabells negres, els ulls blaus i un rostre bonic. Una cicatriu li travessava la galta.

—On soc? —li vaig preguntar.

—A les Veles —em va contestar ell.

Vaig empassar saliva. Les Veles. El lloc on es reunien la gentalla i els pirates, on pul·lulaven com mosques al voltant d'un plat de peix. El lloc on calia anar si un volia trobar el capità Capblanc.

I jo l'havia trobat. Havia arribat a la seva illa, havia tingut *El Corb de Neu* als meus peus. Però, llavors, havia girat cua i havia fugit d'allà cames ajudeu-me. Per covarda, havia marxat corrents i havia caigut.

Els ulls se'm van omplir de llàgrimes, però me les vaig eixu-

gar de seguida, perquè no volia pas que aquell noi, a qui no coneixia de res, em veiés plorar.

—Com he arribat fins aquí? —li vaig demanar.

—Van deixar-te abandonada a la porta —em va respondre el noi.

—Qui?

—Això no ho sap ningú, tan sols la persona que et va abandonar —va explicar, i llavors va alçar la veu—: S'ha despertat!

Va transcórrer una estona i, tot seguit, algú va pujar les escales. Era una dona, fibrosa i de mans grosses. Tenia les galtes eixutes, les faccions esmolades i els ulls grisos. Va posar una tassa damunt la tauleta de nit i, en acabat, em va col·locar un plat sobre la panxa. Al plat hi havia una llesca de pa untada amb una mantega que pudia a rància.

—Ets de per aquí? —va voler saber la dona.

Vaig fer que no amb el cap i vaig clavar una mossegada al pa. La veritat és que la mantega no tenia pas tan mal gust.

La dona em va fitar durant una bona estona amb els seus penetrants ulls grisos.

—Com has arribat fins a les Veles? —em va preguntar.

—No ho sé, algú em va dur aquí a través del gel —vaig contestar. Tanmateix, resultava estrany. Gairebé misteriós. Que algú, un desconegut, m'hagués portat a collibè fins a aquesta cabana. Per què? I *qui*?

—A les Veles no permetem que els infants surtin sols a la mar —va dir llavors la dona—. Saps per què?

Vaig assentir.

—Pels pirates. —La dona es va respondre a si mateixa—. Volten per aquí. N'hi ha que es conformen amb robar ferro i pells. Però hi ha un capità allà fora que busca una altra cosa.

—Sí, ja ho sé... —vaig fer amb un fil de veu. I després d'una breu pausa, vaig continuar—. La seva illa... és gaire lluny d'aquí?

La dona va amollar una riallada, però era una rialla freda, atemorida.

—Són ben pocs els que saben on es troba aquesta illa —va afirmar—. I no és el cas d'aquesta vídua de pescador o del seu fill. D'altra banda, nosaltres no en volem saber res, d'aquesta illa. —Va mirar-se les mans clivellades, que reposaven sobre els genolls, i a continuació es va tombar cap a mi—. Fa tres dies que ets a casa nostra. Quan et vaig veure per primer cop estaves tan pàl·lida i tan feble que vaig pensar que no te'n sortiries pas. Ara menja i beu, que has de procurar refer-te. —Va aixecar-se de la cadira i es va adreçar al noi—. Bé, me'n vaig. He d'enllestir uns quants encàrrecs.

Aleshores va desaparèixer escales avall. De seguida vam sentir com la porta del carrer s'obria i es tancava al seu darrere.

Vaig incorporar-me al llit a poc a poc, em costava molt bellugar-me. Vaig acabar de menjar el pa amb mantega i després vaig beure l'aigua de la tassa. El noi no em treia els ulls de sobre, talment com si jo fos un enigma; un enigma que ell intentava resoldre tan sols amb la mirada.

—Què feies? —em va preguntar.

—Què? —vaig respondre, encara amb el darrer bocí de pa a la boca.

—Fora, al gel —va dir.

I mentre em netejava amb la llengua alguns grans de sègol que m'havien quedat entre les dents, rumiava què contestar-li. Havia d'explicar-li que el pirata Capblanc havia segrestat la meva germana i que jo ara recorria la mar de Gel per rescatar-la i tornar-la a casa?

No. Segur que sortiria corrents a explicar-ho a la seva mare, i la seva mare diria que el que jo volia fer era massa perillós. I llavors m'impediria continuar.

—Ho sento, però no t'ho puc dir —vaig respondre finalment.

El noi va empetitir els ulls, com si de sobte l'enigma que tenia al davant fos més espinós encara, i resoldre'l, una tasca més important.

Vaig guaitar de nou al meu voltant. Moure les pupil·les em va provocar una fiblada de dolor. A la paret de l'altre extrem de l'habitació hi penjaven fileres d'estris i andròmines diverses: botes, cafeteres, un parell d'abrics, un arnès, una pala de forner, una capseta de fusta, un cullerot, un salabret per enxampar frarets, un èider mort. I a terra hi havia un tamboret amb el seient de cuir molt gastat.

Tot d'una vaig recordar el meu rei dels peixos. Encara el duia a sobre, o potser algú...? Vaig ficar-me la mà per dins de la camisa i vaig estirar el cordill. Sí, el penjoll seguia allà! Sorprenentment calent pel fet d'estar contra el meu pit, cobert i ben abrigat per la manta de llana.

Aleshores el noi va clissar l'amulet. No vaig poder desxifrar què li semblava. Potser va creure que jo en volia presumir. El vaig tornar a amagar de seguida.

Es va fer un silenci estrany. Ni ell ni jo sabíem què dir. I quan va mirar a través del vidre brut de la finestra, vaig aprofitar per observar-li detingudament el rostre tan bonic. Els ulls eren com dos mars gelats. La cicatriu de la galta era tendra i vermella, profunda i molt llisa.

I si l'hi havia fet un pirata? I si resultava que en aquest poble les coses anaven així, que només que treies el nas per la porta, apareixia un pirata i et clavava una ganivetada? I si, sota la roba, el noi tenia el cos ple de cicatrius?

La curiositat em va vèncer; vaig escurar-me la gola i li vaig preguntar:

—Com t'ho has fet, això?

Ell va apartar la vista de la finestra i em va fitar, gairebé com si reaccionés a un senyal, com si hagués estat esperant la pregunta.

—El què? —va fer llavors tranquil·lament.

—La cicatriu —vaig dir—. Va ser un... vull dir que... algú et va ferir?

El noi es va palpar la ferida, pensarós, i en acabat va somriure.

—Ho sento, però no t'ho puc dir —va respondre—. Però... si m'expliques què hi feies allà fora, tota sola, enmig del gel, et contaré com vaig fer-me la ferida.

—Sí, home! —me'n vaig riure.

—Podem prometre'ns de no explicar-ho a ningú —va proposar el noi—. Què me'n dius?

—Doncs que tant se me'n dona, com t'has fet aquesta esgarrapada! —li vaig engegar.

—De debò? —va fer el noi—. Sàpigues que gairebé em costa la vida, eh?

—Vas estar a punt de morir?

Ara em va esguardar fixament.

—Si tu m'ho expliques, jo també —va insistir—. Però no podem perdre ni un minut, perquè segurament la mare tornarà d'un moment a l'altre. Pots posar-te dreta?

—I és clar, que puc! —vaig exclamar, enretirant la manta.

Em vaig aixecar de cop per deixar-li les coses clares, però en aquell mateix instant les cames em van fer figa, i si el noi no m'hagués subjectat, hauria caigut rodona a terra.

—Compte! —em va cridar—. Potser seria millor que esperessis una mica, no et sembla?

—No siguis ximple —li vaig engaltar, fent la forta, alhora que parpellejava per foragitar el mareig.

—Aleshores, estem d'acord? —va preguntar el noi.

—Sí, és clar —vaig respondre, perquè la curiositat m'estava matant—. Però a la teva mare ni una paraula, entesos?

—Entesos. I tu tampoc l'hi pots dir res. Ma mare ha de ser l'última a saber com vaig fer-me realment aquesta cicatriu —em va advertir—. Li vaig explicar que m'ho havia fet amb un arpó vell del pare. —Llavors va riure—. Vaig dir-li que estava jugant a fer de pescador i que vaig ensopegar, amb tan mala sort que l'arpó se'm va clavar a la cara. Hauries d'haver sentit com s'exclamava! Deia que m'havia anat d'un pèl de no quedar borni. Si sabés...

El noi va tornar a riure i els ulls li van espurnejar. Però tot seguit, va posar-se d'allò més seriós. I va enraonar gairebé com un adult:

—T'ensenyaré una cosa, però has de venir fins al cobert. Vols que t'ajudi a baixar les escales?

—No, gràcies —vaig remugar, mentre m'aferrava a la barana.

El farcell

Em sentia tan marejada que tot giravoltava al meu voltant, i per això vaig baixar les escales molt a poc a poc. Un cop a baix, vam posar-nos els abrics i les botes. A prop de la porta penjaven alguns trastos trencats. El noi em va comentar que la seva mare s'hi guanyava la vida, reparant estris de tota mena: una olla cremada, un esquer fet malbé, un canó de fusell tort, una sola de sabata gastada; fos el que fos, ella podia arreglar-ho, apedaçar-ho o enganxar-ho. I pel que sembla, també curava nenes que s'havien esberlat el cap. Suposo que aquesta fou la raó per la qual em van deixar allà, a casa seva. El noi, a més, em va explicar que sa mare era tan forta que podia torçar un atiador amb les mans, i per això l'anomenaven Anna de Ferro. Ell es deia Einar, i el seu pare havia mort ofegat feia uns quants anys.

Darrere la cabana de l'Einar i l'Anna de Ferro hi havia un cobert a la paret exterior del qual reposava un trineu. L'Einar va obrir la porta del cobert i hi vam entrar. A dins hi havia molts ormeigs de pesca, però feia ben bé l'efecte que ningú no els havia fet servir des de feia molt de temps. Les xarxes estaven plenes de pols.

—Ma mare mai no hi posa els peus, aquí —em va dir l'Einar—. Diu que el cobert li recorda massa el pare.

L'Einar llavors es va ajupir al costat d'un farcell. Amb molt de compte, va apartar la manta que el cobria i va treure una cosa, si fa no fa, de la mida d'un nap: un ou de gallina.

—Hi ha un pollet a dintre? —vaig preguntar, perquè sabia del cert que els ocells balena tenien les seves cries a l'hivern.

L'Einar va fer que sí amb el cap. I tot seguit va enganxar l'orella a l'ou.

—Aviat sortirà de la closca. Puc notar com es belluga. —Aleshores es va tocar la ferida—. Feia moltíssim temps que volia un ou com aquest. La seva mare va intentar matar-me quan l'hi vaig prendre, t'ho ben asseguro.

Molt suaument, va acariciar la closca blanca i clapejada de negre. Jo ja havia tocat moltes vegades ous com aquell, però mai amb un pollet a dins.

—Quan la cria surti de la closca, serà meva —va afirmar l'Einar, orgullós—. Meu i de ningú més. Què me'n dius, eh?

Vaig esbossar un somriure, havia de reconèixer que allò no estava gens malament. Tenir el teu propi ocell balena! Ser l'amo d'una criatura amb bec dentat i cuidar-la, posar-li un nom i proporcionar-li un lloc on dormir. Potser un petit feix de palla dins d'una caixa de fusta. Sí, i tant que a mi també m'agradaria tenir-ne un, d'ocell balena!

Amb molta cura, l'Einar va tornar a abrigar l'ou amb la manta de llana. I en acabat, va posar-se dempeus i em va mirar fixament.

—Ara et toca a tu —va dir—. Què hi feies, al gel?

Vaig trigar una mica a contestar-li, però havíem acordat explicar-nos els nostres secrets i ara no me'n podia desdir.

—Buscava el pirata Capblanc —vaig admetre.

Ell va arrufar les celles.

—Què?

—Buscava en Capblanc —vaig repetir—. El capità pirata que no en té prou amb robar or, plata i pells. El que també roba nens i nenes.

—I per què redimoni li vas al darrere? —va preguntar perplex l'Einar.

—Doncs perquè fa unes setmanes la seva tripulació va endur-se la meva germana petita —li vaig respondre—. I he decidit rescatar-la. Però això no és tot. Ara ja he trobat la seva illa. Per pura casualitat. El problema és que vaig relliscar, vaig caure, i després... després no recordo res més. Fins que em vaig despertar a casa vostra.

L'Einar va obrir els ulls de bat a bat, uns ulls que ara guspirejaven de por pel que jo li acabava de contar.

—De debò has trobat l'illa d'en Capblanc? —va fer amb un xiuxiueig.

—T'ho juro. És una illa amb una gran badia i una embocadura estreta —vaig explicar-li—. La badia està envoltada d'unes muntanyes molt altes. *El Corb*, el vaixell d'en Capblanc, està ancorat en aquella badia i és impossible veure'l des del mar. A més a més, també vaig descobrir... fum, una columna de fum que sortia de l'interior de l'illa.

—Les mines... —va mormolar l'Einar, empassant-se saliva. Va reflexionar uns segons i, en acabat, em va preguntar—: La teva mare i el teu pare saben el que penses fer?

—La meva mare és morta —vaig dir-li—. I el meu pare... no va poder fer res per impedir-m'ho.

En pronunciar aquestes paraules se'm va escapar un sospir. Pobre pare, com devia estar ara, a casa nostra, a la cabana? Ja no li devien quedar gaires arengs, i segur que el pot de baies ja era buit. La llar, tan freda als matins... I tot sol... Sí, sens dubte això era el pitjor: que els dos fars que il·luminaven la seva obscuritat, i sempre el feien somriure, eren molt lluny d'ell.

—He de tornar a localitzar l'illa d'en Capblanc —vaig dir—. Segur que la persona que em va trobar inconscient al gel i em va portar a casa teva podria indicar-me el camí. Però, malauradament, no tinc ni idea de qui va ser... Tant de bo ho sabés!

Just en aquell moment, vam sentir un lleuger cruixit, com quan un trepitja una fina capa de gel amb la punta de la bota i aquest es trenca. I llavors el cruixit es va barrejar amb un furibund xiulet.

—Està sortint de la closca! —va exclamar l'Einar, llançant-se de genolls a terra.

Ràpidament va enretirar la manta i tots dos vam veure com la closca, gruixuda i clapejada, ja s'havia esquerdat en diversos punts. Amb compte, l'Einar va arrencar un tros de closca perquè el pollet pogués sortir més fàcilment. I tot seguit va aparèixer un bec, gairebé transparent i amb unes dentetes molt petites. I aquell petit bec va grallar amb una força i una persistència increïbles, jo mai no havia vist res de semblant. A continuació, l'ou es va obrir del tot i heus aquí el pollet, intentant sostenir-se sobre les seves febles potetes i batent les ales sense parar. Jo sabia que quan adquirís el seu plomatge d'adult seria negre clapejat, però ara era d'un to castany. Era meravellosament castany, suau i menudíssim. Tenia els ullets daurats com l'or. De tant en tant queia, tot i que de seguida es tornava a aixecar i grallava com si estigués enfadat amb tot el que l'envoltava.

Quan l'Einar va ajupir-se per acariciar-lo, el pollet de poc no l'espicassa.

—Ui! —va amollar l'Einar—. No sabia que fos tan agressiu.

—Ha! ha! ha! De tal buc, tal eixam! —vaig riure—. Si no coneixes els ocells balena, tindràs problemes amb aquest animaló.

Aleshores em va esguardar uns instants. Més que irritació, els seus ulls mostraven admiració.

—Els *coneixes*, els ocells balena? —va preguntar.

—Doncs és clar —li vaig contestar.

Els ulls de l'Einar van espurnejar.

—Ah, sí? I m'ensenyaries el que en saps?

Per descomptat que, de cries, no n'havia tingut mai entre mans, però els ocells adults els coneixia prou bé. I sabia què era el més important si no volies que et clavessin les seves dents esmolades i les seves urpes punxegudes: que no notessin que et feien por.

Vaig agenollar-me al costat del pollet cridaner i vaig agafar-lo amb decisió pel llom, de manera que les ales van quedar recollides. El pollet es va regirar i remoure per mossegar-me la mà, però no hi arribava. I va calmar-se en comprovar que les seves escomeses no m'espantaven.

—Que tindria una mica de peix, la teva mare? —li vaig preguntar.

L'Einar, que observava la meva exhibició amb uns ulls com unes taronges, va assentir ràpidament i tot seguit va sortir disparat del cobert. En un tres i no res ja hi tornava a ser, amb un areng salat a la mà.

—Mmm, seria millor que fos peix fresc —vaig dir.

—Però si l'areng salat és boníssim! —va fer ell, i amb les ungles va arrencar uns bocinets de carn grisosa.

Me'ls va allargar perquè jo peixés la cria d'ocell balena, que va devorar amb fruïció un tros rere l'altre. I havia de vigilar, perquè si no anava prou de pressa, començava a grallar de mala manera.

—Això rutlla la mar de bé! —va exclamar l'Einar, entusiasmat.

—I tant! —vaig convenir amb un somriure als llavis.

Quan el pollet es va haver cruspit tot l'areng, em vaig tornar a aixecar. Però amb prou feines vaig haver estirat les cames que la vista se'm va ennuvolar i vaig necessitar aferrar-me al braç de l'Einar. Ell em va mirar i em va dir:

—Si vols saber la meva opinió, hauries d'estar molt contenta d'haver sortit amb vida d'aquella illa. Si hi tornes... no tindràs la mateixa sort.

Sang a la neu

Durant els dies següents, vaig ajudar l'Einar a cuidar el pollet tant com vaig poder. Així que l'Anna de Ferro marxava de casa a tornar els objectes reparats, tots dos ens escapolíem cap al cobert amb arengs entaforats a les butxaques. Era fonamental, em deia l'Einar, que la seva mare no descobrís que ell tenia un pollet. No volia explicar-me per què. Cada cop que l'hi preguntava, tan sols em responia:

—És la nostra promesa, oi?

La cria d'ocell balena ja tenia gairebé una setmana. El bec, que quan va néixer era gairebé transparent, ara era negre com el carbó i tenia les dents esmolades com ganivets.

—Si no vas amb compte —vaig advertir l'Einar—, et clavarà una picada al nas.

—Em fa l'efecte que tu li agrades més —va sospirar, i llavors va apartar-se ràpidament de l'animal, que sens dubte pretenia atacar-lo.

—Has d'actuar amb decisió. I per l'amor de Déu, no tiris els trossos d'areng a terra, perquè aleshores ja no li cal venir fins a tu. S'ha d'acostumar a menjar de la teva mà.

L'Einar va collir el tall d'areng que havia tirat, el va ensenyar a la cria i va fer un posat seriós.

—Au —va dir-li—, el vindràs a buscar o t'estimes més quedar-te sense teca?

Vaig riure.

—No entén pas les paraules, ell! —vaig fer.

Tanmateix, ara semblava ben bé que el pollet ho hagués entès. Va torçar el coll i va deixar anar un grall que va sonar, si fa no fa, com un esternut de gat amb grip felina. En acabat, va córrer cap a l'Einar, que seia amb el tros d'areng a la mà estesa, i zas! En un tancar i obrir d'ulls, el pollet va cruspir-se l'areng.

—Ha funcionat! —va exclamar l'Einar.

Però de tan content com es va posar, no va pensar a enretirar la mà. I el poll, que encara no estava tip, li va picar la mà, buscant més peix. L'Einar va amollar un gemec i es va aixecar d'un bot.

—Ai! Quin mal...! —va xisclar, mentre es fregava convulsivament la mà dreta.

—Deixa-m'ho veure —vaig fer jo.

L'Einar va deixar anar la mà amb compte i em va mostrar la ferida al dors. Se'm va fer un nus a l'estómac en veure tota aquella sang, tan clara i rajant a borbollons. Al voltant de l'Einar, tot de gotes vermelles tacaven el terra.

—Això ho hem d'embenar ara mateix —vaig dir amb determinació.

Vam abandonar a correcuita el pollet, que per pur instint s'havia afanyat a picotejar les taques del terra. Vaig tancar el cobert amb pany i forrellat, i ens vam dirigir cap a casa. L'Anna de Ferro encara no havia tornat. Llavors vaig agafar un drap que penjava d'un ganxo al costat del rentamans, i el vaig submergir en una galleda plena d'aigua.

—Seu —vaig manar a l'Einar.

Ell va obeir sense piular. A la llar de foc encara cremaven algunes brases, que llançaven la seva càlida claror intermitent cap al sostre. Les cortines van bellugar-se suaument a la finestra mal ajustada. La penombra i l'olor de l'areng donaven a la cuina de l'Anna de Ferro un aire d'allò més normal i acollidor. Vaig netejar a fons la ferida i, durant tota l'estona, l'Einar seguia els meus moviments amb la mirada. De sobte, em va mirar als ulls.

—Creus que som iguals, tu i jo? —va preguntar.

—Què vols dir? —vaig fer jo, sorpresa.

—Doncs... vull dir que... tenim el mateix color de cabells i el mateix color d'ulls. Tots dos venim d'una família de pescadors. La teva mare és morta, com el meu pare. I jo també tinc un penjoll, guaita!

Aleshores, amb la mà sana, va estirar una cadeneta que duia al coll i em va ensenyar el petit joiell que hi penjava. Era un ham. Sí, ja l'hi havia vist abans, però no de tant a prop com ara. L'Einar em va explicar que l'hi havia regalat la seva mare, just després que el pare morís ofegat en aquell malaurat accident. Va fer giravoltar el penjoll entre els dits, em va tornar a mirar i va esclafir una riallada.

—Ho veus? És ben bé com si fóssim germans!

—Potser tinguis raó —vaig fer jo amb un somriure—. Tot i que els teus ulls són molt més blaus que els meus.

—A mi no m'ho sembla pas... —va remugar l'Einar, gairebé com si jo hagués dit alguna cosa desagradable.

Quan la ferida va estar seca, vaig agafar un altre drap per embenar-li la mà. A continuació, vaig esbandir el drap ensangonat al cubell i vaig buidar l'aigua rosada a l'aigüera.

—Marxem? —vaig preguntar.

L'Einar, que havia restat en silenci i fins i tot semblava un pèl desanimat, va assentir amb el cap i es va alçar de la cadira.

—Agafaré més peix —va dir.

Va aixecar les tovalles que cobrien l'atuell on l'Anna de Ferro guardava els arengs i en va treure una femella esplèndida, enorme, amb la panxa carregada d'ous.

—La teva mare no s'adonarà que ens l'hem endut? —li vaig preguntar.

—Bah, no ho crec! —va fer l'Einar i va sortir per la porta.

Tots dos vam estar a punt de caure d'esquena quan vam veure l'Anna de Ferro. Estava dreta al rebedor, observant la sang a l'escala. Havia anat seguint les taques vermelles a través de la neu, fins arribar a la porta tancada del cobert. I ara, en alçar la vista, va clavar els ulls en la mà embenada de l'Einar. Es va posar les mans als malucs i, de la ràbia, va tensar tots els músculs de la cara.

—Has tornat a jugar amb la fitora? —va voler saber.

L'Einar estava tan astorat que va ser incapaç d'articular una sola paraula.

—Et vaig dir que no potinegessis més aquells estris vells i rovellats! —va continuar l'Anna de Ferro, alhora que s'apropava al seu fill i li acaronava la galta—. Però tu, tot just t'has curat que ja has corregut de nou al cobert! No entens que si et talles agafaràs una infecció?

—Sí, ja ho sé... —va mormolar l'Einar.

—I per acabar-ho d'adobar, encara vas i t'emportes també la Siri! —va afegir l'Anna de Ferro—. Que no veus que encara està convalescent i necessita fer més repòs al llit? Ara mateix me'n vaig al cobert i penso llençar tota aquella pila d'eines inútils!

—No! —va bramar l'Einar.

—M'hi veig obligada, Einar, perquè tu no fas cas del que et dic! —va exclamar, molt empipada, l'Anna de Ferro.

Aleshores ell li va agafar la faldilla.

—Sisplau, mama... —li va suplicar—. No ho facis, t'ho demano per favor!

L'Anna de Ferro, que encara fitava el seu fill amb aquella cara tensa i enrabiada, va trigar uns segons a respondre. Però tot d'una es va estovar i li va passar la mà suaument pels cabells.

—Petit meu —va dir-li gairebé en un xiuxiueig—. Que potser seràs com el teu pare quan siguis gran? És per això que cada dos per tres surts corrents i jugues a fer de pescador?

L'Einar no va contestar, es va limitar a mirar a terra i a fer que sí amb el cap.

—Au, entrem dins —va fer llavors l'Anna de Ferro—. Comença a ser hora de sopar, que no teniu gana?

Però, quan érem a punt de travessar el llindar de la porta, la mare de l'Einar va veure que el seu fill duia un areng a la mà.

—Es pot saber què coi fas amb això? — li va preguntar.

Un cop més, l'Einar va quedar mut, però jo em vaig afanyar a prendre la paraula.

—Anna, no el renyis, sisplau. Ha estat idea meva —vaig dir—. Pensava que el nostre joc de pescadors seria més realista amb un peix de veritat. Una bestiesa, ja ho sé, i et demano que em perdonis.

L'Anna de Ferro va somriure. Li va agafar l'areng a l'Einar i, quan vam ser a dintre i ens vam haver tret els abrics, ens va dir:

—Ara vull que tots dos em prometeu que mai més no tornareu a jugar amb aquells estris tan esmolats, entesos? Si no, em veuré obligada a llençar-los.

—T'ho prometem —vam fer l'Einar i jo a l'uníson.

El millor pescador

I així van anar passant els dies a les Veles. El meu mareig, tan intens al començament, de mica en mica va anar remetent. L'Einar també va notar que cada cop necessitava menys el seu ajut per aixecar-me o baixar les escales. I també va entendre que, tan aviat desapareguessin del tot els marejos, jo marxaria i ens hauríem de dir adeu. Crec que això l'entristia.

Un vespre sèiem tots tres a taula, menjant. Hi havia sopa de peix. L'Anna em tractava molt bé, m'alimentava i m'oferia un llit, i mai no m'havia demanat qui era jo, d'on venia o què hi feia aquell dia sola enmig del gel.

Aleshores, ben bé com si m'hagués llegit el pensament, em va dir:

—Siri, no cal que et digui que et pots quedar aquí tant de temps com vulguis.

Vaig mirar el meu plat, amb els petits bocins de peix surant al caldo, entre els flocs d'ordi. M'agradava la sopa de peix que feia l'Anna de Ferro. L'especiava amb api bord i altres herbes, i tenia molt bon gust.

—Començo a sentir que tinc les cames molt més fortes i estables —li vaig dir—. No trigaré gaire a marxar.

L'Anna de Ferro va posar la seva mà sobre la meva i em va mirar als ulls. Se la veia un pèl trista.

—Espero que el lloc on has d'anar i el que has de fer s'ho valguin —em va dir. I sense deixar de mirar-me, va empetitir els ulls—. A les Veles no permetem que els nens surtin sols a la mar.

—Ja ho sé —vaig fer, fluixet.

—De fet, si fossis filla meva —va continuar l'Anna de Ferro—, et lligaria a la porta. Però no n'ets, i tanmateix... Tanmateix, sento dins meu que és millor que no sàpiga per què te'n vols anar.

Jo vaig assentir de nou. Sí, sens dubte era millor que, pel bé de la seva pau d'esperit, ella no ho sabés. Més de dues i tres vegades li havia sentit dir emfàticament que els infants havien de vigilar molt amb el mar. Per això estava segura que, si sabés la veritat, no em deixaria pas marxar.

—Aviat et desempallegaràs de mi —li vaig dir amb un somriure—. T'ho prometo.

L'Anna de Ferro no em va respondre; es va aixecar i va anar a servir-se més sopa. En tornar, es va tornar a asseure i es va quedar mirant l'Einar, que ara havia parat de menjar i tenia els ulls clavats a la taula.

—Einar, es pot saber per què fas aquesta cara de pomes agres? —li va preguntar.

—Jo no faig cara de pomes agres —va contestar ell secament, i llavors va seguir menjant-se la sopa.

L'endemà l'Anna de Ferro havia sortit a portar uns pantalons que havia sargit per a un vellet del barri. Jo seia a la finestra, contemplant el carrer ple de sots per on la mare de l'Einar havia desaparegut costa avall. I en pensar en la gran població que s'estenia just allà fora, vaig sentir una fiblada de pànic a l'estómac. El poble que tantes vegades li havia descrit a la Miki, el poble en el qual tan sovint havia pensat. Vaig passar el dit pel bastiment de la finestra. La fusta estava humida i florida. Aquí, a la cabana, gairebé no es notava que fóssim a les Veles. Aquí les sensacions i les olors eren ben bé com les de casa, a Badia Blava. Però ben aviat, pensava jo, ben aviat recorreré tots aquests carrers empedrats... I llavors vaig sentir una nova fiblada a la boca de l'estómac.

Uns segons després, em va sobtar la presència de l'Einar darrere meu. Amb l'esguard anava resseguint el moviment del meu dit, que acariciava amb compte aquell suau verdet. En acabat, em va mirar i em va dir:

—Que potser penses que som pobres, la meva mare i jo?

No el vaig reconèixer, no semblava ell. El to i la manera com m'havia fet la pregunta tenien una duresa estranya, desconeguda per a mi. Vaig apartar el dit de la finestra i vaig contestar:

—No, i ara.

Però el cert és que no en tenia ni idea. És possible que l'Einar i l'Anna de Ferro fossin gent pobra, tot i que... aleshores, jo també n'era, de pobra. Perquè, si ells eren pobres, llavors tothom que jo coneixia era pobre.

—És per això que no et vols quedar? —va preguntar ara l'Einar.

—Què? —vaig fer jo, sorpresa.

—Potser creus que aquest no és un bon lloc per viure —va insistir.

—Però quines rucades dius! —vaig exclamar jo—. Saps perfectament per què no puc quedar-me.

L'Einar va fer que sí amb el cap.

—Perquè t'estimes més llançar-te als braços de la mort.

—No, Einar, marxo perquè he de salvar la meva germana! Per què em dius aquestes coses, ara? De debò que no voldria pas haver-me d'enfadar amb tu abans d'anar-me'n.

—És que no te n'aniràs! —Les seves paraules sonaven irritades, però de seguida em va somriure alhora que m'agafava per les espatlles—. Quan escoltis el que he planejat, ja veuràs com no marxaràs. Espera aquí un moment.

L'Einar va pujar les escales a correcuita. Va desaparèixer en un tancar i obrir d'ulls i, uns segons més tard, ja tornava a ser a baix. Duia un paper a la mà.

—Guaita això —em va dir.

Aleshores va desplegar el paper. Es veia que havia estat molt rebregat. L'Einar em va explicar que l'havia trobat feia un parell d'anys, quan la seva mare arreglava un cimbell que algú li havia portat. El paper era a dins, formava part del farcit.

Semblava una pàgina arrencada d'un llibre sobre ocells. En qualsevol cas, de seguida vaig reconèixer l'ocell de les imatges, perquè era una ocell balena, un exemplar adult. Després hi deia una pila de coses sobre aquests ocells que l'Einar em va anar explicant: quant pesen, com fan els nius i fins a quina profunditat poden submergir-se. A més, vaig fixar-me que l'Einar hi havia subratllat una frase en concret: «A la mar de Gel no hi ha millor pescador que l'ocell balena».

O sigui, que de tots els animals de la nostra mar, el que millor pesca és l'ocell balena. I? Vaig mirar l'Einar encuriosida.

—Què vols dir amb això? —li vaig preguntar.

—Aquest és precisament el meu pla —va fer l'Einar amb un nou somriure—. L'he mantingut en secret tot aquest temps perquè fos només meu. Però ara he decidit explicar-te'l i compartir-lo amb tu. T'asseguro que canviaràs d'idea quan te l'expliqui.

Llavors l'Einar em va confiar el seu pla. L'havia planificat ell tot sol:

Quan el seu pollet s'hagués convertit en un ocell adult, li lligaria una corda al voltant de les potes i una altra al voltant del coll, que tibaria tan fort com pogués, just per deixar que l'animal respirés. Tot seguit començaria la feina. Ho farien des del vell embarcador del pare de l'Einar. L'Einar llançaria l'ocell balena al mar perquè pesqués. Però quan hagués atrapat uns quants peixos i provés d'empassar-se'ls, la corda l'hi impediria. Per tal que no s'asfixiés, l'Einar li trauria els peixos del pap. En acabat, així que l'Einar hagués arreplegat una bona pila de peix, retiraria la corda del coll de l'ocell i li donaria un o dos arengs com a premi. En qualsevol cas, era fonamental que l'ocell mai no estigués tip del tot, perquè aleshores deixaria de pescar. I d'aquesta manera, va afirmar l'Einar, tot cofoi, ell es convertiria en la persona més rica de les Veles. Fins i tot potser la persona més rica de tota la mar de Gel occidental.

—I tu... —va afegir—. Tu podràs ajudar-me. Ho podem fer junts.

Jo me'l vaig mirar, amb el seu rostre pàl·lid i els seus ulls blaus. De cop i volta ja no em semblava un noi tan bonic. Vaig fer que no amb el cap.

—No —vaig contestar.

—Sí! —va replicar l'Einar—. Sé que amb el teu ajut el pla serà un èxit! Que no veus que ens aniria la mar de bé? I així a la mare no li caldria escarrar-se a sargir els pantalons tronats de tots els vells del poble per quatre quartos miserables! I també podríem convidar el teu pare a viure aquí, amb nosaltres!

—Però, i la meva germana?! —vaig exclamar—. Què passarà amb ella?

L'Einar va amollar un sospir, com si de sobte pensés que jo era una pesada i una esgarriacries.

—Aquí, al poble, la gent sap que cal guardar-se del pirata Capblanc, que no se l'ha de cercar —va dir—. Aquells a qui en Capblanc segresta...

—Deixen d'existir, oi? Doncs, moltes gràcies, això també és el que diuen al lloc d'on jo vinc! —vaig interrompre'l.

—Però, per què has de ser *precisament tu* qui li busqui les pessigolles? —va protestar l'Einar.

—Perquè… perquè considero que el que fa no està bé —li vaig respondre.

—Què no està bé? Què vols dir?

—Doncs fer-se ric a costa d'obligar els altres a treballar com a esclaus per a ell.

En sentir les meves paraules, l'expressió al rostre de l'Einar va canviar; tot d'un plegat es va tornar dura. Dura i distant.

—Si de debò és així com em veus —va dir amb fredor—, aleshores és molt millor que te'n vagis.

—Però no puc marxar tan de cop i volta! —vaig fer, encara intentant pair la nova situació.

—I tant que pots! Ves-te'n ara mateix! —I, bo i etzibant-me una empenta, va repetir amb ràbia—: Ara mateix!

—Però, Einar, què et passa? —vaig voler saber, però ell em va tornar a empènyer. Tenia els ulls plorosos.

—Fora, et dic! Tu no ets amiga meva! I aquí ja no hi fas res!

Em sentia tan trista i sobtada que no vaig poder fer altra cosa que obeir. Després de posar-me ràpidament les botes i l'abric, vaig sortir corrents en direcció al carrer que baixava fins al poble. Al cap d'un instant, però, l'Einar va sortir darrere meu.

—Siri! Espera! —va cridar—. Espera, et dic!

Em va atrapar i em va agafar per l'abric.

—Perdona'm, sisplau! —em va demanar—. No m'hauria d'haver comportat així.

—Tant és, Einar —vaig dir-li jo, apartant-me'n—. Me'n vaig igualment. Ja he esperat massa.

—Siri! —va exclamar mentre em tornava a agafar.

—Què vols?

—Només volia dir-te que...

L'Einar em va mirar amb una lluïssor desesperada als ulls. El baf fred que exhalava per la boca era d'allò més blanc i brillant. Hauria jurat que l'Einar lluitava contra alguna cosa dins seu. Finalment, va empassar saliva i va abaixar la vista. Quan les nostres mirades es van creuar de nou, va continuar:

—...que has d'asseure't. Si et sents marejada, vull dir.

Jo vaig assentir amb el cap.

—Gràcies. A tu i a la teva mare. I digues-li adeu de part meva, sisplau.

Les botigues de les Veles

Després d'acomiadar-me de l'Einar, el cor em va fer mal durant molta estona. No era el mateix noi de feia uns dies, quan havíem treballat junts per domesticar el seu pollet. No, ara que li coneixia les veritables intencions, em semblava algú diferent. I tot i així... Tot i així em sabia greu que ens haguéssim dit adeu en un rampell d'ira.

No estava acostumada a caminar per carrers empedrats i relliscava cada dos per tres. Cap a on podia dirigir-me ara? No tenia ni idea d'on anar o a qui demanar consell... De fet, no sabia ni cap a on apuntava el meu nas! Tot era absolutament nou i desconegut per a mi.

Sí, potser les cabanes tenien si fa no fa el mateix aspecte que la majoria de cabanes. Baixes i grises, amb els bastiments plens de verdet. I amb cortinetes apedaçades darrere les finestres; i darrere les cortinetes, unes velletes grises i menudes amb pèls a la barbeta. Per les cantonades de les cabanes es passejaven porcs que llepaven els tolls grisos d'aiguaneu i fang que hi havia a terra. I el cel era gris i els ulls dels joves que m'anava trobant també eren grisos.

Però, a mesura que m'apropava al port, tot esdevenia menys i menys gris. Aquí les portes de les botigues estaven obertes i es podien comprar bales d'escopeta a gairebé cada parada. En una de les botiguetes, penjava una filera de guineus platejades de cap per avall, amb els ventres oberts i buits. El vell amo de la botiga venia gorres d'aquest tipus de pell de guineu. A l'establiment del costat hi havia pintes i caixetes i daus tallats en os de balena. I un bastó fet amb l'ullal llarg i esmolat d'un narval. Més endavant vaig veure una botiga on venien pops vius. Estaven tots ficats dins d'una tina de fusta, n'hi devia haver ben bé cinc o sis, i s'arrossegaven serpentejant els uns per damunt dels altres buscant espai.

I després hi havia gerres de coure i de plata, sabates de pell de salmó i botes de pell de foca, penjolls fets de dents i ullals, i joies d'or; fins i tot es podien comprar ous de duc blanc com a ornament. Sí, tot allò que un pogués imaginar i desitjar era a les Veles.

De cop i volta vaig veure un home vestit amb pell de llop blanc que duia dues pistoles. Me les vaig quedar mirant tan atònita que els ulls de poc no em surten de les conques, i quan ens vam creuar vaig contenir la respiració de pur espant. L'home, en canvi, ni tan sols es va adonar de la meva presència. Una estona més tard, vaig trobar una dona que feia tanta pudor d'ocell mort que em vaig haver de tapar el nas. Quan la vaig mirar de més a prop, vaig fixar-me que l'abric que duia era fet de pell de gavot gegant, i que hi penjaven tot de becs de gavot, negres i torts. Els gavots gegants eren preses fàcils, ja que les seves ales no són per volar. La gent de més baixa estofa ni tan sols es molestava a matar els gavots gegants abans d'espellar-los. Fins i tot he sentit dir que n'hi havia que bullien els pobres animals vius quan volien fer un àpat ràpid. Només els calia ficar a l'olla aquells ocells —dòcils i incapaços de volar— i encendre el foc.

Tan bon punt la dona va haver desaparegut carrer avall, en vaig veure una altra; duia uns tirants per sobre de la jaqueta, i dels tirants en penjaven tota mena de ganivets. Tenia berrugues al voltant dels ulls i el cap cobert amb un barret.

I aleshores vaig pensar: com es reconeixia que algú era un pirata? És que els pirates semblaven gent més dolenta que els altres? O era justament al revés? Potser els pirates més llestos eren aquells que aconseguien enganyar tothom i fer creure que eren molt bones persones. Fins i tot podia ser que tinguessin un rostre fi i bonic, vestissin abrics d'allò més elegants, i duguessin els cabells nets i ben pentinats. I si, quan un creia que havia trobat un bon amic, resultava ser un pirata que li robava totes les pertinences de valor i tocava el dos d'allà?

Vaig passejar una llarga estona per aquells curiosos carrers empedrats alhora que n'observava els diferents vianants. I ara que era a les Veles, què havia de fer? Com m'havia de comportar? Hauria d'estirar algú suaument pel braç i preguntar-li: no deu ser vostè per casualitat un pirata? Tindria l'amabilitat d'acompanyar-me a l'illa d'en Capblanc? Ara mateix, si pot ser!

Mentre caminava i rumiava en tot això, vaig arribar a una altra botiga oberta que, a primera vista, feia l'efecte d'estar força buida. Aparentment, el vell assegut a l'entrada l'únic que tenia a la venda eren un parell d'arpons usats i, en un cubell, quatre tristos caps de palaia en gelea. Però just al costat del cubell, hi havia dos petits moneders fets d'una pell clara que em va resultar familiar i estranya al mateix temps. Vaig tocar un dels moneders molt lleugerament. Era suau. El vell es va llepar els llavis i em va mirar amb aire maliciós. Per la cara que va fer, vaig comprendre que devia tractar-se d'un material molt valuós.

—Que hi estàs interessada, potser? —em va preguntar.

—Bé, jo només... Què és? —vaig murmurar—. Vull dir, aquesta pell...?

Aleshores l'home va inclinar-se cap a mi i, en somriure, va mostrar-me les seves repugnants dents tortes i marronoses.

—Mmm... es tracta d'un tipus de pell molt rara... —em va dir—. No crec que hagis tocat mai res que s'hi assembli; de fet, són comptades les persones que ho han fet. I no et pensis pas que és gratis, eh?

Tot just llavors vaig fixar-me en un detall que em va remoure els budells. Als extrems dels cordills del portamonedes hi havia una cosa que, a primer cop d'ull, m'havien semblat trossos de petxines. Però m'equivocava: eren ungles!

I en aquell precís instant vaig saber de quina mena de pell estava fet el moneder. Fastiguejada, el vaig llançar i vaig arrencar a córrer lluny, ben lluny d'aquell vell repulsiu, mentre dins meu sentia una veueta que deia: Na-naa!

No, no era ell, no podia pas ser el meu nen sirena... vaig obligar-me a pensar, un cop i un altre. De cap manera no podia ser ell, el meu menut, qui s'havia convertit en una bosseta per guardar-hi monedes. Havia de ser algú altre.

El mareig em va tornar de sobte, i vaig tenir por de desmaiar-me i caure rodona a terra. Per sort, vaig trobar un parell de caixes de fusta sobre les quals desplomar-me. Vaig estar-me una bona estona allà, asseguda a les caixes. El cap em rodava i només tenia ganes de plorar. I vaig esclatar a plorar. Plorava per les capsetes, per les gorres i pels daus; per les persones que feien moneders amb pell de sirena, i per tots aquells que prenien de la naturalesa molt més del que necessitaven.

Quan per fi vaig aconseguir aturar el plor, vaig eixugar-me les galtes amb la màniga de l'abric i vaig donar una ullada al meu voltant. Havia arribat al port. A tocar dels coberts del moll hi havia unes quantes xarxes esteses que calia reparar, però el fred les havia congelat i semblaven uns gràcils esquelets de gel. Al costat de les xarxes, una colla d'homes i dones grisos xerraven entre ells. Pescadors, vaig deduir. Pobra gent, no ho devien tenir pas fàcil ara que no podien guanyar-se la vida.

Sí, aquest immens mar gelat resultava una visió ben estranya. Als embarcadors, les naus amarrades ni es gronxaven ni feien el més mínim grinyol, estaven com petrificades. Era una calma tan absoluta que feia posar la pell de gallina. Un vaixell d'un sol pal duia una bonica escultura de fusta a la proa: una dona vestida que fumava una pipa d'escuma marina. Els esquitxos del mar se li havien gelat a les galtes i semblaven llàgrimes.

A continuació dels molls hi havia una llarga filera de botigues, una oficina portuària —com és lògic— i un pràctic que vivia en una minúscula garita amb un fanal a la porta.

De cop i volta els meus ulls van fixar-se en un home, i aquell home, vaig pensar de seguida, *aquell* home, potser era un pirata! El cert és que no sé pas per què ho vaig pensar, però tot ell tenia un aspecte d'allò més lleig i desagradable. La mirada era amenaçadora, com si se't clavés, i la boca de llavis serrats tenia una expressió malèvola. Caminava encorbat i de manera apressada, sense aturar-se per res ni per ningú; ben bé com si amb tot el seu ésser volgués dir: deixeu-me en pau!

L'home, que avançava feixugament contra el vent que assotava el port, va dirigir-se cap a una porta sense pintar situada tot just a quatre passes de l'escala que pujava a la caseta del pràctic. En arribar-hi, va obrir ràpidament i va entrar. Abans que la porta es tornés a tancar al seu darrere, vaig sentir la dringadissa d'un plat de llauna i els renecs d'unes quantes persones.

Aleshores em vaig aixecar i em vaig atansar a poc a poc a la porta. Què era el que m'havia dit un dia en Fredrik...? «Els pirates més bocamolls són aquells a qui els encanta la cervesa, i al port n'hi ha un fotimer, de tavernes de mala fama.»

Damunt la porta penjava un rètol. Estava molt rovellat i costava de llegir. Finalment, però, vaig aconseguir desxifrar aquelles lletres tortes i borroses: Les Armes de les Veles.

Recordo que llavors vaig estar-me una bona estona allà, palplantada i amb la vista fixa en la porta. Aquell lloc m'aterria i n'hauria volgut fugir corrents. Però ara no podia tenir por. I si era precisament en aquesta taverna on trobaria la resposta sobre com continuar el meu camí?

Vaig respirar fondo i hi vaig entrar.

Les Armes de les Veles

Vaig haver de parpellejar un parell de cops abans que els ulls se m'acostumessin a la penombra. Hi havia uns quants quinqués penjats a les parets, però no feien gaire llum. Una olor agra ho impregnava tot. El terra estava brut i enfangat a causa de la neu que es filtrava per sota la porta. I les parets suaven d'humitat. Al costat d'un bufet gegantí hi havia un paio amb un davantal llardós que eixugava una gerra. Darrere seu, a la paret del fons, s'hi arrengleraven una pila de barrils, i vaig suposar que devien contenir cervesa. Després hi havia una llar; una llar enorme sobre la qual penjaven diverses olles subjectes a cadenes de ferro de diferents llargades. Suspesos per cordes al sostre també hi havia manats de caps de bacallà sec i restes d'una altra espècie de peix anomenada llengua de bacallà.

Els homes i dones que s'atapeïen a les taules anaven bruts com una mala cosa, duien la roba atrotinada i apedaçada, i fins i tot les seves cares semblaven sargits. Gairebé totes les cadires estaven ocupades, i és que, és clar, quan la mar es gelava, els pirates estaven tan ociosos com els pescadors. Aquí no s'hi veien ni abrics elegants ni serrells ben pentinats. Aquesta mena de gent no eren pas de fer el tifa. En adonar-se de la meva presència, n'hi va haver uns quants que van alçar la vista i em van escodrinyar amb la mirada.

De sobte vaig penedir-me d'haver posat els peus allà dintre. No, no volia quedar-m'hi ni un segon més, i tampoc no volia enraonar amb cap d'aquelles persones. Vaig girar cua per anar-me'n, però llavors vaig topar amb un paio que havia aparegut just darrere meu. Quin horror! Era tan lleig i fastigós que amb prou feines el podia mirar. Tenia la cara abonyegada i plena de furóncols. I duia un abric pelut i repugnant, tan infestat de polls que fins i tot vaig veure com aquelles bestioletes s'hi bellugaven amunt i avall. Li faltaven alguns dits de les mans i els seus ulls eren vidriosos i d'aspecte malaltís. Adreçant-me un somriure desdentegat, em va preguntar:

—Què hi fas, aquí?

Vaig empassar-me la saliva.

—Buscar —vaig respondre.

—Buscar? —va repetir l'home—. Buscar què?

Al principi vaig dubtar de si dir-li la veritat així, tal com raja i sense embuts. Però després vaig pensar que el millor fora que aquest tros de brètol comprengués de seguida que jo havia vingut a la taverna de les Veles a solucionar un assumpte d'allò més important i perillós. D'aquesta manera, potser podria aconseguir la seva admiració. Definitivament m'havia de mostrar valenta.

—Busco algú que pugui dir-me on és el pirata Capblanc —vaig contestar amb la mirada clavada als seus ulls aigualosos.

L'home em va observar una bona estona, però amb una expressió al rostre que vaig ser incapaç de desxifrar. En acabat, va assentir molt lentament amb el cap.

—Així doncs, això és el que busques... —va fer—. Caram, les coses que un ha de sentir abans que el fotin dins d'un sac i el llancin al mar.

—Hi ha algú aquí que conegui bé la mar de Gel? —li vaig demanar llavors—. Algú que sàpiga on és exactament l'illa d'en Capblanc?

L'home va empetitir els ulls.

—Mmm... —va fer, bo i llepant-se els llavis—. Depèn... Que t'ho podries pagar, potser?

—No, jo no tinc ni un cèntim —vaig mormolar.

—I no tindries cap altra cosa?

—Una altra cosa? Com què, per exemple?

L'home havia fixat la vista en el cordill que jo portava al coll.

—Deixa'm veure això —va dir.

Hauria volgut negar-m'hi, però no vaig gosar. Vaig estirar el cordillet i vaig treure el penjoll del rei dels peixos que duia sota la camisa. Els ulls de l'home es van il·luminar. Aleshores va avançar decidit cap a mi, però jo vaig recular ràpidament; no, de cap de les maneres no pensava permetre que aquella mà repugnant i deforme em toqués!

—Ei, tu! —em va escridassar l'home—. Que només el vull tocar una mica. Estigues quieta un moment.

Tot d'un plegat dos homes es van posar drets. Un d'ells duia un bigoti llarg i ronyós i una gorra de pell amb orelleres. A l'altre li faltava un ull, i li havien cosit el buit de tal manera que tan sols se li veia una fina ratlla. A més, tenia el nas camús, com si algú li n'hagués tallat la punta.

—Què té, la nena aquesta? —va preguntar el del bigoti.

—Tu no t'hi fiquis, em sents? —li va engegar el de la cara abonyegada—. Au, torna-te'n al teu lloc!

—Per què has de ser precisament tu el que acapari tots els objectes de valor? —va replicar el borni.

Aleshores es va inclinar damunt meu i gairebé m'ofego per culpa del seu alè fort i pudent. Va agarrar el cordill i em va ordenar:

—Dona'm això!

—Deixa'm estar! Jo he vingut aquí a buscar informació! —vaig cridar mentre estirava el cordill perquè el deixés anar.

—Informació? —va fer el borni—. Quina mena d'informació?

—Diu que busca el pirata Capblanc —va contestar l'home de la cara plena de bonys.

—Ah, sí? Com si tu ho sabessis! —va exclamar, burleta, el borni.

—Ha! I tu sí que ho saps, oi, desgraciat? —li va engegar el bonyegut.

Llavors el del bigoti també hi va voler ficar cullerada.

—Doncs ja t'ho diré jo, on és l'illa d'en Capblanc —va afirmar—. Al mar! Ha, ha! I ara dona'm el penjoll, va!

—No! —vaig xisclar, i li vaig apartar la mà amb un cop.

L'home es va enrabiar i em va agafar fort per l'abric. Aleshores vaig llançar una llambregada desesperada al taverner, pensant que potser m'ajudaria, però a ell no semblava pas importar-li gens el que passava.

—Així que busques brega, eh, maleïda puça? —em va amenaçar el del bigoti—. Doncs, per mi, cap problema!

—Deixa'm anar! —vaig cridar—. No em pots pegar!

—Jo pego a qui em dona la gana! —va fer l'home—. L'última vegada que vaig preguntar, era en Capblanc qui cercava criatures i no pas a l'inrevés. Per què el busques? Què vols d'ell?

—Res! —vaig replicar i vaig notar com les llàgrimes em pujaven als ulls—. Busco el meu pare, és que no podeu entendre una broma?

—El teu pare? —va fer el borni, amb un ruflet de menyspreu—. Vaja, vaja... i creus que el trobaràs *precisament* aquí?

Vaig arrencar a plorar, i no podia parar. Amb la màniga de l'abric, m'anava eixugant les galtes molles.

—Doncs és clar que sí! —vaig replicar amb fúria—. I ja cal que aneu amb compte, perquè si li explico que em volíeu robar s'enfadarà molt! I us aviso que té un ganivet!

Els homes van esclatar a riure.

—Ui, ui, ui, quina por! —va fer el dels bonys, befant-se de

mi, i pel seu to de veu vaig deduir que tots ells portaven ganivets—. Au vinga, doncs, assenyala'ns qui és el teu pare i et deixarem tranquil·la.

A continuació, els tres homes em van empènyer al bell mig de la sala i em vaig veure envoltada d'individus nauseabunds i pestilents, tots lletjos a més no poder. Mentre els altres m'acorralaven, els homes asseguts a les taules em fitaven de dalt a baix, però a cap d'ells li van importar un rave les fortes empentes que m'etzibaven a l'esquena, ni a un de sol se li va ocórrer venir a ajudar-me.

Què podia fer? Encara que arrenqués a córrer, mai no arribaria a la porta. I clarament en aquella taverna no hi havia cap «pare» protector als braços del qual poder llançar-me. Allà no hi coneixia ningú.

O sí! Al principi no podia creure el que veien els meus ulls, vaig pensar que potser els efluvis de l'alcohol em feien veure visions. Però no! Al fons de la sala, sol en una de les taules, hi seia algú que coneixia! Dormia. Tenia el braç estès sobre la taula i la galta recolzada al braç. Un regalim de bava li rajava de la comissura dels llavis.

M'hi vaig dirigir a correcuita i li vaig sacsejar fort el braç estès sobre la taula.

—Desperta, desperta! —vaig exclamar—. Espavila't, t'he estat buscant pertot arreu!

L'home es va incorporar i va amollar un esbufec de disgust per haver estat despertat d'una manera tan brusca. Llavors se'm va quedar mirant, absolutament atònit, incapaç de donar crèdit al que veia.

—I? —vaig fer jo, adreçant-me als tres homes que m'havien empès—. Aquí el teniu, ara ja em podeu deixar en pau!

El de la cara abonyegada i plena de furóncols, el borni i l'home del bigoti llarg i llardós no van trigar gens a obeir. I el motiu no va ser pas el ganivet que l'home de la taula portava al cinturó, sinó el seu elegant abric de capità i les gruixudes anelles d'or que lluïa a les orelles. No calia ser gaire viu per adonar-se que «el meu pare» no era un desgraciat qualsevol.

El naufragi

L'Urström semblava exhaust. El seu abric de capità tenia un aspecte d'allò més brut i gastat, i sota els ulls se li havien fet unes marcades bosses grises. Llançant una ullada als tres homes que ens acabaven de deixar, em va preguntar:

—Qui eren aquests?

—Ningú —vaig respondre.

Ell va dreçar l'esquena i va fer un glop de la seva gerra. Tot seguit vam restar una bona estona en silenci, fins que ell va dir:

—Vaja, així que ets aquí.

—Sí, soc aquí —vaig repetir.

Ell va assentir.

—I es pot saber com has aconseguit... arribar a les Veles?

Bé, és natural que s'ho preguntés, tot i que jo no pensava pas dir-l'hi! És clar que estava contenta d'haver-me salvat anant a la seva taula, però alhora sentia una ràbia enorme de tornar-lo a veure. Al cap i a la fi, era el miserable canalla que m'havia enganyat; que havia salpat de les illes del Llop i m'hi havia abandonat a la meva sort, enmig de la neu i el fred.

Quan el capità Urström va comprendre que s'hauria de

pintar la resposta a l'oli, va clavar la vista a la taula. Però uns segons més tard, em va esguardar.

—El que veus aquí potser és un capità, sí, però un capità sense vaixell. Segurament creus que m'ho he ben guanyat, oi?

—Què vols dir? —vaig preguntar jo.

Aleshores l'Urström va fer un somriure, un somriure fals i amarg.

—L'*Estrella Polar* ja no existeix —em va contar.

Es veu que el gel l'havia destruït. Vaig sentir una esgarrifança. Com podia ser que un vaixell tan gran i bonic hagués quedat reduït a una pila de deixalles? Era senzillament horrorós.

—Per què? Què va passar? —vaig voler saber.

L'Urström va prendre un altre glop de cervesa i, en acabat, va eixugar-se la boca amb la màniga de l'abric. Tot ell desprenia un aire realment tètric, se'l veia resignat i trencat. Era com si tant el vaixell com el capità s'haguessin convertit en estelles al mateix temps.

—El mar estava en calma —em va explicar—. Vam navegar un munt d'hores sense un bri de vent, però llavors, tot d'un plegat, va arribar el fred. Un fred gèlid. I vam quedar atrapats. Al principi vaig pensar que, malgrat la glaçada, havíem de continuar el camí, que podríem esperar que pugessin les temperatures i alliberar-nos del gel. Però aquella gelor... no se'n va anar. —Aleshores va fer un altre glop i va seguir parlant—: Vam passar uns quants dies atrapats al mar, com

petrificats, i escoltant els grinyols i catacrecs de la fusta. De sobte, una nit, l'*Estrella Polar* no va poder més... El buc va cedir. La pobra embarcació va quedar completament destrossada. —Es va empassar la saliva. En prosseguir la història, la veu li tremolava—: Tota la tripulació va desaparèixer. Jo vaig ser l'únic que va aconseguir salvar la pell.

De cop i volta vaig notar que em faltava l'alè, se m'havia fet un nus a la gola i amb prou feines podia respirar. La tripulació sencera? Cadascun dels grumets i cadascun dels mariners... i el cuiner! El meu bon amic, el del somriure càlid i els braços oberts. Era tan horrible, tan esborronador, que em negava a creure-m'ho. En Fredrik... mort!

Vaig restar allà asseguda, amb aquell dolorós nus a la gola, mentre el capità Urström acabava el seu relat. Va explicar com havia marxat a correcuita, avançant pel gel amb penes i treballs, en la negror de la nit, garratibat pel fred i gairebé sense esperances de sobreviure. Com havia albirat les llums de les Veles en la llunyania i com, finalment, va poder salvar-se en arribar a terra. I amb una rialla amarga, em va confessar que, si entre les illes del Llop i les Veles, l'*Estrella Polar* hagués navegat tan sols a un trist nus més —un de sol!—, possiblement haurien arribat a port abans que la gelada els sorprengués.

Vaig notar una fiblada molt desagradable a la panxa. Pensar que, comptat i debatut, era gràcies a l'Urström que jo ara no era al fons del mar, criant malves amb tota la resta! Amb les galtes blanques com la neu i els cabells onejant dins l'aigua, com milers de fins tentacles, al voltant del meu cap.

El vaig observar allà assegut, encorbat i en un estat lamentable. Potser ara tot plegat ja no tenia cap importància. Potser ho hauria hagut de deixar estar. Tanmateix, malgrat tot, jo necessitava preguntar-l'hi, necessitava escoltar la resposta dels seus propis llavis.

—Per què em vas abandonar? —li vaig engaltar.

Ell va alçar la mirada. Va tardar uns instants a contestar, com si primer hagués de decidir si enfadar-se o no. Però, al final, la resignació es va tornar a apoderar d'ell. I arronsant-se d'espatlles, va contestar:

—Vaig tenir por. Por que en Capblanc s'enrabiés amb mi si, en algun moment, arribava a assabentar-se que tu i en Fredrik havíeu fet cap a les Veles amb el meu vaixell. No volia arriscar la vida dels meus homes. —Llavors va sacsejar el cap—. Però ara són tots morts... maleïdament morts! I jo soc remaleïdament pobre... perquè el mar s'ha empassat tot el que posseïa. Inclosos els calés d'en Fredrik, per si ho vols saber.

—Però encara et queden les arracades... —vaig dir-li—. Bé deuen valer un dineral, no?

Amb la punta dels dits, l'Urström es va palpar una de les seves gruixudes anelles d'or.

—Mmm, les arracades, sí... El problema és que les he promès a l'amo de la taverna a canvi de menjar i allotjament.

El capità Urström va deixar anar un sospir profund. I he de reconèixer que, just en aquell moment, l'home em va fer llàstima. Que estrany, oi? Després de tot el que m'havia fet!

—Sigui com sigui, el que vas fer va ser molt mesquí —li vaig dir—. Fer-li empassar a en Fredrik que jo li havia robat els diners!

Llavors l'Urström va afluixar un ruflet.

—En qualsevol cas, ell no s'ho va creure. Tan bon punt vam marxar de les illes del Llop, es va limitar a jeure al seu coi i fer morros tot el sant dia. I si algú se li acostava, li engegava quatre renecs, l'esbroncava i l'advertia a crits que ell era capaç de reconèixer l'olor de la mentida i la falsedat a milles de distància. I també repetia que com més aviat toqués el pirandó del vaixell, millor.

Oh, que feliç em va fer escoltar allò! Que en Fredrik no s'havia pas empassat la bola que jo era una vulgar lladregota, sinó que de seguida havia intuït la veritat! Però, fos com fos, ara en Fredrik era mort... Engolit per les ones, tan gran i tan bo com era. No, jo mai no podria superar-ho.

—I vas veure quan... —vaig empassar-me la saliva, perquè tornava a notar el nus a la gola—. Vas veure quan en Fredrik es va ofegar? Saps si va patir molt?

L'Urström es va xuclar les galtes, que se li van tornar encara més eixutes del que ja les tenia. I aleshores em va mirar d'una manera molt estranya, diria que entre malèvola i divertida alhora.

—Jo mai no he dit que en Fredrik s'hagués ofegat —va afirmar.

Vaig parpellejar per apartar-me les llàgrimes dels ulls.

—Però has dit que tota la tripulació...

—El dia que l'*Estrella Polar* va naufragar, en Fredrik ja no formava part de la tripulació —em va interrompre—. Havia abandonat el vaixell tot just uns dies abans.

—Havia marxat? Però com? A on?

—Quan vam descobrir que havíem quedat immobilitzats pel gel, ell se'n va anar directe al seu coi, va recollir les seves pertinences i va tocar el dos. Simplement va saltar per la borda i es va posar a caminar. Vaig provar de dissuadir-lo, li vaig dir que desembarcar era una autèntica bogeria. Al capdavall, no tenia cap garantia que la capa de gel fos prou gruixuda per aguantar el seu pes fins arribar a terra. Però tu ja el coneixes. És molt caparrut i... «com més aviat guilli del vaixell, millor», havia dit. I això és el que va fer, literalment.

—Sí, però... què li va passar? —vaig voler saber—. Va arribar a terra?

—No ho sé —va respondre l'Urström amb indiferència.

En acabat, però, va beure una mica més, es va eixugar l'escuma dels llavis i va afegir:

—L'únic que sé és que, segons diuen, hi ha un guillat pèl-roig acampat als afores del poble, i diuen que es passa el dia caçant frarets. N'he sentit a parlar per aquí, tot i que ningú no sap ni com es diu ni d'on ve. De fet, ningú no ha tingut ganes d'apropar-s'hi i esbrinar-ho. Es veu que té molt bona punteria.

Em vaig aixecar tan de pressa que de poc no tombo la cadira. El cor m'havia començat a bategar com embogit, tant que vaig pensar que d'un moment a l'altre m'explotaria en mil bocins.

—On és? —vaig preguntar impacient—. On és aquest campament?

—Només cal que segueixis el port en direcció a l'est fins que vegis que cada vegada hi ha menys cabanes —em va respondre l'Urström—. Després no trigaràs a veure el foc al capdamunt del pujol.

L'home del campament

Com si els meus peus tinguessin ales, vaig córrer pel camí que m'havia indicat l'Urström. I si fos veritat que en Fredrik era aquí, a les Veles? I si el podia tornar a veure ben aviat?

Però, i si no era ell, l'home del campament? I si es tractava d'un altre pèl-roig que caçava frarets de la mateixa manera? I si era un boig de debò, i em disparava així que m'hi acostés?

Mentre avançava rabent, les cabanes van començar a escassejar i el poble de les Veles es va difuminar de mica en mica en la distància. Aleshores vaig albirar un turó. Era aquell el turó que buscava? L'Urström havia parlat d'una foguera...

Ah, sí! Allà es veia la columna de fum, tan prima i estreta com una corda. Quan vaig començar a alentir el pas, el cor em colpejava fortament el pit. Al cap i a la fi, potser fora millor anar amb compte.

Vaig seguir les passes marcades a la neu. Les petjades de les botes que m'havien precedit eren grans. Exactament igual de grans que les d'en...

Però no, no m'havia de fer il·lusions. Encara no. Seria estúpid per part meva, i després la decepció se'm faria insuportable.

No hauria d'haver sentit algun tret d'escopeta a hores d'ara? L'Urström bé havia dit que l'home del campament es passava el dia disparant, oi? I si havia decidit recollir les seves coses i anar-se'n a un altre lloc? I si el fum que veia era el d'un foc a punt d'apagar-se? I si havia fet tard?

Potser sí, o potser no. Bé, ja n'hi ha prou de suposicions i cabòries!, vaig renyar-me a mi mateixa. Ara el que he de fer és pujar allà dalt i donar-hi un cop d'ull.

I això vaig fer. Durant el darrer tram del camí va ser com si cada minúscula cèl·lula del meu cos contingués la respiració. Com si al món no existís res més tret de mi, les petjades a la neu i la persona al final del rastre. Poc després vaig arribar al cim del pujol. I vaig veure la foguera. I la improvisada cabanya feta amb restes de naufragis. I també vaig veure la petita cafetera a terra i el fusell. I els ocells morts que penjaven d'un pal clavat a la neu. I el vaig veure a ell, el del cabell roig i les espatlles amples. Seia a la vora del foc, contemplant fixament les flames moribundes, amb les cames arronsades i els braços al voltant dels genolls. Se'l veia solitari.

—Fredrik... —vaig dir amb un fil de veu.

Massa fluix, perquè no em va sentir. Em vaig escurar la gargamella per tornar-lo a cridar i, just llavors, ell va alçar la vista.

Al principi no semblava gens sorprès. Potser va pensar que s'ho imaginava, que jo era tan sols un producte de la seva fantasia.

Però, quan va començar a intuir que el que veien els seus ulls no era pas cap fantasia, sinó que era realment jo —la Siri—, va arrufar les celles i es va posar dret de seguida. Vaig córrer cap a ell tot el tros que em faltava, i per fer-l'hi una mica més fàcil, vaig dir:

—Sí, soc jo.

Ell va bellugar el cap, incrèdul.

—De debò? —va xiuxiuejar—. De debò ets tu, Napbuf?

Em va aixecar enlaire i va estirar els braços davant seu, per veure'm bé. De cop i volta, no em vaig poder contenir i vaig esclatar a riure.

Aleshores en Fredrik va exclamar:

—Sí, sí, és veritat! Ets tu!

I ell també es va posar a riure. I jo vaig riure encara més, i en Fredrik també va riure més encara. I després d'abraçar-nos ben fort, vam continuar rient, perquè era tan divertit i tan estrany i tan meravellós que, de sobte, tots dos fóssim allà, junts, ell i jo. Segur que si, just en aquell moment, algú hagués passat per allà a fer el tafaner, hauria cregut que dalt del turó n'hi havia un parell, de bojos.

Una estona més tard, en Fredrik havia revifat el foc. Vam seure damunt la seva pell, força vella i gastada, però la mar de còmoda. I per tapar-me les cames, en Fredrik també havia anat a buscar una de les mantes noves que havia comprat a les illes del Llop.

—Tens gana? —em va preguntar.

I tant! Tenia una gana que m'alçava!

Recordava perfectament que en Fredrik sabia cuinar els frarets, i que li quedaven boníssims! Tanmateix, es veu que ell ja començava a estar-ne bastant tip, de la carn de fraret, ja que a penes havia menjat altra cosa des que va marxar de l'*Estrella Polar*.

—Fredrik, que m'explicaries tot el que t'ha passat des del darrer cop que ens vam veure? —li vaig demanar.

I és clar!, va exclamar en Fredrik, però abans volia que jo li contés fil per randa tot el que m'havia passat *a mi*. Ens vam estar barallant una bona estona, a veure qui començava primer. Tot plegat era broma, naturalment, i a l'últim em vaig rendir. Així doncs, mentre en Fredrik triava un parell de frarets ben grossos, li vaig explicar la meva història de cap a cap. Li vaig contar com l'Urström i el vell de l'oficina portuària em van tancar en aquell magatzem; qui era la Nanni, com la vaig conèixer i com funcionava el seu «senyal»; com vaig descobrir els dos lladregots que van robar una balandra del port i es van fer a la mar, i com vaig trobar el nen sirena, el meu menut, amb qui vaig viure dins d'una cova. I també li vaig parlar de la tempesta de neu, i d'*El Corb de Neu*, i de l'Einar i la seva mare, i finalment del capità Urström altra vegada; de com l'havia retrobat feia tan sols unes hores, a Les Armes de les Veles.

—Sabies que l'*Estrella Polar* es va enfonsar? —li vaig preguntar.

Durant uns segons, en Fredrik va parar de plomar els ocells, i a continuació va assentir lentament amb el cap.

—Sí. Al poble hi ha un ocellaire a qui de tant en tant li venc alguns frarets per poder-me comprar cafè i altres coses. I, com que coneix l'amo de Les Armes de les Veles, quan se'n va assabentar m'ho va explicar.

En Fredrik va sospirar fondo i va continuar plomant els ocells.

—Els paios que treballaven a bord d'aquell vaixell no eren gaire simpàtics, que diguem —va fer—. Però, fos com fos, cap d'ells no mereixia morir. I resulta que l'únic que es va salvar ara passa els dies borratxo i sentint llàstima de si mateix.

Després d'això, vam romandre una estona en silenci. En Fredrik va farcir els ocells amb unes panses que s'havia endut de l'*Estrella Polar*, i en acabat els va rostir en un pal. Les gotes de greix que es desprenien de la carn queien al foc dansarí i el feien espetarregar. Finalment, en Fredrik va treure els frarets rostits del pal i me'n va donar un. Cremava com una mala cosa i em costava d'agafar, però aviat vaig poder-li clavar la primera mossegada, a aquella carn tan tendra.

Malgrat estar cansat de menjar sempre el mateix, en Fredrik també semblava revifat amb l'àpat. Així que es va haver cruspit mig ocell, va prendre la paraula, perquè ara li tocava a ell explicar-me les seves aventures. I va començar des del principi: des del dia que va despertar-se de la migdiada i va descobrir que jo no era a bord. Ja en aquest punt, la curiositat em va empènyer a interrompre'l:

—I com vas saber que no havia estat jo qui t'havia pispat els diners?

En Fredrik em va esguardar amb els seus brillants ulls blaus.

—Tu, Napbuf? —va fer—. Vejam, si fossis la mena de persona que va a la seva i només pensa en ella mateixa, t'hauries embarcat per cercar la teva germana a través de la mar de Gel? Jo crec que no.

—Tens raó, potser no... —vaig respondre, i de nou vaig sentir-me immensament feliç. Feliç perquè en Fredrik no s'havia cregut les mentides de l'Urström, i perquè no havia dubtat de mi en cap moment.

En Fredrik va fer un parell de mossos més i va continuar el seu relat.

Lògicament, l'Urström no va voler pas reconèixer que havia estat ell qui li havia pres els diners. Tanmateix, el seu desig que en Fredrik oblidés els nostres plans no es va complir pas. No, i tan bon punt l'*Estrella Polar* va quedar atrapat al gel, en Fredrik va desembarcar i es va dirigir de dret a les Veles. No tenia ni idea de què se n'havia fet, de mi. Ni tan sols sabia si encara era viva, i per això havia decidit anar a buscar en Capblanc pel seu compte i intentar rescatar la Miki. S'havia compromès a fer-ho i ho faria. Tot i que cap fonda de les Veles no li va voler oferir allotjament; el capità Urström s'havia encarregat que així fos.

—Però et dic una cosa... —va fer llavors en Fredrik, amb

un somriure murri—. T'asseguro que aquí estic com un rei, millor que a qualsevol d'aquells refotuts hostals!

—No cal que m'ho juris! —vaig exclamar jo—. No m'instal·laria a Les Armes de les Veles ni per tots els arengs del mar! Et pots creure que, allà, com a mínim tres brètols em van prometre que em dirien on era l'illa d'en Capblanc quan, en realitat, no en tenien ni idea?

—El capità Capblanc... —va fer en Fredrik assentint amb el cap—. Té tanta mala fama que, pel que sembla, és com si visqués en cadascuna de les illes que hi ha per aquí. Preguntis a qui preguntis, tothom et dona una resposta diferent.

Va eixugar-se les mans als pantalons. Tot seguit va anar a buscar la seva motxilla i en va treure un mapa. I mentre assenyalava diverses illes amb el dit, em va dir:

—Un mariner que vaig conèixer al port em va assegurar que trobaria en Capblanc aquí, a un parell de milles nàutiques de l'illa Exterior. Un altre em va jurar que vivia a l'illa de l'Anguila, més cap a l'est. El vell a qui li venc els frarets insisteix que el capità Capblanc es troba en algun lloc al nord de l'illa Gran... Però per a mi tot plegat és una bestiesa, perquè aquests illots que diuen són tan diminuts que em cabrien a la butxaca.

Va deixar anar un sospir i va tornar a plegar el mapa. Vam continuar menjant-nos els frarets mentre parlàvem de com ens ho faríem per esbrinar on era l'illa d'en Capblanc. Quina ràbia i quina absurditat, vaig pensar, haver-hi estat un cop i ara no recordar-me de res!

Després de la menjada, em sentia tan tipa que em va venir una mica d'ensopiment.

—Mmm, és el més bo que he menjat des de... des que em vas cuinar l'últim fraret —vaig dir.

—De fet, els hauria d'haver preparat amb ou —va comentar en Fredrik—. Però no en tinc. I és una llàstima, perquè crec que sense ou no queden igual de bons.

—Quan hagi descansat una estona, aniré a veure si trobo algun niu d'ocell balena per portar-te'n uns quants —li vaig prometre—. Si vols ous per acompanyar la carn, tranquil, que en tindràs!

—Aquí no n'hi ha, d'ocells balena —em va informar llavors en Fredrik i, amb una mena de fregall fet de branquillons, va començar a netejar la cafetera.

—Què? —vaig fer, perplexa.

—A l'illa Exterior no hi ha ocells balena —va dir en Fredrik.

—Però, per què ho dius? —vaig preguntar-li.

—Doncs perquè ho sé —va contestar-me—. Segons em va explicar l'ocellaire, en aquesta illa van pelar el darrer ocell balena fa més de cinquanta anys. Així que, si vols ous, has d'anar molt lluny d'aquí, al petits illots de mar obert.

En Fredrik va posar una mesura de cafè a la cafetera i després la va omplir de neu. I mentrestant, molt fluixet, gairebé per a ell mateix, va murmurar:

—És clar que, arribats a aquesta època de l'any, als ous ja hi deu haver pollets...

Em vaig aixecar d'un bot.

—Ep, què passa? —va fer en Fredrik.

—Acabo de caure en una cosa important —vaig dir-li—. Em deixes el teu mapa?

—Sí, és clar. Però, per què el vols? —va preguntar-me, encuriosit, en allargar-me'l.

—Ja sé qui em pot indicar on és l'illa d'en Capblanc —li vaig respondre—. Torno de seguida!

La persona que em va trobar al gel

En arribar a la cabana grisa, vaig estar-me una estona observant-la des de l'altra banda del carrer. Ni rastre de l'encorbada figura de l'Anna de Ferro. Que potser era fora, encara? Després de creuar el carrer, vaig pujar l'escala i vaig picar a la porta. Se'm va fer estrany, perquè gairebé havia començat a considerar meva aquella porta.

Ningú no va obrir.

Vaig tornar a baixar les escales i em vaig dirigir al cobert. Allà, recolzat a la paret, hi havia el trineu. Amb un trineu, vaig pensar, es poden recórrer ràpidament grans distàncies a través del gel. Lliscant, quasi volant, com un gavot.

Vaig enganxar l'orella a la porta del cobert. L'Einar xiulava i enraonava amb un to afectuós; com a resposta, en canvi, tan sols rebia una mena de gralls enfurismats.

Vaig obrir. L'Einar, que seia de genolls a terra, es va tombar amb una expressió aterrida a la cara.

—Uf! Pensava que era ma mare! —va exclamar, bo i posant-se dret.

—Ho sento —em vaig disculpar—, no volia pas espantar-te. —Vaig entrar i vaig tancar la porta darrere meu—. Què fas?

L'Einar va sospirar i va fer que no amb el cap.

—No vol sortir de cap manera —va dir. I aleshores va assenyalar una pila de trastos vells escampats per terra; una sàssola, un cabdell de xarxes, un viver trencat i altres endergues—. Tot el dia que està així. Veus? Jo ja t'ho deia, li agrades més tu.

Tots dos vam restar uns minuts en silenci; sobretot guaitant el terra, encara que també ens vam llançar alguna ullada l'un a l'altre.

—Per què has tornat? —va voler saber l'Einar.

—Perquè vas ser tu.

—Què?

—Que vas ser tu qui em va trobar al gel —li vaig contestar.

L'Einar va balbotejar una espècie de so que delatava el seu esbalaïment.

—No, no vaig ser jo —va replicar.

—Ara he entès per què és tan important per a tu que la teva mare no sàpiga res del pollet —vaig dir-li—. Si se n'assabentés, s'enrabiaria d'allò més, oi que sí? I fins i tot potser t'obligaria a desempallegar-te'n.

L'Einar va sospirar; va intentar empescar-se una resposta, però no se li va acudir res.

—Perquè si hi ha alguna cosa que l'Anna de Ferro mai no permetria —vaig continuar— és que et fessis a la mar, m'equivoco? A més a més, fa un moment he sabut una cosa sobre els ocells balena que abans desconeixia. I és que aquí, a l'illa Exterior, ja no en queda ni un.

—D'acord, d'acord! —va fer l'Einar de mala gana—. Sí, vaig ser jo.

Llavors va obrir la porta i va treure ràpidament el nas per assegurar-se que l'Anna de Ferro encara no havia tornat. En acabat, va asseure's a terra i em va mirar als ulls. Estava molt seriós.

—Tu xerres molt —va començar—. Vius a casa nostra i menges la nostra sopa. I em dius que faig mal fet d'ensinistrar la meva cria d'ocell balena perquè treballi. Em dius que he de ser jo mateix qui es pesqui els arengs. Però, saps de debò què és la misèria?

—Sí, és clar que ho sé —vaig contestar.

Ell va callar uns instants i va fitar la pila d'andròmines darrere la qual s'havia amagat el seu petit pollet.

—Els ocells balena sempre aconsegueixen peixos. Per a ells la misèria no existeix.

—Potser no —vaig dir.

Aleshores l'Einar va agafar el penjoll que duia al coll, el que l'Anna de Ferro li havia donat en morir el seu pare.

—«L'has de dur per no oblidar mai que el teu pare va morir per culpa d'un areng», em va dir la mare.

—Per culpa d'un areng? —vaig repetir.

—Sí —va fer l'Einar—. Un areng.

Es va palpar el joiell, aquell petit ham que semblava ben bé un ham de veritat, i va tocar-ne la punta amb el dit índex.

—Jo tenia quatre anys quan va passar. En aquella època hi havia poca pesca a l'illa Exterior; totes les famílies tenien el

mateix problema. El pare patia. Si un no té altra cosa que la pesca i deixa d'haver-hi peix, suposo que és normal patir i tenir por. Dia rere dia, l'únic que treia del mar eren sargassos. Però un dia que jo l'havia acompanyat per ajudar-lo a buidar les xarxes, va pescar un areng. Un trist peixet. I tanmateix, el pare es va posar contentíssim, i va dir que seria per a mi. Només per a mi. Llavors l'areng va fer un saltiró i es va escapar de la xarxa. El pare es va afanyar a atrapar-lo, però va caure per la borda. Malauradament, jo era massa menut per poder-lo salvar. —L'Einar es va empassar la saliva—. I, malgrat tot, la mare creu que necessito ajuda per recordar el que va passar...

Vaig restar silenciosa, no sabia què dir. Devia ser terrible veure morir així el seu pare. Jo també recordava amb claredat la mort de la mare, però el seu cas va ser diferent, perquè estava malalta. Podríem dir que ella més aviat es va apagar. En canvi, el pare de l'Einar segur que va cridar i bramar mentre s'ofegava. Sí, segur que va lluitar amb totes les seves forces per no morir. Quin horror haver-ho presenciat.

L'Einar va sacsejar el cap.

—Jo no penso passar mai tanta gana com per haver-me de jugar la vida per un miserable areng —va afirmar amb un posat greu. Aleshores va tornar a esguardar la pila de trastos, des de la qual ara tan sols se sentia un malèvol gruny d'insatisfacció—. Quan vaig trobar per casualitat aquella pàgina rebregada, vaig tenir clar que ho faria. Que aconseguiria com fos un ocell balena que m'ajudés a mantenir la gana ben lluny de mi. Ben, ben lluny.

—Però, com t'ho vas fer? No tenies barca... —vaig preguntar jo.

—No. Des que el pare va morir, ja no n'hem tingut cap més, d'embarcació —va explicar l'Einar—. I com tu ara ja saps, a l'illa Exterior no hi ha ocells balena. En un parell d'ocasions vaig estar a punt d'agafar la barca d'algú altre en secret, però al final no vaig gosar. El matí que em vaig llevar i em vaig trobar la mar completament gelada, aquell matí... no ho sé, vaig pensar que allò era un senyal.

—I vas agafar el trineu?

L'Einar va assentir amb el cap.

—La mare tenia pressa, havia de donar un cop de mà a una família a qui se li havia trencat l'embarcador per culpa del gel. I em va dir que, probablement, estaria fora tot el dia. Així doncs, tan aviat ella va sortir de casa, jo vaig tocar el dos. El vaig trobar als illots de Rumiar. El niu. —Va apuntar un somriure en recordar-ho, i es va tocar la galta, on ara només s'hi veia una cicatriu blanquinosa—. No va ser pas fàcil barallar-me amb la mare de la cria —va dir—. Quan vaig marxar d'allà amb l'ou, ella em va seguir durant un bon tros, grallant com una boja. Però jo estava tan content! Llavors vaig adonar-me que era la primera vegada que em sentia realment feliç des de la mort del pare. I després es va desfermar la tempesta de neu.

Sí, jo també la recordava perfectament, la tempesta de neu. Va ser a causa d'aquella borrufada que vaig haver de cercar refugi entre les roques.

—Quan va parar de nevar, jo m'havia perdut —va prosseguir l'Einar—. Vaig estar donant voltes i voltes durant hores.

Amb tanta neu, resultava molt més difícil trobar el camí, és clar. I llavors, tot de sobte, vas aparèixer tu. Al principi vaig pensar que eres morta, però... —Ara em va mirar amb aquells ulls seus, que s'assemblaven tant al mar—. M'equivocava, eres viva! Et vaig asseure al trineu i t'hi vaig lligar amb el meu cinturó. Fins ben entrada la tarda no vaig aconseguir trobar el camí de tornada a casa. La mare encara era al port. I al vespre, quan per fi va arribar, li vaig dir que t'havia trobat als peus de l'escala.

Vam quedar-nos novament callats. L'únic que esquinçava el silenci era l'esgüell malvat i malastruc del pollet de l'Einar.

—Per què no m'ho vas contar abans, tot això? —vaig preguntar-li—. Sabies que era importantíssim per a mi, que necessitava saber-ho.

L'Einar va deixar anar un bufec, però no pas de menyspreu sinó més aviat de resignació.

—És que tu vols marxar i enfrontar-te al pirata Capblanc! —es va justificar—. Una nena... sola... contra l'home més fred i pervers de tota la mar de Gel. Entens què significa això? Jo no vull carregar amb la responsabilitat de la teva mort.

Li vaig adreçar un somriure; naturalment, m'omplia el cor de tendresa que pensés així. Potser jo hauria fet el mateix, si fos algú altre qui li volgués plantar cara al malvat d'en Capblanc. Però hi havia una cosa que encara no li havia explicat a l'Einar, i era una cosa tan bona i tan meravellosa que em feia sentir la persona més feliç del món.

—Einar, ja no estic sola —li vaig dir—. Tinc un amic que es diu Fredrik. Per desgràcia, el destí ens va separar fa un temps, però ara l'he retrobat. I viatjarem junts fins a l'illa d'en Capblanc.

Aleshores vaig desplegar el mapa d'en Fredrik sobre el terra del cobert.

—Creus que podries indicar-me el lloc on em vas trobar?

L'Einar es va asseure a la gatzoneta i va observar totes aquelles illes.

—Aquí hi ha les Veles —va assenyalar—. I quan vaig sortir, vaig prendre aquest camí, veus?, aquí hi ha els illots de Rumiar. Però, en desencadenar-se la tempesta, em vaig extraviar de mig a mig, perquè, a la tornada, vaig passar tant per l'illa Molla com per l'illot del Gat i... —Llavors va posar el dit en una illa situada al nord de l'illa Molla—. Ha de ser just aquí, ja que aquesta illa té una gran badia amb un canal d'allò més estret. Per tant, segur que s'hi pot ancorar un vaixell sense que ningú el pugui descobrir des de mar obert.

Va romandre pensarós uns instants i, tot seguit, va afegir:

—Teniu alguna arma?

—Jo no —vaig respondre—. Però en Fredrik té una escopeta.

L'Einar va dir que això estava molt bé, però que jo també n'havia de tenir una, perquè seria injust que jo anés desprotegida. Llavors va donar una ullada al voltant del cobert. Allà hi havia el vell arpó rovellat i uns quants ganxos i hams, un salabret i un garbuix de xarxes. En canvi, l'Einar va agafar una pedra que hi havia en un prestatge; una pedra cantelluda i esmolada, si fa no fa de la mida d'un cap de bacallà.

—Era del meu pare, la feia servir per matar peixos —em va dir—. Morien a l'acte. Té, queda-te-la.

Jo vaig riure.

—De debò creus que podré matar l'home més fred i pervers de tota la mar de Gel amb una pedra?

L'Einar va encongir-se d'espatlles amb un somriure.

—Si serveix per matar un peix llop, també servirà per matar un llop de mar, no et sembla?

—Sí, en això tens raó —vaig convenir amb ell, i tot seguit em vaig ficar la pedra a la butxaca.

Després me'n vaig anar. De seguida que vaig tancar la porta del cobert, vaig sentir com l'Einar tornava a fer-li parrups i sons estranys al pollet d'ocell balena, suplicant-li que sortís d'una vegada del seu amagatall. És cert que es podia criticar l'Einar per voler lligar aquella pobra criatura pel coll; en tot cas, jo estava prou contenta que al final poguéssim fer broma junts. I això va ser l'últim que vam fer abans de dir-nos adeu definitivament.

Les restes del *Pop*

L'endemà el dia es va llevar radiant. Mentre tot el poble de les Veles encara dormia, en Fredrik i jo vam abandonar el campament del turó.

El meu Fredrik... Me'n feia creus que caminés al meu costat a la recerca de l'illa d'en Capblanc. De tant en tant fins i tot m'havia de pessigar per comprovar que no somiava! Ell, que tenia una escopeta, i era tan gran i fort que podia aixecar tres sacs d'ordi com si res. I ara m'ajudaria a rescatar la Miki, ho faríem junts!

Els frarets volaven damunt els nostres caps en bandades famolenques, xisclant perquè volien peixos; tanmateix, ara que el fred i el gel havien cobert el mar, els era del tot impossible capturar-ne. Mentre encara érem a les Veles, en Fredrik havia aprofitat per caçar tants frarets com va poder, ja que aquí, ja enmig del gel, no ens convenia cridar l'atenció, em va dir.

Cap al migdia vam aturar-nos a fer una pausa i menjar unes llesques de pa amb mantega, i després vam reprendre la marxa. El sol s'havia començat a pondre lentament. I el gel va anar adquirint un color diferent del blanc, un color que no era ni blau ni violeta, sinó una tonalitat intermèdia. I el cel es va tenyir de rosa o de groc daurat, o d'una barreja entre tots dos. I cada vegada vèiem passar menys bandades de frarets i el fred em mossegava més fort la punta del nas.

En Fredrik va parar un moment, va deixar la motxilla a terra i en va treure el mapa. Com és lògic, gràcies al trineu, l'Einar havia recorregut la distància entre l'illa d'en Capblanc i les Veles molt més de pressa que nosaltres. Uns espessos núvols blancs van sortir de la boca d'en Fredrik quan la va obrir per dir:

—Arribar en plena foscor ens convertirà en una presa massa fàcil per als pirates, ja que ells es coneixen l'illa a la perfecció i nosaltres no. Així doncs, aquesta nit dormirem al gel.

En acabat, va doblegar de nou el mapa.

—Ara només es tracta de trobar un bon lloc on refugiar-nos i passar la nit —va afegir.

Vam donar una ullada al nostre voltant, però no vam veure res més que petits farallons i illots insignificants. Cap bon lloc per dormir a recer del fred i del vent.

Després de caminar un tros més sota aquella resplendent posta de sol, en Fredrik va agusar la vista i va dir que es veia un vaixell al lluny.

El cor em va fer un salt, perquè durant un parell de segons vaig creure que es referia al vaixell dels pirates. I si *El Corb de Neu* tenia tanta fam que havia salpat de la badia, i ara s'obria pas a través del gel en busca de noves criatures per devorar?

Però, per sort, de seguida vaig comprendre que en Fredrik havia vist una barca de pesca i no pas una nau. I quan ens hi vam apropar, vaig descobrir de quina barca es tractava. Vaig estirar en Fredrik pel braç i vaig intentar d'allunyar-lo d'allà.

—És la balandra amb què em vaig fer a la mar —vaig dir-li—. El *Pop*. Au, ràpid, marxem d'aquí.

En Fredrik, però, no es va bellugar; va observar l'embarcació i, en acabat, va atalaiar l'horitzó gelat.

—No cal que pateixis —em va tranquil·litzar—. La barca està abandonada, no s'hi pot navegar. Fixa-t'hi, no veus que té el buc tot esberlat?

Una mica a desgrat, vaig observar novament l'embarcació. En Fredrik tenia raó: el *Pop* estava partit; semblava un esquelet hivernal, esguerrat i llastimós, estès enmig del gel. El puny d'escota romput assenyalava cap al cel.

En Fredrik es va dirigir cap a la barca. Segons va dir, valia la pena almenys donar-hi un cop d'ull. Jo el vaig seguir, malgrat que m'hauria estimat més deixar-la estar. Només de pensar en aquell parell, el calb i el barbut, se m'eriçaven els cabells.

Sí, sens dubte va ser molt desagradable tornar a veure el *Pop*, la fusta grisosa i bombada, i el banc sota el qual m'havia amagat durant tantes hores amb el cos adolorit. També em van portar mals records els rems amb què em van obligar a remar, i la gafa amb què el calb va voler treure el nen sirena de l'aigua.

En Fredrik va trobar dues brúixoles al terra de la banyera. Probablement havien hagut d'abandonar la barca a correcuita.

—És difícil saber si van aconseguir salvar-se, caminant pel gel, o bé si es van ofegar... —va murmurar en Fredrik molt fluixet.

Jo em vaig esborronar. Era horripilant imaginar que jeien morts al fons del mar, gronxats per les ones i amb els ulls esbatanats. Potser just allà, sota els nostres peus! Tot i que també era esgarrifós pensar que se n'havien sortit, i que potser en aquest precís instant eren a bord d'*El Corb de Neu*, bevent cervesa colze a colze amb en Capblanc. Fins i tot és possible que, en arribar al *Corb*, els pirates els fessin la baca per haver-se unit a la seva repugnant colla de malfactors i ajudar-los a segrestar més criatures.

En Fredrik va deixar la motxilla a terra i va començar a desenterrar la vela major, desada a la cabina de proa.

—Aquesta nit dormirem aquí —va dir.

A mi no em feia gens de gràcia haver de passar la nit al *Pop*. D'altra banda, també comprenia la postura d'en Fredrik: necessitàvem protecció i aquella era la millor solució. I el cert és que, quan va col·locar la vela desenterrada com a coberta damunt de les restes de la barca, va resultar força acollidor esmunyir-s'hi a dins.

Vam estendre la gran pell d'en Fredrik sobre els taulons esbotzats de la banyera. Després, amb el ganivet, en Fredrik va tallar una pila d'estelles de la fusta trencada i les va amuntegar al seu bol de llauna. Llavors va fer un forat a la vela, perquè sortís el fum del foc, i aviat vam tenir una petita foguera al nostre refugi.

Asseguts a la vora del foc, amb la llum i l'escalfor de les flames, vam sopar frarets rostits i vam compartir el darrer tros de pa. I abans de gitar-nos, vam parlar de què faríem l'endemà. Tot plegat em semblava un conte de fades, de tan irreal com era: un sol home, acompanyat d'una nena que no aixecava un pam de terra, pretenia desafiar el pirata Capblanc, el personatge més fred i pervers de tota la mar de Gel.

De sobte vaig arrencar a plorar. I el plor va ser tan intens i tan desconsolat que se'm va tensar el pit i em va començar a tremolar tot el cos. Sí, plorava i sanglotava sense parar, i ni tan sols vaig intentar contenir-me.

—No tinguis por, Siri —va dir-me dolçament en Fredrik.

—Però és que en tinc molta! —vaig confessar—. I si ja és morta? I si arribem massa tard i la Miki...? A les mines, els nens es consumeixen... molt més de pressa del que ens podem imaginar!

—La teva germana no és morta —va afirmar en Fredrik—. Arribarem a temps, és això el que has de pensar. És el que jo faig.

Em vaig eixugar les llàgrimes i vaig tirar amunt els mocs un parell de vegades. Aleshores vaig sentir-me com una bleda. Perquè, al cap i a la fi, en Fredrik també havia perdut la seva germaneta a mans del malànima d'en Capblanc. I, si més no, per a la Miki encara hi havia esperança. En canvi la Hanna, que havia desaparegut dotze anys enrere, segurament ja feia molt de temps que era morta. I malgrat tot, malgrat que ja no aconseguiria salvar la seva germana, en Fredrik havia decidit acompanyar-me. Em sentia tan, tan afortunada!

I per tal d'agrair-l'hi, li vaig voler fer un regal. Així que em vaig treure el penjoll del rei dels peixos que duia al coll i l'hi vaig allargar.

—Té —l'hi vaig oferir—. És per a tu.

En Fredrik va sacsejar el cap.

—Un rei dels peixos autèntic... —va dir mirant-se'l—. No, no te'l puc pas acceptar.

—Sí, vull que el tinguis tu —vaig insistir—. Porta sort, ja ho saps.

I a continuació, l'hi vaig penjar al voltant del coll. En Fredrik semblava incòmode i gairebé avergonyit, però, palpant el rei dels peixos amb els dits, finalment va fer que sí amb el cap i em va donar les gràcies.

—Sort, sí —va repetir—. Demà tots dos la necessitarem

—Jo no —vaig fer amb un somriure—. Perquè et tinc a tu.

Després em vaig arraulir ben a prop d'ell i em vaig abrigar amb la manta. Les brases espetarregaven amb un so tan familiar, i estava tan cruixida de la llarga caminada que en un dir ai ja m'havia adormit.

Durant la nit vaig somiar que topava amb un home de cabells llargs amb una corda lligada al coll. Quan m'hi vaig acostar per examinar-li la gola, vaig veure que hi tenia una nena petita enganxada. Llavors la vaig agafar pels peus i vaig estirar fort cap amunt per treure-la d'allà dintre, però com més fort l'estirava, més s'enfonsava ella. I l'home no parava de bramar i d'esbroncar-me perquè estirés amb més força, perquè si no ell s'ofegaria, però jo no aconseguia treure-la de cap manera. A l'últim, la nena va desaparèixer i jo em vaig despertar d'un sobresalt.

Era fosc i negre, i feia un fred de mil dimonis. Al recipient de llauna, el foc pràcticament s'havia extingit. Hi vaig afegir més llenya, vaig atiar les brases i vaig esperar que el foc revifés. En acabat, em vaig tornar a arrupir a tocar d'en Fredrik, i encara vaig poder dormir una estoneta més. L'alba no havia arribat encara. Rondava el nostre menut refugi a una distància prudencial i de ben segur que trigaria unes quantes hores a aparèixer.

Tir al blanc

Quan es va fer de dia, vam marxar a cuitacorrents. Vam buidar el bol de les cendres, vam enrotllar la pell d'en Fredrik i vam recollir les poques pertinences que dúiem a sobre.

En acabat, vam abandonar el *Pop*, que romandria al gel esperant la primavera, quan per fi se n'aniria a pic i, arrossegat pels corrents marins, acabaria de desintegrar-se a l'interior d'alguna cova.

No vam haver de caminar gaire. Al cap de tan sols unes hores ja la vam albirar al lluny. En efecte, quan encara era només un puntet en la distància, jo ja la vaig reconèixer, l'illa d'en Capblanc. Tota ella desprenia una indescriptible fetor de perill i malignitat. I com més ens hi acostàvem i més gran esdevenia el puntet, més fastigosa era la pudor.

En arribar al peu dels alts penya-segats, que eren l'únic que ens separava d'aquella immensa maldat, el cor em va començar a bategar dins del pit com un cavall desbocat alhora que el terror em martellejava amb força les orelles. No em podia treure del damunt la inquietant sensació que els pirates ens veien i ens sentien, que ensumaven la nostra presència, que *sabien* que érem allà.

En Fredrik va desplegar el mapa. I després d'estudiar-lo una bona estona, va dir:

—Ens cal una visió àmplia de l'illa, per tant haurem de grimpar una mica.

Va desar el mapa de nou a la motxilla i se la va penjar a l'esquena. A continuació vam emprendre la marxa, ell davant i jo afanyant-me per seguir-li el pas.

L'escalada va ser costeruda, cosa que jo ja sabia, perquè m'havia enfilat abans per aquell camí. Tota l'estona havíem de fer marrades perquè no trobàvem on recolzar bé el peu, o perquè la capa de neu era massa profunda. En una ocasió, en Fredrik s'hi va enfonsar fins a la cintura, i li va costar una bona estona poder-ne sortir.

Finalment, però, vam coronar el cim i llavors vam fer una pausa per recuperar l'alè i les forces. En Fredrik em va esguardar. I jo em vaig aferrar a aquella mirada bondadosa de color blau cel igual que un nadó a la pell de la seva mare. Llavors es va apartar l'aigua i la neu de la cara, i em va preguntar:

—Siri, és impossible preveure com aniran les coses. De debò estàs decidida a seguir endavant amb tot això? Estàs segura que realment és el que vols?

Vaig engolir un bon glop de saliva i vaig assentir amb el cap.

—Sí —vaig contestar-li—. N'estic segura.

Just en aquell moment va sonar un tret al cel, i tant en Fredrik com jo ens vam ajupir ràpidament. El tret provenia de l'altre costat de les roques. Ens vam mirar esglaiats: havien disparat contra nosaltres? Uf, no! Perquè llavors vam sentir unes veus alegres, d'homes que reien i feien cridòria. I immediatament després, va sonar un nou tret.

—Contra què creus que disparen? —vaig xiuxiuejar.

—No en tinc ni idea —va respondre en Fredrik.

Es van sentir més trets, seguits de víctors i visques, i uns minuts més tard en Fredrik em va proposar molt fluixet:

—Anem a donar-hi un cop d'ull.

Aleshores, amb compte i molt a poc a poc, ens vam arrossegar un tros més i vam treure el nas per la carena de l'espadat. *El Corb de Neu* va ser el primer que vam veure. El gel no li havia malmès el buc, i això es devia probablement al fet d'estar ancorat en un racó tan protegit. Eren els corrents marins de les profunditats els que feien que els blocs de gel es moguessin d'una banda a l'altra; en canvi aquí, a l'interior d'una rada, les aigües es mantenien bastant encalmades.

Li vaig assenyalar a en Fredrik la prima columna de fum que emergia de les entranyes de l'illa. Si un mig aclucava els ulls, just al mateix lloc, hi podia distingir una torre alta i peculiar, i al costat un conjunt de casetes baixes.

Al gel hi havia uns quants pirates; en Fredrik i jo en vam comptar dotze. Practicaven el tir al blanc. Uns metres més enllà havien aixecat un ninot de neu que, evidentment, representava una persona. Els homes feien torns per disparar contra el ninot amb els seus fusells. Cada vegada que algun d'ells l'encertava, el pobre ninot quedava fet miques. Llavors cridaven hurres i saltaven d'alegria i, en acabat, entre tots tornaven a recompondre la figura de neu. Si bé la majoria eren bons tiradors, es veia d'una hora lluny que n'hi havia un parell a qui encara els faltava molt per aprendre.

I eren justament el calb i el barbut! Els dos bergants amb qui havia navegat a bord de la balandra. Així doncs, havien aconseguit arribar fins aquí i ara formaven part de la tripulació d'*El Corb de Neu*. Amb aquesta punteria, no m'estranyava gens que no cacessin ni un sol llop durant la seva estada a les illes del Llop! Les bales que disparaven sovint anaven a raure a uns quants metres del ninot de neu. I, és clar, llavors tots els altres es trencaven de riure.

Quan el calb i el barbut van acabar de disparar, li va tocar el torn a un altre dels pirates, i aquest de seguida li va volar el cap al ninot de neu. Després van continuar igual un darrere l'altre, disparant i fent diana, i cada cop havien de córrer a reconstruir el ninot. Fins que va arribar novament el torn del barbut.

Abans de disparar, va clavar unes quantes puntades de peu a terra, va bellugar el cap endavant i endarrere, i va balancejar el braç dret dues o tres vegades, com per relaxar-lo. La resta d'homes, de tan convençuts com estaven que tornaria a fallar, ja havien començat a riure.

Quan el barbut va alçar el fusell, un d'ells va tenir una idea. De puntetes, sense que el barbut se n'adonés, se li va situar al darrere i li va llançar una bola de neu a l'esquena. El barbut, empipat, es va girar, però no se'n va recordar de treure el dit del gallet i el fusell es va disparar. Morts de por, tots van mirar cap a on havia anat el tret: a la borda del *Corb*!

Tanmateix, la cosa no es va acabar aquí. A la coberta hi havia algú, algú que feia un moment no hi era. Un individu alt i imponent, vestit amb roba de cuir, que anava cofat amb una gorra, també de cuir, amb barballera. I ara, en veure'l, els pirates —amb cara de pànic absolut— es van alçar el barret ràpidament i li van fer una profunda reverència. Sí, era obvi que l'home de la coberta no podia ser altre que... el capità Capblanc! I és clar, perquè els llargs cabells blancs no se li congelessin i li caiguessin, se'ls havia recollit dins la gorra.

En Capblanc es va treure un dels guants i va tocar el forat de la bala a la borda. Al barbut, que tenia el rostre desencaixat per la por i els nervis, li va relliscar el fusell de les mans i li va caure als peus. Havia anat d'un pèl que no li engegués un tret al capità dels pirates. Què seria d'ell ara?

Però en Capblanc es va limitar a enfundar-se de nou el guant, com si no hagués passat res. Llavors va fer un senyal amb el cap als seus homes alhora que els deia alguna cosa. Probablement els devia manar que seguissin tirant al blanc, ja que els homes no van trigar ni un segon a tornar a carregar els fusells. Ara li tocava al calb. Va disparar tan malament que ningú no va veure ni tan sols on havia anat a raure la bala. Tanmateix, la seva pífia no va arrencar cap rialla. No, ara tots observaven de reüll en Capblanc i esperaven la seva reacció. En Capblanc, en canvi, va romandre immòbil i sense badar boca. A continuació, un dels pirates amb més punteria va agafar el seu fusell, perquè li tocava la tanda.

—Marxem, ja n'hem vist prou —em va xiuxiuejar en Fredrik a cau d'orella.

Tanmateix, mentre ell se n'anava, jo vaig quedar-me allà, petrificada, amb la vista clavada en l'home de la coberta. I m'hi hauria pogut quedar fins que la neu se'm fongués sota el cos. L'home sobre el qual havia escoltat tantes històries, l'home que havia viscut dins la meva ànima nit i dia des que vaig abandonar Badia Blava per fer-me a la mar, aquest home... ara era allà, a pocs metres de mi i gaudint del tir al blanc! Podria ser qualsevol qui s'estigués allà dret, contemplant la competició de tir al blanc. Tanmateix, era ell, just davant dels meus ulls! Em resultava tan fascinant que no podia apartar la vista d'aquella imatge.

—Napbuf! —em va cridar en Fredrik.

Vaig despertar-me de cop del meu somieig i vaig fer mitja volta bruscament per arrossegar-me altra vegada pendent avall. Però aleshores va passar una cosa. Una cosa que no hauria d'haver passat. Un gran tros de neu, que s'havia desprès sota els meus peus en tombar-me, va començar a rodolar pel pendent. Per uns instants va semblar que s'aturava, però no, immediatament la neu que hi havia a sota també va cobrar vida i el tros va seguint lliscant coster avall. I de camí cap a la

rada, el tros va anar revifant més i més neu. Cada vegada es desprenien trossos més grans, que tot seguit lliscaven, rodolaven i es precipitaven pel pendent. La neu s'arremolinava i les quantitats eren cada cop més voluminoses. I en Fredrik, que havia vist el que succeïa, va fer un intent desesperat d'apartar-me del perill. Ens vam esguardar als ulls, tots dos sabíem que era qüestió de segons que els pirates descobrissin l'allau.

I en efecte, al cap de no res ja bramaven tots; algú va disparar i vaig suposar que ara havia apuntat en direcció al nostre cim. Llavors vam sentir com un dels homes cridava: «Allà, allà!». I això volia dir que no tardarien a pujar i atrapar-nos.

En Fredrik va llançar una ullada a la gran extensió de gel deserta. Per molt que correguéssim no podríem amagar-nos enlloc, i per això ell va prendre una decisió ràpida.

—És millor que m'atrapin a mi que no pas a tots dos —va dir.

En acabat, es va posar dret i va alçar els braços.

—No! —vaig gemegar, però ja era tard.

—Alto, no dispareu! —va cridar als pirates.

I els va anar a trobar per protegir-me, per evitar que em descobrissin. Vaig sentir com els pirates l'escridassaven, com l'amenaçaven i li advertien que no abaixés les mans, que s'havia ficat en un bon embolic i que el pelarien a trets. Sí, sí, moriria per haver gosat infiltrar-se d'estranquis i sense permís a la seva illa, deien.

Amb el cor encongit i glaçat com el gel, vaig restar allà estesa, escoltant els seus brams. I també vaig sentir com empenyien el pobre Fredrik pendent avall i li manaven de molt males maneres que bellugués els peus... però, si més no, no vaig sentir cap tret.

Una estona més tard, les veus es van esmorteir i llavors, fent el cor fort, vaig tornar a treure el nas per sobre de la carena, encara que només fos una miqueta. Vaig aconseguir veure just el moment en què un parell de pirates obligaven en Fredrik, que ja era a bord del *Corb*, a baixar per l'escala. En acabat, els van seguir la resta de la banda. En Capblanc va ser el darrer a baixar, i ho va fer sense apressar-se gens. Finalment, l'escotilla es va tancar i es va fer un gran silenci.

Gestes

Als peus del penya-segat, una petita guineu àrtica va esquitllar-se a través del gel, es va aturar uns instants a ensumar alguna cosa i, en acabat, va continuar veloçment el seu camí. Va ser l'únic senyal de vida que vaig percebre. La resta del món contenia l'alè. El vent m'esbullava suaument els cabells mentre jo, incapaç de bellugar-me, seguia allà, arrupida sobre la catifa de neu, gelada i amb el cor bategant-me a cent per hora. Havien capturat en Fredrik, l'havien entaforat als budells d'*El Corb de Neu* i ara jo... *l'havia de salvar*! Era la meva obligació, perquè si en Fredrik moria, jo no podria seguir vivint, no m'ho perdonaria mai...

Però, com m'ho faria? A bord d'*El Corb* hi havia una catèrvola de pirates. N'havia comptat dotze mentre practicaven el tir al blanc al gel. Però sens dubte n'hi havia d'haver molts més. Només amb dotze homes no es podia fer navegar *El Corb*. I a més a més, també hi havia el capità Capblanc mateix. Tots eren dins de la nau i jo era fora. Per molt que m'hi trenqués el cap, no se m'acudia de quina manera podria burlar tanta vigilància per esquitllar-me d'amagatotis a bord d'*El Corb de Neu.*

Aleshores va passar una cosa d'allò més estranya. Aproximadament una hora després que s'hagués tancat l'escotilla, de sobte es va tornar a obrir i un pirata va pujar a la coberta.

Després en va pujar un altre. Tots dos duien un fusell penjat a l'espatlla i anaven ben vestits per al fred, amb uns abrics molt gruixuts.

Aviat en va aparèixer un tercer i després un quart. I així, de l'interior d'*El Corb de Neu,* van continuar sortint més i més pirates, fins que la coberta va quedar plena d'homes armats, i també d'algunes dones. Se'ls veia impacients i cadascun d'ells examinava amb deteniment el seu fusell. Entre ells també hi havia el calb i el barbut.

I el capità Capblanc!, que va ser el darrer a pujar. Era ell, sens dubte, malgrat que la banda de pirates l'envoltava i no li vaig poder veure el rostre. Però sí que li vaig reconèixer la gorra amb la barballera! Els pirates li tustaven amistosament l'esquena, i algú va disparar a l'aire a tall de salutació. Pel que semblava, apreciaven d'allò més el seu capità.

Uns minuts més tard, un d'ells va cridar alguna cosa alhora que assenyalava un parell d'illots que hi havia al lluny. Llavors tots van baixar per l'escala de corda que havien llançat des de la borda. I un cop a baix, van arrencar a caminar amb la vista fixa en els illots.

Quina sort! Amb prou feines m'ho podia creure! Els pirates havien decidit sortir a caçar! Segurament havien encadenat el pobre Fredrik a la bodega i ara, convençuts que no es podria escapar de cap manera, se n'anaven a caçar ocells.

Però, de debò que havien desembarcat tots? No ho sabia, és clar, i per això em vaig esperar una bona estona abans de baixar per l'espadat fins a la badia.

En arribar a l'esplanada de gel, vaig córrer cap al vaixell i vaig enganxar l'orella al buc. La fusta pintada de blanc havia quedat coberta per un bonic i espurnejant vestit de gebre.

Silenci. Un silenci profund.

Em vaig desplaçar un tros més enllà i vaig parar de nou l'orella.

No, dels budells del *Corb* no en sortia ni el més mínim soroll, ni tan sols un lleu rau-rau. Vaig allargar el coll, els pirates eren tan lluny que ja no se'ls veia.

Sense perdre ni un instant, em vaig dirigir a la proa i vaig passar per sota de les dues cadenes de les àncores, que el gel havia deixat completament rígides. De dalt estant, el cap del *Corb* em fitava amb els seus ulls malèfics, tenia el bec obert en una ganyota de voracitat. Tan bon punt vaig arribar a l'escala de corda, m'hi vaig enfilar a correcuita per pujar a la coberta.

Ara ja era al vaixell dels pirates. De seguida vaig pensar en tots els nens i nenes que havien estat raptats i arrossegats a bord per força, absolutament aterrits. Em vaig treure un dels guants per tocar la fusta del vaixell i la drissa gelada. Amb molt de compte, vaig provar de moure la campana de l'embarcació i, en acabat, vaig donar una ullada a la cabina del capità a popa. Allà era on vivia en Capblanc. Allà feia les menjades, dormia i planejava els seus actes de pillatge i saqueig. Aquella cabina era el cor del *Corb*, el lloc on s'estava en Capblanc.

No, no em podia pas distreure. Ara no hi havia temps per romanços ni per somiejos, com més aviat rescatés en Fredrik, millor.

Amb totes dues mans vaig engrapar la gran anella de ferro de l'escotilla de coberta. Per poder obrir-la, vaig haver d'estirar amb tota la força de què vaig ser capaç. I en acabat, hi vaig ficar el cap per donar un primer cop d'ull.

Tot era buit i fosc. Però em va arribar una intensa bafarada d'una pudor familiar, de suor i fum de tabac, brutícia i cervesa. Vaig baixar l'estreta escala. Davant de la proa hi havia uns fogons encastats, semblants als que teníem a l'*Estrella Polar*, però més antics. Un llum d'oli penjava d'un ganxo; feia una claror molt feble, així que el vaig despenjar i en vaig apujar la intensitat de la flama. Pertot arreu regnava un gran desordre, hi havia cois, sacs, roba i tresors robats escampats aquí i allà. Sí, vaig entendre que es tractava d'objectes robats perquè a molts d'aquells baguls mariners no hi figurava pas el nom d'*El Corb de Neu,* sinó el d'altres vaixells, com ara *El Gat de Mar*, *El Trencaones* o *El Comiat*. A dins vaig veure-hi gruixudes cadenes d'argent, copes d'estany, pipes i portacigars d'escuma de mar cisellats, joies d'or i luxosos abrics de pell amb botons de banya i d'os. Els canons semblaven més aviat uns enormes gerros de ferro lligats amb cordes a les troneres. D'un ganxo del pal major, el que anava de la coberta a la sobrequilla, hi penjaven un grapat de frarets que s'havien fet malbé, els caps podrits els estaven a punt de caure i feien una ferum insoportable.

Allà hi havia una altra escotilla! L'escotilla que menava a la bodega. No era tan complicada com la primera, però, tot i així, era molt feixuga i, com que em calien totes dues mans per obrir-la, vaig haver de deixar el llum d'oli a terra.

Vaig baixar per l'estreta escala de fusta i vaig mirar al meu entorn. Hi havia amarres i llenya emmagatzemades en diferents mampares. En un racó vaig veure una pila de politges, i en un altre, sacs de xarpellera amuntegats, on hi devia haver ordi o pèsols. Em produïa una sensació estranya ser a bord d'una nau sense el més lleuger balanceig, tan quieta i estàtica com una casa. Els taulons del vaixell, que sempre gemegaven a causa del vaivé de les ones, ara guardaven un silenci sepulcral. No se sentia ni el més lleu soroll.

O sí... Espera... sí! Vaig sentir un so! La respiració d'algú, potser? Sí, segur, allà dins hi havia algú que respirava fort pel nas, com si li costés, com si estigués esgotat, gairebé com si patís dolor! El so provenia de popa.

Vaig travessar rabent totes les bodegues i, en deixar enrere una mampara amb desenes de barrils de cervesa, vaig veure en Fredrik!

Seia a terra, amb un grilló al voltant del coll, i del grilló, en sortia una cadena de ferro clavada a la fusta del vaixell. Li havien lligat les mans a l'esquena i li havien posat una mordassa a la boca, per això panteixava amb tanta dificultat. Vaig córrer fins a ell i, quan la claror del llum d'oli li va il·luminar el rostre suat, vaig ser realment conscient de la por i la desesperació que traspuaven els seus ulls.

—Tranquil, ara mateix t'alliberaré —li vaig dir.

En Fredrik va esbufegar i va dreçar l'esquena, i també va sacsejar el cap; intentava dir-me alguna cosa, però no podia, és clar. Llavors li vaig deslligar la mordassa, però li havien introduït un altre drap a la boca. Quan el va haver escopit, va esclatar a plorar i em va dir:

—No hauries d'haver vingut.

Me'l vaig mirar esbalaïda. Que no estava content que hagués vingut a rescatar-lo?

En aquell mateix moment, vaig sentir passes al meu darrere. Em vaig tombar a poc a poc. I el capità, que fins aleshores s'havia refugiat en la foscor, com una bèstia salvatge, va fer una gambada endavant. En efecte, era ell, malgrat que estava convençuda d'haver-lo vist abandonar la nau amb la resta. Tenia la cara com un pa de quilo, una nàpia enorme i barba de dos o tres dies a les galtes i a la barbeta. I entre les mans, un fusell. Tanmateix, els cabells eren curts i foscos.

—C-c-capità Capblanc? —vaig quequejar.

L'home, amb un somriure negre i repulsiu, va contestar:

—No, nena, t'equivoques. Fa molt de temps que en Capblanc no posa els peus a *El Corb de Neu*. Jo em dic Gestes, i soc el segon de bord.

Va atansar-se a un barril de cervesa i s'hi va asseure, alhora que deixava el fusell a un costat. M'era impossible fugir d'allà o escapar d'ell, el barril em barrava el pas.

El tal Gestes va quedar-se assegut al barril una llarga estona i, mentrestant, m'esguardava amb una expressió que podia semblar amable. Com si hagués rebut la visita d'algú que li feia certa gràcia. No cal dir que jo estava esfereïda, sí, aterrida fins al moll de l'os, però també desconcertada. L'havia entès bé? Acabava de dir que ell *no* era el capità Capblanc?

—Així doncs, en Capblanc no governa aquest vaixell? —li vaig preguntar.

—No —va fer el segon de bord—. En Capblanc ja no pilota *El Corb de Neu*. De fet, s'ocupa d'altres afers.

—D-de quins afers, si es pot saber? —vaig demanar-li.

El segon de bord va fer un altre somriure i, en comptes de contestar la meva preguntar, va dir:

—Aquí jo soc el capità en funcions. Jo soc qui mana i qui governa *El Corb de Neu*. I paro paranys a les nenes que venen aquí i es pensen que podran canviar el destí de les seves germanes petites.

Ràpidament vaig llançar-li una ullada a en Fredrik, però ell va fer que no amb el cap.

—Jo no els he dit res de res —em va assegurar.

En Gestes va treure's una pipa de la butxaca i la va omplir de tabac. Llavors va assenyalar el llum d'oli que jo havia deixat a un costat.

—Em permets? —va preguntar.

—P-permetre què? —vaig fer jo, confosa.

Va tornar a somriure, va agafar el llum d'oli i, amb un escuradents, es va encendre la pipa. I a continuació va aspirar pel broquet; l'olor del fum era dolça.

—El teu amic ha provat d'entabanar-nos, ens ha assegurat que ens havia trobat per casualitat —va explicar en Gestes—. I al principi ens ho hem empassat.

Va xuclar de nou la pipa i, en acabat, sense previ avís, va esclatar en una riallada eixordadora que em va fer esgarrifar.

Sí, en un primer moment, en Gestes i la seva tripulació s'havien cregut la història d'en Fredrik. És a dir, que ell era tan sols un caçador solitari que casualment havia fet cap a l'illa en busca d'ocells. Però aleshores havien descobert el penjoll del rei dels peixos que en Fredrik duia al coll, i un dels pirates havia jurat i perjurat que el rei dels peixos era seu. Va insistir que se l'havia comprat no feia gaire a les illes del Llop, i que el reconeixia perfectament perquè ell mateix s'havia trenat el cordill que l'acompanyava.

A partir d'això, el calb i el barbut havien parlat de mi i de la meva història, la nena que pensava salvar la seva germana petita de les urpes d'en Capblanc, la nena a qui creien haver matat aquell dia al mar. Com havia pogut sobreviure a la capbussada era, per descomptat, un autèntic misteri. Però en Gestes havia dit que, misteri o no, ara el que calia era atrapar-me, si és que era cert que jo rondava pels voltants. El capità Capblanc estava molt enfeinat, i no volia pas que se'l destorbés per un ridícul intent de rescat.

En Gestes mateix va ser qui va ordir el pla. Es va intercanviar la roba amb un dels seus pirates i, en acabat, els va manar que sortissin tots a caçar. Era important que, quan pugessin a la coberta, se'ls veiés d'allò més contents i animats. En Gestes, en canvi, va quedar-se a bord, bo i esperant el moment que jo gosés aparèixer.

Aleshores, el segon de bord va fer un parell de pipades i, amb un somriure sorneguer, em va dir que jo era molt benvinguda a *El Corb de Neu*. Al capdavall, a la mina d'en Capblanc sempre hi havia lloc per a una nena més.

La mina

Quan en Gestes em va passar una corda pel coll i em va dur fins a l'escala, en Fredrik, totalment fora de si, va arrencar a cridar i a sacsejar el cos; estirava amb força la cadena, talment com si fos un gos lligat. Vam pujar per les escales, jo davant i en Gestes estalonant-me, i després vam travessar l'entrecoberta on dormien els mariners, un espai desendreçat, llardós i pudent a més no poder. Tot seguit vam pujar la següent escala, fins a la coberta i, quan vam ser a tocar de la borda, vaig donar un cop d'ull al meu voltant, al mar, a les altes roques que ens rodejaven i al mantell de neu que ho cobria tot.

Aleshores en Gestes, ben bé com si m'hagués llegit la ment, va somriure i va fer un gest amb el cap.

—Ja te'n pots anar acomiadant, de tot això, ara —em va engegar sense compassió.

A continuació vam baixar per l'escala de corda, i llavors vaig sentir un tret en la distància, a l'illot on els pirates havien anat de cacera. I des de les entranyes del *Corb*, encara sentia els brams d'en Fredrik.

Un cop desembarcats, vam caminar a través del gel. Fugir era del tot impensable: en Gestes subjectava fort la corda que m'havia lligat al coll i, a més a més, duia una escopeta a l'altra mà. I per recordar-m'ho, de tant en tant em clavava el canó de l'arma a l'esquena.

Tan bon punt vam arribar a l'illa, la neu es va fer més espessa i a mi em costava Déu i ajuda avançar.

Però hi havia alguna cosa estranya en aquella neu, me'n vaig adonar després de trescar-hi durant una estona. De mica en mica havia començat a canviar de color.

Primer va adquirir un to gris molt clar, com el dels còdols més descolorits del mar.

Més endavant es va enfosquir, però només una miqueta, si fa no fa com el peix sec.

Després es va tornar més fosca, del color de les nostres cases fuetejades pel vent, a Badia Blava.

Més tard, va esdevenir encara més fosca, com la pell d'un tauró de Groenlàndia.

Llavors va tornar-se quasi negra, com l'acer que fem servir per esmolar ganivets.

I a l'últim ja era tan negra com la nit.

Mirés cap on mirés, el fenomen era el mateix. Els ulls, acostumats a la blancor, em coïen, gairebé em feien mal, de tanta negror.

Aquesta neu negrosa em feia molta por. De debò era neu? És que potser en Capblanc havia vessat la seva maldat sobre la terra que envoltava la seva terrible mina de diamants? Era per això que la neu havia canviat de color? Sí, estava tan espantada que ni tan sols vaig atrevir-me a preguntar. Simplement vaig continuar caminant, amb penes i treballs, a través de la negror. De tant en tant, en Gestes m'empenyia endavant, agullonant-me l'esquena amb el dur canó de la seva horripilant escopeta.

Finalment vam arribar al grup de cabanes, les que jo havia albirat temps enrere des del capdamunt del penya-segat. Una d'elles semblava bastant sòlida i ben construïda, tenia les finestres il·luminades i una xemeneia fumejant; just al costat, n'hi havia una altra d'igual, però més menuda. Després n'hi havia una que no era especialment gran, més aviat recordava un magatzem del port, i no tenia finestres. La quarta edificació era la més singular de totes, perquè, de fet, no era pas cap cabana, sinó una torre tremendament alta; una mica com un far de fusta, però sense llum dalt de tot. A l'exterior de les cabanes hi havia unes enormes piles d'alguna cosa que no vaig saber reconèixer, també era de color negre, si bé no era neu. Dos pirates feien guàrdia a l'entrada. Seien cadascun en un tamboret, però així que van veure en Gestes, es van aixecar i es van treure la gorra.

—Vaja, què ens portes de nou avui? —va fer un dels vigilants, que duia bigoti, anava abrigat amb una capa de pell d'ovella llarga fins als peus i cenyida amb un cinturó ample, i lluïa una arracada d'anella a una de les orelles.

Es referia a mi. Com si jo no fos res més que això: una nova presa.

En Gestes va remugar en veu baixa com a resposta i l'altre pirata, que era calb i tenia un gep a l'esquena, una barbeta esmolada i quatre dents estretes en una boca plena de forats, va obrir la porta. De seguida vaig sentir un repic d'aixades. Era un so distant, que sonava estranyament esmorteït i que va fer que se m'ericessin tots els pèls del cos.

—Ei, Gestes, com l'has enxampada, aquesta? —va voler saber el geperut, que no em treia els ulls de sobre—. Que pots navegar pel gel, ara?

—Ha vingut per voluntat pròpia —va respondre-li en Gestes, cosa que va fer que el geperut encara em guaités més fixament.

El del bigoti i la pell d'ovella també em va fitar de dalt a baix. I llavors en Gestes em va tornar a burxar amb el canó de l'escopeta.

—Au, vinga —va fer—. Anem cap dins.

Però jo vaig quedar-me quieta. Les cames i els braços em tremolaven; bé, en realitat, el cos sencer em tremolava com la fulla d'un arbre. El llindar que tenia al davant era com una cinta que separava el món que havia conegut fins ara d'un altre de nou i absolutament desconegut. I en aquest nou món, jo no hi volia entrar de cap de les maneres. No, de cop i volta vaig tenir clar que plantaria cara, que lluitaria amb totes les meves forces per no entrar a la mina d'en Capblanc. No i no! No pensava pas deixar que em fiquessin dins d'aquelles terrorífiques galeries, tan fosques i estretes, que des de sempre havia temut amb tota la meva ànima.

—No —vaig dir, negant amb el cap.

El de la pell d'ovella i el geperut van esclafir a riure. De tota manera, crec que reien d'en Gestes, del fet que algú que no li arribava ni a la cintura gosés contradir-lo.

En Gestes va sospirar.

—Aquest numeret no et servirà de res —em va advertir.

—No hi penso entrar —vaig insistir. Em vaig girar cap a ell i el vaig esguardar directament als ulls—. Em sents? No hi entraré mai! Deixa'm anar!

I llavors vaig començar a estirar amb força la corda que tenia lligada al coll. I mentre l'estirava tan fort com podia, esbufegava i xisclava una vegada i una altra:

—Deixa'm anar! Deixa'm anar! Que em deixis anar, et dic!

Els dos pirates que feien guàrdia s'ho estaven passant la mar de bé.

En canvi, a la cara d'en Gestes hi va aparèixer una ganyota de desgrat. Els músculs de les galtes se li van tensar. Es va enrotllar la corda una volta més al voltant del puny i aleshores va fer una estrebada tan forta i despietada que em va tombar a terra.

Em va arrossegar a través del llindar, i em va fer entrar dins d'aquella torre tan alta i estranya. Jo no parava de cridar i vaig intentar posar-me de genolls, però no me'n vaig sortir. En Gestes no es va molestar a girar-se ni un sol cop, senzillament va seguir caminant. El terra no estava pavimentat, era només sòl trepitjat i ple de pedretes que m'esquinçaven la roba i la pell. La corda m'estrenyia tan fort el coll que m'ofegava, i el que més mal em feia era que m'arrosseguessin per terra com un sac.

Per fi en Gestes es va aturar.

—Posa't dreta —em va ordenar.

Em vaig alçar molt lentament i vaig serrar fort les dents per no plorar. La torre estava il·luminada per uns quants fanals. Enmig del terra negre hi havia un gran forat. I era d'aquella mena de pou d'on provenia el repic d'aixades. Damunt del pou hi havia un embigat que arribava fins a dalt de tot del sostre. Com a part de la construcció també hi havia una politja i una corda gruixuda, i d'un extrem de la corda penjava una espècie de gàbia de fusta. El muntacàrregues de la mina.

Al peu del muntacàrregues hi seia un pirata robust i corpulent, mig endormiscat. Duia una barbota d'allò més porca, atapeïda com un gran matoll, els cabells llargs i la coroneta calba, i lligada al voltant del cap, una cinta de cuir. Tenia el rostre demacrat i ple d'arrugues, segur que s'havia passat mitja vida navegant, com a mínim.

Al costat de la paret hi havia dos pirates més. Un era força rabassut i vestia roba de pell de foca, i l'altre tenia una cosa raríssima a la galta; una cosa que jo no havia vist mai abans. Un tatuatge que representava un ganivet amb la punta assenyalant un cor, del qual queien tres gotes de sang. Tots dos pirates estaven flanquejats pels seus respectius fusells.

Una mica més enllà, en la foscor, hi havia algú assegut a una taula. Una dona. Era lletja. Amb uns ulls que semblaven aigua barrejada amb llet i els cabells completament blancs. Al davant tenia un plat i una copa d'estany, i s'estava cruspint una cuixa d'aviram amb les dues mans. Duia pantalons i caçadora de cuir, i també tenia una escopeta que penjava del respatller de la cadira.

No era estrany que tot plegat fos tan negre i miserable? Al cap i a la fi, jo havia sentit històries de tresors magnífics, amb muntanyes de pedres precioses, algunes grosses com ous. I també havia sentit a parlar d'una guardiana que s'havia substituït totes les dents de la boca per diamants. En canvi aquesta dona —les hi vaig veure mentre menjava— tenia les dents tan grogues i mal cuidades com una vella qualsevol.

—Però això no és una mina de diamants? —vaig preguntar, mirant en Gestes.

Aleshores ell va riure i em va contestar que no, que en aquesta mina no hi havia diamants, ni n'hi havia hagut mai. Aquí només hi havia carbó.

Tot seguit en Gestes es va adreçar a la dona de la cabellera blanca.

—Bon dia, Colometa —va saludar-la.

La dona que es deia Coloma el va ullar breument i va continuar rosegant la cuixa d'au, sense immutar-se.

—On vols que te la deixi, aquesta? —va demanar-li llavors en Gestes, assenyalant-me amb el cap.

La Coloma va escopir uns quants tendons a terra, es va eixugar els llavis amb el dors de la mà i es va aixecar. Va agafar la corda d'en Gestes i em va conduir fins a una paret on hi havia unes llargues fileres de claus. D'alguns en penjaven cistells, però no pas de tots. La Coloma va lligar l'extrem de la corda a un dels claus i se'n va anar a seure altra vegada per seguir menjant.

—Bé, Colometa, me'n vaig —va dir-li llavors en Gestes—. Per cert, volia parlar un moment amb el capità...

—Espera! —vaig cridar llavors—. Què li passarà al meu amic?

En Gestes es va aturar i em va mirar.

—Vaja, d'això és precisament del que vull parlar amb en Capblanc —em va respondre—. En tot cas, els homes que cauen a les nostres urpes acostumen a rebre un oferiment.

—Un... o-oferiment?

—A *El Corb de Neu* sempre hi ha lloc per a un pirata més, en necessitem tants com puguem reclutar. Avui en dia els capitans de vaixell cada cop estan més preparats contra els abordatges. Els nostres presoners tenen tres dies per decidir-se a acceptar. A la majoria només els en cal un, però m'ensumo que el teu amic és del morro fort.

—A ell no li agraden gens els pirates —vaig replicar.

I aleshores en Gestes va amollar una riallada que va retrunyir pertot.

—Els pirates no li agraden a ningú, punyeta! —em va engegar—. I et ben asseguro que a mi tampoc!

—Però llavors... per què us en feu?

Ara en Gestes es va tocar el front amb el dit índex i em va contestar:

—Doncs perquè un no té més remei que escollir entre això o un tret al cap.

Els nens

Asseguda al costat de la paret, lligada i escoltant el martelleig somort dels pics sota terra, vaig esperar. Vaig aclucar els ulls i vaig provar d'endevinar quina d'aquelles aixades devia ser la de la Miki. Potser aquella que picava a un ritme tan compassat, talment com si fos el tic-tac d'un rellotge? O aquella altra que era lenta i semblava parar-se a pensar entre cop i cop? O aquella que, de tan fort com picava, rebotava i cada cop semblava doble?

Els pirates que seien recolzats a la paret feien cara d'estar avorrits, badallaven sovint i xerraven entre ells. Es veu que s'enyoraven dels seus companys d'*El Corb de Neu*, i consideraven que vigilar canalla petita era feina d'esclaus. I naturalment, el que més desitjaven era fer-se a la mar, però havien d'esperar que desaparegués el gel.

La Coloma no els feia ni cas, només estava per la seva sucosa cuixa. Quan per fi se la va haver menjat tota, es va netejar les dents del davant amb la llengua i es va girar cap a mi.

—Com et dius? —em va preguntar.

—Siri —vaig respondre a mitja veu.

La Coloma va fer un gest d'assentiment amb el cap i em va escodrinyar de dalt a baix.

—Estàs sana?

—Sí.

—Ets forta?

—Diria que sí.

La Coloma va assentir de nou. Llavors va assenyalar el forat de la mina.

—Com més forta siguis, millor t'anirà —em va dir—. Aquí les criatures febles i escarransides no duren ni dos dies.

Vaig empassar saliva i gairebé em va venir un rodament de cap. Sí, els ulls se'm van ennuvolar i, en la foscor, davant meu van aparèixer unes imatges esborronadores: cadàvers de petits nens miners, amb l'esquena partida i les galtes esblaimades.

—Què... —vaig quequejar amb la boca seca—. Què hauré de fer?

Ella va agafar la copa d'estany i es va reclinar contra el respatller de la cadira. A continuació, em va explicar com funcionaven les coses i com es treballava a la mina d'en Capblanc:

De bon matí, cada nen prenia un cistell, un fanal i una aixada o un pic. Aleshores, un per un, baixaven a la mina amb el muntacàrregues. Un cop allà, simplement era qüestió de començar a caminar de quatre grapes i arrossegar-se per les moltes galeries, llargues i serpentejants, que formaven part de la xarxa de túnels i càmeres subterrànies de la mina. I després, a picar. A picar sense pausa, fins que un ja no se'n recordava de res més que de picar, fins que els braços adolorits brandaven l'aixada per si sols, fins que un parava boig de tant picar. I quan finalment s'aconseguia omplir el cistell de carbó, tocava penjar-se'l a l'espatlla i arrossegar-se de nou fins al muntacàrregues; fins que el cistell no era ben ple, no es podia pujar.

En mirar la boca de la mina, vaig sentir un calfred; aquella gola negra i sinistra s'empassava els nens cada matí i els escopia un cop havien enllestit la feina. Llavors vaig esguardar la Coloma.

—Quant de temps es triga a omplir el cistell? —li vaig demanar.

La Coloma va fer un glop de la copa.

—Això ja ho descobriràs tu mateixa demà —em va respondre.

En acabat no ens vam dir res més; tan sols vam restar asseguder en silenci, ella a la taula i jo a terra, mentre sentíem l'eterna i llastimosa remor de les aixades foradant el subsol, i el xiuxiueig dels pirates que creien que fer guàrdia a la mina era poc menys que una tortura. El que mig dormia al costat del pou s'havia despertat i ara es netejava les ungles amb un ganivet rovellat.

Un parell d'hores més tard, va sonar la campana d'un vaixell. El cor em va fer un salt; al principi no sabia d'on provenia aquell so. Però llavors vaig veure que a l'embigat del muntacàrregues també hi havia una campana, i que de la campana penjava una corda que baixava cap al pou. Els pirates es van posar dempeus; el del tatuatge a la galta va estirar el cos i va fer un gran badall. Havia arribat l'hora.

El pirata robust i corpulent, el que seia a la boca de la mina, va començar a fer baixar el muntacàrregues, i se'm va fer un nus a l'estómac en veure que trigava molta estona a arribar a baix de tot. Mentrestant, els altres dos pirates van comprovar que tenien els fusells carregats.

Ara el pirata corpulent de la barbota estirava la corda per tornar a fer pujar el muntacàrregues. No havia de fer gaire força, però, lògicament, li va costar més que no pas fer-lo baixar.

Poc després, la gàbia ja era dalt. A dintre hi havia un noiet. La fila que feia era esgarrifosa: un sac d'ossos ennegrit per la pols del carbó. Semblava ben bé un insecte. Tenia els peus negres, els pantalons negres, la camisa negra, les mans, el coll i els cabells, tot era negre. El cistell, ple a vessar, també era negre, i el pic que duia a una mà, i el fanal que agafava amb l'altra, que de tan brut a penes deixava entreveure la flama darrere el vidre. L'únic que el nen no tenia negre eren els ulls, que eren verds.

Va sortir del muntacàrregues, va apagar la flama d'una bufada, i va col·locar el fanal i el pic en una lleixa. En acabat va buidar el contingut del cistell a terra, de manera que s'hi va formar un petit pilonet, i després va penjar el cistell a un dels claus de la paret, just a tocar d'on jo seia. Em va donar una ullada, però no va dir mot; es va dirigir fins a la porta i es va desplomar a terra per descansar. Els pirates armats ja s'havien situat davant de la porta, per custodiar-la, ben eixarrancats i amb les celles arrufades, no fos cas que al nen se li acudís intentar fugir. Tanmateix, el noi ni tan sols se'ls va mirar. Seia abraçant-se els genolls encongits i recolzava el front damunt les mans entrellaçades. Ja s'havia adormit, potser?

Una estona després, la campana va tornar a sonar i la criatura que va sortir aquesta vegada del muntacàrregues també era un noi, diria que un pèl més jove que el primer. I també d'esma, va deixar el fanal, l'aixada, el carbó i el cistell al seu lloc, i se'n va anar a esperar al costat de la porta, vigilat de prop pels homes dels fusells.

Aleshores em vaig començar a impacientar, volia veure sortir la Miki d'aquell muntacàrregues, volia parlar amb ella, assegurar-me que era viva i que encara tenia l'esquena d'una peça. Però la tercera vegada que el pirata barbut va pujar la gàbia de fusta de les profunditats de la mina, tampoc no va aparèixer ella, sinó una nena esprimatxada i llargaruda, que devia tenir uns dotze anys. Les sabates que calçava eren veritables parracs, i la jaqueta, un esquinçall que semblava un ocell mig plomat.

I d'aquesta manera, els nens van anar pujant, un darrere l'altre, de les entranyes del subsol, tots igual de negres i exhausts, tots amb els ulls igual de blancs i lluents als rostres fantasmagòrics. Un per un, buidaven els seus cistells al mateix racó. I la pila de carbó aviat li arribava a la Coloma a les espatlles. Ella ho supervisava absolutament tot: que els cistells pugessin curulls, que cada criatura deixés la seva eina de manera ordenada i al lloc corresponent, i que després s'assegués en silenci al costat de la porta, on la filera de petits cossos foscos i esgotats esdevenia cada cop més llarga.

A l'últim, a l'interior de la mina tan sols se sentia el clac-clac d'un pic lent i solitari. La Coloma va comptar la canalla asseguda a la porta. Eren dinou. A continuació va desfer el nus de la corda que em lligava el coll, va alçar la veu i va ordenar:

—Anem!

Els nens van posar-se drets immediatament. I als que mentrestant s'havien adormit, els despertava d'una puntada de peu algun dels pirates armat amb fusell. La filera es va redreçar en un tres i no res, i la Coloma va anar a obrir la porta.

—Espera! —vaig cridar.

De sobte tots els nens es van tombar. Dinou parells d'ulls em van fitar, esbalaïts, gairebé espantats. Al cap i a la fi, no era pas gaire habitual que una simple presonera gosés donar ordres a la guardiana. Fos com fos, la Coloma no es va empipar, tan sols va arquejar lleugerament les celles i em va preguntar:

—Què vols, tu ara?

Jo vaig assenyalar la boca de la mina.

—E-e-encara queda algú, oi?

La Coloma va fer que sí amb el cap. I llavors va afegir:

—Pujarà quan hagi omplert el seu cistell. I en acabat haurà de triar el carbó —va explicar alhora que m'assenyalava l'enorme pila de carbó que hi havia a terra—. Així és com funcionen aquí les coses. El darrer a pujar és qui ha de fer la tria de tota la pila. En Capblanc ho vol així. Com t'he comentat abans, ser menut i escanyolit no és cap avantatge per treballar aquí, a la mina. —Tot seguit, va obrir la porta i es va fer a un costat per deixar passar la filera. I aleshores em va llançar una mirada estranya, gairebé compassiva, i va afegir—: Bé, ni aquí ni enlloc.

Germaneta

Fora era de nit, el cel s'havia tenyit del mateix color negre que la neu. Els estels formaven un bonic llençol de milers de llumetes que observaven la marxa de la nostra filera silenciosa. El baf planava sobre els caparrons foscos i esborrifats. Jo era l'última de la fila de nens, i darrere meu anaven els dos pirates amb els fusells carregats.

Vaig mirar de reüll cap a la cabana gran, la que es veia més sòlida i ben construïda. A través d'una de les finestres il·luminades vaig poder distingir la silueta d'un home, però molt breument, perquè va desaparèixer al cap d'uns instants.

—Ei, tu! —em va advertir un dels pirates al meu darrere—. El nas cap endavant! No fos cas que penséssim que vols fugir...

No vaig gosar replicar, tan sols vaig fixar la mirada endavant i vaig intentar no pensar en els fusells carregats; ni en com devia ser rebre una bala a l'esquena, caure de morros damunt la neu, amb la vida escolant-se per les costures de la roba... i acabar estesa enmig d'un toll de sang calenta.

La filera es va aturar davant d'una cabana que recordava un magatzem del port. Un dels homes que tancava la cua va alçar la veu i va cridar:

—Capsigrany!

Poca estona després, va obrir la porta un pirata amb una impressionant pelussera grisa, i un ull fix tan esgarrifós que no podia ser de veritat. I si era de vidre? Llavors es va apartar i va deixar passar la fila.

Vam entrar a una sala enorme. Al mig hi havia una llar amb una gran olla al foc. A tocar d'una de les parets, hi havia un llit gros i ample amb baldaquí, i arran de les altres tres parets s'hi arrengleraven una pila de llitets, tots d'allò més misèrrims. Només alguns tenien coixí, si bé la majoria tan sols estaven coberts per un parell de mantes velles o per una pell espellifada. A sota de cada llit hi havia una gibrelleta, i lligada a una de les potes, una cadena amb grillons. Damunt de tot plegat, una capa de pols de carbó tenyia l'estança d'un negre infinit.

Els nens no van trigar a asseure's als llits. Vaig comprendre de seguida que cadascun tenia el seu lloc assignat. El pirata de la cara tatuada feia guàrdia al costat de la porta, i el que anava vestit amb pell de foca va buscar un llit per a mi. N'hi havia tres o quatre de buits i va escollir-ne un que quedava en un racó, entre el d'una noia que devia tenir uns deu anys, com jo, i el del noi d'ulls verds, el primer que havia pujat de la mina.

Em vaig ficar entre aquells draps esfilagarsats i pestilents, i fins i tot vaig notar com els polls s'apartaven a un costat per fer-me lloc, ben a desgrat i ofesos d'haver de compartir el seu jaç tan minso amb mi.

L'home que havien anomenat Capsigrany, i que duia un davantal ple de ronya lligat a la cintura, es va posar un parell de guants de cuir molt gruixuts i va abaixar la voluminosa olla que penjava sobre el foc. Els nens, cadascun amb un bol entre les mans, esperaven asseguts als seus llitets sense badar boca. Vaig regirar les mantes polloses del meu llit i vaig trobar-hi el bol que em corresponia; aleshores vaig fer com els altres: esperar en silenci la meva tanda amb el bol entre les mans.

Poc després, una pasterada grisa de pèsols triturats va aterrar al meu bol. Cap de nosaltres no tenia cullera, així que calia endrapar aquell ranxo amb la mà dreta. Tanmateix, ja abans de començar, vaig sentir una esgarrifança que de poc no em treu la gana de cop: surant entre els pèsols, hi havia un cuc mort! Ecs! Vaig ficar el dit índex dins el bol, el vaig agafar i el vaig llençar ràpidament a terra. La noia que seia al meu costat va guaitar, primer, com queia el cuc mort als peus del llit i, en acabat, a mi. Devia concloure que jo era una llepafils. Bé, potser no li faltava raó; fet i fet, com em va dir en Fredrik una vegada, els cucs també alimentaven.

Els bols es van buidar ben aviat, i tot seguit els nens van fer un glop d'aigua. Molts d'ells, encara famolencs, ara observaven de cua d'ull el bol ple que esperava sobre un dels llits, quatre llocs més enllà del meu. El bol de la Miki. Els seus pèsols. L'aliment amb què s'ompliria l'estómac després d'enllestir, per fi, la seva dura jornada de treball. Per bé que, quan se'ls pogués menjar, ja estarien freds, és clar.

A continuació es va fer un gran silenci. Els dos pirates amb els fusells seguien apostats a la porta, xiuxiuejaven coses que jo no podia sentir i, de tant en tant, afluixaven alguna riallada. En Capsigrany seia a la vora de la llar de foc i també sopava un bol de sopa de pèsols. En va oferir als altres dos. I aleshores el del tatuatge a la galta li va engegar que no es fumeria aquella immunda gasòfia ni que li paguessin.

Vaig fer un tímid somriure a la noia que seia al meu costat; en canvi ella no me'l va tornar, sinó que se'm va quedar mirant de fit a fit, com si jo fos un ésser estrambòtic: un peix amb dos caps o alguna criatura per l'estil. De totes maneres, de seguida vaig entendre què era el que li resultava tan estrany de mi, i és que jo venia del seu antic món, tenia el mateix aspecte que havien tingut tots ells abans que la pols del carbó els pintés de negre.

Aleshores vaig girar-me cap al noi que jeia a l'altra banda:

—Per què cal triar el carbó? —li vaig preguntar.

El noi al principi no va dir res, però al cap d'una estona es va escurar la gola.

—Que potser ets germana de la menuda, tu? —va fer, assenyalant el llit de la Miki.

Jo vaig assentir, contenta de poder enraonar amb algú.

El noi va fer cara de sentir-se orgullós d'haver estat prou llest per adonar-se'n.

—Us assembleu molt —va dir—. Encara trigarà a venir.

Cada vespre li toca fer la tria del carbó. La pobra té poca traça a cavar.

—No és pas tan estrany —vaig replicar jo—. Al capdavall, és molt més petita que tots vosaltres. No seria més just que féssiu torns a l'hora de triar el carbó?

El noi dels ulls verds va somriure com si jo acabés de proposar la cosa més divertida del món, i molts dels altres nens, que també ho havien sentit, van riure amb ell.

—Ei, tu! —va cridar en Capsigrany.

La nena que dormia just al costat de la Miki s'havia atrevit a pispar-li un grapat de pèsols de la seva sopa. Però després del toc d'atenció, es va arraulir agafada al seu coixí i atemorida per la desagradable mirada d'en Capsigrany. Tot i així, i per molt que ella provés de dissimular-ho, se li veia el sentiment de triomf reflectit al rostre. I aleshores vaig comprendre quant significava allà un insignificant grapat de pèsols.

El noi dels ulls verds no s'havia equivocat pas, la Miki encara va tardar molt a arribar. Quan la porta finalment es va obrir i ella va entrar a l'habitació, acompanyada de la Coloma, la majoria dels que m'envoltaven ja dormien.

I malgrat tot, no em vaig alegrar de tornar-la a veure. Ans al contrari, vaig sentir-me tan trista i tan enrabiada que se'm va fer un nus a la gola i vaig haver de serrar els llavis per contenir el plor. La meva Miki. La més remenuda, la més ennegrida, escanyolida i desmillorada de tots, a pesar que probablement havia estat l'última d'arribar a la mina. I en canvi, d'entre tota aquella colla de nens i nenes segrestats per fer-los reptar a les fosques buscant carbó, cap no tenia la lluentor del pànic tan clarament reflectida als ulls. Sí, sens dubte, la meva pobra germaneta estava més enllà de la por.

—Miki... —li vaig dir fluixet.

Ella va cercar-me amb la vista en la penombra de la sala. I quan per fi em va trobar, va parpellejar diverses vegades, incapaç de creure-s'ho. Aleshores la cara se li va il·luminar amb un somriure d'orella a orella, i va ser meravellós veure de nou aquelles dentetes blanques encara plenes de forats. La Miki va córrer cap a mi i se'm va llançar al coll.

—Ets la Siri, oi? —em va xiuxiuejar a cau d'orella.

—Sí —vaig respondre-li en veu molt baixa—. Perdona'm. Sisplau, perdona'm per haver-te enviat a buscar baies tota sola...

La Miki es va desfer de l'abraçada i es va posar de genolls.

—Siri, mira, les botes m'han quedat petites —em va dir—. En necessito unes de noves.

Jo vaig bellugar el cap, per a ella res no havia canviat... tret que els peus li havien crescut! Com podia parlar-me d'una fotesa com aquella, ara?

—Em sap greu, Miki, però no puc aconseguir-te cap altre parell de botes —la vaig desenganyar—. T'hauràs d'apanyar amb aquestes.

—Alguns nens ja no en tenen i van amb els peus embolicats amb draps vells... —va mormolar la Miki, alhora que es

tocava les botes, les mateixes que havia tingut jo fins als set anys.

Després d'això ja no vam poder enraonar més, perquè la Coloma va empènyer la Miki al seu lloc. La Miki va devorar amb avidesa el bol de pèsols freds i, en acabat, el pirata que es deia Capsigrany li va oferir un glop d'aigua.

La Coloma duia un feix de claus penjant del cinturó. I llavors va començar a encadenar els nens, un per un, a la pota dels seus llits respectius. Naturalment, va fer servir els grillons que hi havia a cada llit, i els va anar tancant al voltant de cadascun d'aquells esquifits turmells. La majoria, mentrestant, ni tan sols es van despertar.

—I doncs? —va fer la Coloma als tres pirates—. Que no us espera en Gestes?

Tots tres van assentir amb el cap, un pèl estúpidament, i es van disposar a marxar. El dels tatuatges a la cara va murmurar que, si més no, els podria donar les gràcies per haver estat vigilant la canalla durant tot el sant dia.

—Ah, per cert, digueu-li que demà m'enviï algú que no es passi el dia xerrant pels colzes —va ser la resposta que van rebre de la Coloma.

Així que els tres homes van tocar el dos, ella va tancar la porta amb clau i se'n va anar al fons de l'habitació, on hi havia el seu llit. La vaig observar mentre s'hi asseia i es treia les botes. Era lletja, sí, però no pas vella. En certa manera, se la veia marcida i eixuta, com la fusta a la deriva, com un tros de fusta esblanqueït, ressec i trencadís a causa de l'acció del mar i la intempèrie. Després de descalçar-se, va col·locar el fusell ben a la vora del llit, va apagar el fanal que tenia sobre una tauleta i finalment es va ajeure. Aleshores va amollar un parell o tres de sospirs molt profunds. Eren uns sospirs carregats de tristesa, d'una tristesa que semblava no tenir fons.

Només els porucs dormen amb el fusell al llit, vaig pensar. Qui s'hauria pogut imaginar que la guardiana dels presoners d'en Capblanc no se separava del seu fusell ni per dormir?

Vaig estar-me una bona estona allà ajaguda, amb la vista clavada al sostre, intentant comprendre el que em resultava del tot incomprensible i inconcebible. Que allò ara era casa meva; que era aquí on hauria de viure i també on hauria de morir. Aviat, potser? O bé al cap d'uns anys? I què era millor?

—Siri? —va xiuxiuejar la Miki.

—Sí?

—Creus que el pare ens troba a faltar?

—Xxxt! —va renyar-nos la Coloma des del seu racó en la foscor—. Feu el favor de dormir, ara cal que descanseu per tenir forces demà.

I ja no ens vam dir res més, la Miki i jo. Al cap de molt poqueta estona, però, vaig cantar una cançó que solia cantar a la Miki a la nit, quan dormíem juntes al sofà llit de casa. No sabia si estàvem massa lluny o si ella podria sentir-me; en qualsevol cas, la cançó deia així:

A l'illot de la Donzella
hi viu la donzella Rund,
que amb els dits del peu enxampa
qualsevol verat que campa.

No li calen xarxes ni hams,
ni tampoc canya o nansa.
Fins que un dia, d'una barqueta,
en cau un vell a la impensada.

El pobre lluita amb les onades,
fins que, per salvar la vida,
en clissar el peu de la donzella
amb tota l'ànima s'hi aferra.

Pescada pel pescador salvat,
la donzella se n'enamora.
I com que ell també la vol,
amb ella es queda a l'illot.

La donzella Rund s'hi casa
i junts pesquen amb hams i canyes,
perquè tenen dues nenes:
les precioses Siri i Miki!

La veta de carbó

Ens vam llevar d'hora, la Coloma ens va servir pa i aigua. Mentre menjava, vaig provar d'apartar la cadena. Em feia mal estar lligada d'aquella manera, perquè el grilló m'anava molt ajustat; és clar, estava pensat perquè ningú no pogués esmunyir-hi el peu, per molt que s'aprimés a base de pa i aigua.

La Coloma duia el feix de claus penjat a la cintura. Com un ram de flors de ferro. A Corègon Blanc, la nostra illa, no hi havia gaires flors, però de tant en tant, a la primavera, la Miki i jo trobàvem roses silvestres. Les collíem i les donàvem al pare, que les posava en un gerro sobre la taula de la cuina. Que elegant ens quedava llavors la casa!

Vaig esguardar la Miki. Estava contenta, i em va saludar amb la seva maneta negra. Creia que, ara que tornàvem a estar juntes, tot se solucionaria. Però, com? Com podrien arreglar-se les coses? Ara no es tractava pas de desembullar un garbuix de xarxes, ni de cosir un botó complicat dels pantalons, ni de treure una espina de rosa clavada al ditet. Això no era res que jo pogués resoldre simplement pel fet de ser la germana gran.

Després d'haver esmorzat i haver fet pipí a la gibrelleta, vam haver d'esperar una estona que arribessin els pirates d'en

Gestes. Finalment van entrar per la porta a grans gambades, acabats de llevar i amb cara de pomes agres. Avui eren uns altres. Un d'ells tenia uns ulls d'allò més malvats, a penes cap dent i una desagradable cicatriu que li travessava el coll; un altre vestia una llarga capa de cuir jaspiat, crec que era de pell de foca de cresta, i vaig sentir que l'anomenaven Punyalçat. El tercer era un paio que no aixecava un pam de terra, amb prou feines era més alt que jo! I per acabar-ho d'adobar, també era el que tenia més males puces de tots tres, perquè, segons vaig deduir, aquell dia li tocava a ell buidar els orinals i cuinar els pèsols.

La Coloma va començar a desencadenar-nos del llit. Quan per fi em vaig poder treure el grilló del turmell, vaig sentir-me de cop alleugerida i molt més animada. Segur que les coses s'arreglarien! Si més no, una miqueta... perquè, fet i fet, pitjor no podien anar! En qualsevol cas, si una cosa tenia clara quan ens vam posar a la cua per baixar a la mina era que avui ajudaria la Miki a omplir el cistell perquè no tornés a ser l'última a pujar.

La Coloma encapçalava la filera, seguida de Punyalçat i del pirata de la cicatriu al coll, i no cal dir que tots tres anaven armats amb els seus respectius fusells. Flanquejant la porta d'entrada, hi havia dos nous brètols, i a càrrec del muntacàrregues, un individu amb barba de mariner i unes quantes dents d'or, que li vaig poder veure quan va badallar.

Vaig fer com els altres: agafar un cistell, un fanal i una aixada. Llavors la Coloma va donar un lluquet a un dels nois, que el va encendre amb la flama d'un llum que hi havia a la paret. Tot seguit, el noi va encendre el seu fanal i va passar el lluquet al següent de la cua.

En acabat, ens van enviar al fons de la mina en grups de tres. La Miki i jo vam pujar al muntacàrregues amb una nena guenya.

Tan bon punt vam començar a bellugar-nos, vaig notar una forta fiblada a l'estómac. El muntacàrregues baixava a tota velocitat i, a banda i banda, un seguit interminable de parets negres em va passar brunzint per davant dels ulls. Que potser no aterraríem mai? Allà dins, l'aire era cada cop més espès i, per un instant, vaig enlairar la vista cap al petit punt de llum de la boca de la mina. Com era possible que estigués tan lluny? Em vaig esborronar i vaig tenir la sensació que la foscor m'escanyava.

Quan el muntacàrregues per fi va tocar terra, va caure tan a plom que em va tombar. Em vaig aixecar i vaig sortir ben de pressa. I aleshores, en veure allò, em vaig preguntar immediatament: Però com podrem treballar enmig d'aquesta obscuritat tan horripilant i aclaparadora? Vaig voler augmentar la intensitat de la flama al meu fanal, però ja estava al màxim.

Els ulls de la Miki espurnejaven cap a mi com dos puntets de llum flotant en la fosca. Tot de sobte, se'm va llançar al coll.

—Oh, estic tan contenta que...! —va exclamar, però la veu no li va donar per a més.

I és clar que se sentia alleujada per la meva presència, pobrissona! M'imaginava que malament s'ho devia haver passat aquí baix, al cor de la mina, submergida en la foscor més absoluta i completament sola.

—Au va, Miki, posem fil a l'agulla i comencem a treballar! —vaig dir-li amb decisió, alhora que li apartava els braços—. Ara m'has d'ensenyar cap on hem d'anar i després ens repartirem tot el carbó que aconseguim.

La Miki va fer que sí amb el cap. Llavors va alçar el seu fanal i em va mostrar els diferents túnels i galeries.

—Jo acostumo a ficar-me per aquest més petit —em va explicar.

Vaig fixar-me en el túnel que m'assenyalava, i se'm van posar tots els pèls de punta només de pensar que hi hauria d'entrar a rossegons. Segur que, amb el cistell, m'hi quedaria encallada!

—Però, per què no et fiques per alguna de les galeries més amples? —li vaig preguntar.

—Doncs perquè la farien fora, vet aquí per què! —ens va interrompre la noia guenya que havia baixat amb nosaltres al muntacàrregues. Vaig aixecar el fanal per veure-la millor.

—La farien fora, dius? —vaig repetir—. Però, qui?

—Els grans, naturalment —va contestar la noia—. Aquí sota les coses funcionen així: com més menut ets, menys hi pintes. La teva germana ha estat cavant en aquesta galeria des que va arribar.

—I no seria més intel·ligent que, en comptes de fer-vos la

guitza, us poséssiu d'acord els uns amb als altres? —vaig fer jo, indignada. I és que a mi aquella noia no em feia pas cap por, malgrat que, pels parracs que duia, devia fer molt de temps que era a la mina.

La noia va escopir a terra i em va mostrar la dentadura amb un somriure sarcàstic.

—Aquí baix no ens hem de posar d'acord en res —va replicar de mala gana.

Aleshores es va penjar el pic d'una nansa del cistell, es va agenollar i es va endinsar per un dels túnels. I, és clar, s'arrossegava només amb una mà, perquè amb l'altra havia d'aguantar el fanal. Feia llàstima veure-la desaparèixer d'aquella manera a través de la fosca, ranquejant, ben bé com si fos un maldestre animaló de només tres potes.

Llavors vaig mirar la Miki, tan petita i tan valenta, que m'esperava allà dreta. Durant dies i dies s'havia arrossegat per la galeria més estreta de totes, expulsada i menystinguda per la resta de nens. Era tan rematadament injust que tenia ganes de xisclar de ràbia.

Però no ho vaig fer. Amb el cap, vaig indicar-li a la Miki un dels túnels, que em va semblar prou gran i ample perquè no ens hi quedéssim atrapades.

—Ens ficarem per aquí —li vaig dir—. I no pateixis, que ara ningú no et farà fora.

Abans d'entrar-hi, la Miki va estirar un moment el cos, se la veia realment satisfeta. I tot seguit, la meva germaneta i jo ens vam introduir al túnel, llarg i negre com la nit, i vam començar a clavar cops de pic.

I vaja, si vam picar! Vam picar i picar i picar fins que al final només sentíem dolor. Jo mai de la vida no m'hauria imaginat que el carbó fos tan dur. Colpejava les parets, a banda i banda de la galeria, amb tota la meva energia, i tan sols amb una mica de sort aconseguia que se'n desprengués algun tros. Molt sovint, però, l'aixada rebotava sense que caigués res per ficar al cistell.

La Miki encara era més pocatraça, és clar. Amb prou feines podia alçar el pic per damunt del seu cap i, de vegades, en lloc de colpejar on tocava, el pic se li escapava de les mans i li relliscava a terra.

—Per què cal seleccionar el carbó? —li vaig demanar—. Ho saps, tu?

—Sí, és perquè en Capblanc només vol un tros de carbó al dia. El més dur de tots —va contestar la Miki—. I després de triar-lo, se li ha de portar.

—A-així... tu l'has conegut... —vaig fer, empassant-me la saliva—... el capità Capblanc?

—Sí —va respondre la Miki, bo i fent que sí amb el cap—. És horrorós.

—I què en fa, del tros aquest tan dur de carbó? —vaig preguntar llavors.

La Miki va fer una pausa i va intentar apartar-se la pols dels ulls.

—El fica dins d'una bitàcola —em va explicar.

—Què? —vaig fer amb incredulitat.

—Sí, de debò. Jo mateixa ho he vist —em va assegurar mentre aixecava el pic i tornava a colpejar—. Té una bitàcola i allà hi fica el tros més dur. I de vegades el carbó cruix un cop a dins.

—No pot ser veritat —la vaig contradir.

La bitàcola és una mena d'armari que duu incorporada una brúixola, i que se sol utilitzar a les embarcacions més grans. La Miki sabia el que era i l'havia reconegut gràcies a un petit dibuix que teníem a casa, penjat a la paret de la cuina, just a sota del trosset d'aleta de sirena. El dibuix representava un vaixell i, de tant en tant, el pare ens n'assenyalava les diferents parts i ens explicava com es deien. Però el que jo no entenia era per quin motiu algú podia necessitar una bitàcola a terra.

—Doncs sí, és una bitàcola —va insistir la Miki—. I saps què més té? Una bèstia!

—Una bèstia?

—Ahà, un llop salvatge. I el té lligat a la bitàcola.

Jo vaig sacsejar el cap, tot allò sonava tan estrany, tan inversemblant, que vaig preguntar-me si no s'ho estava inventant. Al cap i a la fi, la meva germana tenia una imaginació molt viva.

—Els altres nens també diuen que és una bitàcola? —vaig voler saber.

—Sí, és clar —va respondre la Miki.

Però després va dir-me que en cap moment no n'havien parlat i que, en realitat, no ho sabia pas, perquè no els ho havia preguntat i, a més a més, ningú no enraonava mai amb ella. De fet, els nens gairebé no deien res a la nit, no estava permès. Així ho havia decidit la Coloma. Ella volia que dormissin i recuperessin forces per emprendre la jornada de l'endemà.

—Creus que és cert que la Coloma és filla d'en Capblanc? —li vaig preguntar llavors.

La Miki va fer que sí amb el cap.

—I tant que ho és —va afirmar—. Un dia, mentre em tenien tancada a la bodega d'*El Corb de Neu,* vaig sentir com els pirates en parlaven.

—Ah, sí?

—Sí. Van dir que jo els la recordava.

—Que tu els recordaves la Coloma? I per què?

—Segons deien, jo xisclava tan fort com ella quan era petita. Es veu que era una autèntica cridanera.

—Ah, sí?

—Mmm... ella els agrada —va continuar la Miki—. Diuen que el dia que en Capblanc es mori, serà ella qui hereti l'anell de capità. I llavors esperen solcar el mar comandats per ella.

La Miki va alçar de nou l'aixada per sobre del seu caparró i, reunint totes les seves forces, va colpejar contra la paret amb un gran estrèpit.

Colpejar, cavar, colpejar, això és el que fèiem durant hores sota terra. Em van sortir butllofes a les mans, i els ulls em coïen de tanta pols i tanta foscor. Però, si volies pujar a la superfície, per descansar i veure una mica de llum, no tenies més remei que seguir i seguir sense parar.

Al cap d'unes quantes hores, quan ja teníem els cistells mig plens, van aparèixer tres nens a la galeria on érem, dos nois i una noia. Devien tenir entre onze i dotze anys, vaig suposar.

—Fora d'aquí! —ens va escridassar un dels nois.

La Miki de seguida va allargar la mà cap al cistell per tal d'obeir-los, però jo l'hi vaig impedir.

—No, Miki —li vaig dir.

El noi va intercanviar mirades amb els altres dos.

—Aquesta galeria és nostra —va afirmar llavors—. Vosaltres sou més petites i, per tant, heu de marxar a una altra banda.

—Que jo sàpiga, la Coloma no ha dit pas que els nens més petits hagin d'anar per les galeries més petites —vaig rebatre jo.

—Aquí baix no és la Coloma qui mana —va replicar el noi.

—Escolteu, hi ha prou carbó per a tots! —vaig exclamar enrabiada.

—Carbó, sí —va estar d'acord el noi—. Però aire no. Vinga, foteu el camp d'una vegada!

—No! Marxa tu! —li vaig engegar—. Nosaltres hi érem primer i no pensem anar-nos-en!

El noi va dubtar; va fer l'efecte que volia dir alguna cosa més, però aleshores va girar cua i va desaparèixer en la fosca. Els altres dos el van seguir. Vaig aixecar la meva aixada i vaig colpejar la paret tan fort, i amb tanta ràbia, que de sobte se'n va desprendre una carretada de trossos de carbó, trossos que la Miki i jo ràpidament ens vam repartir. Ara la nostra collita començava a ser considerable.

—Que bé, Miki, aviat podrem pujar! —li vaig dir, molt contenta.

La Miki va assentir amb el cap. I a continuació es va posar a cantussejar. Cantava «La donzella de Rund», primer amb la lletra habitual i després canviant-la; de manera que la donzella també feia altres coses amb els dits dels peus, a part de pescar. Per exemple, s'hi furgava el nas o cavava per extreure carbó, i amb això va aconseguir que totes dues esclatéssim a riure! I certament resultava curiós que poguéssim riure, malgrat trobar-nos en aquell miserable forat!

Però llavors va succeir una cosa. Sí, un fet tan penós i tan lleig que em va provocar més tristesa que no pas tot el que havia vist fins aleshores a la mina d'en Capblanc. Mentre encara rèiem de les gracioses improvisacions de la Miki, els tres nens d'abans es van tornar a presentar, però aquest cop d'amagatotis. En descobrir-los vaig tenir un bon ensurt, encara que de seguida em vaig sobreposar.

—Què voleu, ara?

Va ser l'únic que vaig poder dir abans que els dos nois

m'agafessin pels braços i m'immobilitzessin. Ràpidament la noia va prendre-li el cistell a la Miki, i la pobrissona no va gosar moure ni un dit quan la noia va buidar tot el carbó entre el seu propi cistell i el dels altres dos. En acabat, tots tres van agafar els seus cistells plens i van sortir a cuitacorrents.

—Eh, eh, torneu-nos el carbó! —vaig protestar, alhora que arrencava a córrer darrere d'ells.

Però llavors la noia va alçar el seu pic i em va amenaçar:

—Fes-te enrere o et pego!

I en un tancar i obrir d'ulls van desaparèixer per pujar a la llum i a l'aire fresc; ja tenien els cistells plens i no els calia cavar més.

—Així aprendràs a no ficar-te als túnels que no et toquen! —van ser les darreres paraules de la noia des de l'obscuritat.

El capità Capblanc

Quan hi penso, encara no sé d'on vam treure les forces per tornar a omplir el cistell de la Miki. El que sí que recordo és que la Miki va explicar-me que no era pas la primera vegada que els més grans li robaven el carbó. I també recordo la mar de bé què vaig pensar aleshores:

Hi ha un home que tracta les criatures com si fossin animals. Això és el que contava jo a la Miki a les nits, al sofà llit de casa. El que jo desconeixia llavors era que la mina d'en Capblanc *transformava* els nens en animals. Sí, així era. Un cop allà dins, deixàvem de ser nens i nenes per convertir-nos en bestioles de tres potes, bestioletes que menjaven amb les mans d'uns tristos bols de llauna, bestioletes que només es preocupaven de si mateixes i para de comptar.

Quan per fi vam acabar, estava tan rebentada que ni tan sols em notava les cames, i els braços era com si no fossin meus. S'havien convertit en simples trossos de carn, feixucs i muts, que havia d'arrossegar darrere meu a través de les diferents galeries fins arribar al muntacàrregues. El cap m'explotava de tanta foscor; tant per tant, em podria haver quedat cega sense ni tan sols adonar-me'n! Ja no se sentien més cops d'aixada sota terra. Érem les últimes.

Vam estirar la corda i quan la gàbia de fusta va aterrar amb gran terrabastall, vaig empènyer la Miki a dins.

—Puja tu —li vaig dir—. Ens veurem quan hagi enllestit la tria.

La Miki va assentir, però m'esguardava atemorida.

—No t'amoïnis, tot anirà bé —li vaig assegurar amb un somriure; no volia pas que notés el pànic que sentia davant del que m'esperava: trobar-me cara a cara amb el capità Capblanc.

El muntacàrregues es va posar en marxa al cap de pocs segons. La Miki va prémer les galtes contra una escletxa entre dos taulons i em va mirar els pocs instants que va poder, abans que ens perdéssim de vista enmig de l'obscuritat.

Quan la Miki va haver arribat a dalt i la gàbia de fusta va baixar de nou, em va tocar a mi. I mentre ascendia vers la claror, vaig aspirar amb força l'aire cada cop més fresc. Els pulmons se'm van revifar, el mal de cap va començar a remetre, i vaig tenir la sensació que els ulls se'm feien més i més grans a mesura que pujava.

Quan vaig arribar a la superfície, la resta de nens, custodiats per en Punyalçat i l'altre home, ja se n'havien anat. Només quedaven la Coloma i el pirata de les dents d'or.

La Coloma em va col·locar davant de la pila de carbó que corresponia a la collita del dia.

—Quan hagis trobat el tros més dur, l'hi aniràs a portar al capità Capblanc —em va dir—. Després podràs menjar i dormir.

—Però, com sabré quin és el més dur? —li vaig preguntar.

—És molt fàcil. N'agafes dos i els fregues l'un contra l'altre; llavors, el que vegis que queda més marcat, amb els solcs més profunds, l'apartes i guardes l'altre. Agafes un altre tros i el fregues contra el que t'has guardat, i tornes a conservar el que hagi quedat menys marcat. I continues fent el mateix fins haver-los examinat tots.

En acabat, la Coloma va asseure's a la seva petita taula, parada amb el sopar, i va començar a menjar. Vaig suposar que l'hi devien portar els pirates del *Corb*. Carn de foca fumada i farinetes d'ordi, amb una poma vermella per postres.

Vaig contemplar la pila de carbó gegant que s'alçava al meu davant. És que no era una completa bogeria, allò? Després que un exèrcit de canalla s'hagués passat el dia clavant cops amb l'aixada, extraient carbó de la mina del matí al vespre, la quantitat acumulada era tremenda... I comptat i debatut, resultava que en Capblanc tan sols en volia un tros? El més dur de tots. Però, per què? Per què diantre el necessitava? Hi vaig rumiar durant hores mentre fregava uns trossos de carbó contra els altres, però vaig ser incapaç d'endevinar-ho o trobar-hi una resposta mínimament lògica.

A més a més, era una tasca difícil. A la sala, només hi havia un parell de llums d'oli i, per poder-hi clissar i comparar bé les marques, havia de mig aclucar els ulls. Alguna vegada fins i tot vaig haver de tornar a començar, perquè tenia el cap cada cop més espès i repetides vegades em confonia, i pensava que m'havia equivocat i havia descartat justament el tros més dur.

Finalment, tremolant d'esgotament i amb les mans sagnant-me, vaig enllestir la tria amb un sol tros de carbó. El més dur.

—Ja estic —vaig dir a la Coloma amb veu ronca.

La Coloma es va posar dreta, va fer un últim glop de la copa i es va penjar el fusell a l'espatlla. Havia ordenat al pirata de les dents d'or que reomplís tots els llums d'oli i ara va assenyalar-li la pila de carbó a terra.

—Encarrega't de llençar tot això —li va manar—. I en acabat te'n podràs anar amb en Gestes.

Llavors l'home, caminant a grans gambades, va anar a buscar un carretó de dues rodes i dos braços. A dintre hi havia una pala negra. Mentre la Coloma i jo sortíem per la porta, vaig sentir com començava a palejar tot el carbó que tant d'esforç ens havia costat d'extreure i que a continuació abocaria damunt la neu com si res.

Vam desfilar en la fosca de la nit, una al costat de l'altra. En contacte amb l'aire gelat, el meu alè es va convertir en una fina columna de fum guspirejant. Onades de llum verda travessaven ondulants el cel. A estones es tornaven blanques, després blaves, i altre cop verdes. Era la típica llum del solstici d'hivern que tantes vegades havia vist, però que igualment em semblava d'allò més bonica. Però ara res no podia ser bonic. Ara m'havia de trobar amb el capità Capblanc.

I si el tros de carbó que li duia no era el més dur? I si havia comès un error i en Capblanc se n'adonava? Què faria aleshores amb mi? *I per què coi necessitava el tros de carbó més dur de tots?*

Ens vam aturar davant de la cabana amb les finestres il·luminades. Vaig adreçar una mirada indecisa a la Coloma i ella em va assenyalar la porta amb un gest del cap.

—Endavant —va dir-me.

Vaig trucar amb molt de compte; tant, que no m'hauria pas estranyat que des de dintre ningú no m'hagués sentit. Però sí, perquè la porta no va trigar a obrir-se i allà, dret al llindar, va aparèixer el capità. Era un home vell i jove al mateix temps. Un senyor gran i un jovenet en un sol cos. Tenia els ulls clars com l'aigua; en canvi, les ninetes eren punxegudes com claus. Sí, gairebé vaig notar com em perforaven la pell i escodrinyaven el meu interior, com descobrien el terror que s'amagava darrere d'una carcassa d'ossos inflada, freda i humida.

No portava gorra, i duia els cabells recollits en un monyo tan blanc com el de la Coloma.

—La nena nova? —va fer.

Jo no sabia pas si li havia de respondre, si allò era realment una pregunta i si anava adreçada a mi. Per tant, només vaig assentir lleument amb el cap.

En Capblanc va observar-me amb un esguard impossible de desxifrar; potser mostrava tan sols indiferència.

—Tens res per a mi? —em va preguntar llavors.

Jo vaig tornar a assentir en silenci i li vaig allargar el tros de carbó.

—Gràcies —va dir en Capblanc en veu baixa, ben bé com si fóssim un parell d'amics asseguts a taula per sopar i jo li acabés de passar la mantega.

—Bé doncs, per avui ja hem acabat —va fer la Coloma, etzibant-me una petita empenta.

No sé d'on vaig treure el valor en aquell moment. Crec que vaig pensar que, si a partir d'aleshores m'havia de passar la resta de la meva vida picant pedra i triant trossos de carbó per a en Capblanc, almenys volia saber per què. I si resultava que la meva pregunta li semblava una impertinència i s'enfadava tant que ordenava que m'afusellessin, doncs que ho fes! I que passés el que hagués de passar!

—Per què necessites el tros més dur?

La Coloma va bufar, perplexa davant del que acabava de presenciar. Com podia ser que un dels marrecs de la mina gosés dirigir la paraula al poderós Capblanc?

Però, contra tot pronòstic, en Capblanc em va mirar amb interès. I després de romandre una bona estona callat, em va demanar:

—És veritat això que diu en Gestes, que m'estaves buscant? I que no t'han pas segrestat, sinó que has vingut fins a l'illa per tu mateixa?

—Sí —vaig contestar, tot i que de seguida me'n vaig penedir.

Ara feia l'efecte que jo havia viatjat fins allà empesa per alguna mena de desig o de curiositat. Com si hagués estat ell, en Capblanc, qui m'hagués atret fins a l'illa, i no pas el rapte de la meva germana.

En Capblanc em va fitar encara una estona més. En acabat, va llançar una llambregada a la Coloma i li va dir:

—Vull que la nena es quedi una mica més. Espera't aquí.

I aleshores es va fer a un costat i em va indicar amb la mà que passés.

El cert és que jo no volia pas entrar a casa seva; tot el meu cos es resistia a seguir-lo. Però, fos com fos, poca cosa hi podia fer: en Capblanc havia decidit tenir-me d'hoste. Així doncs, mentre la Coloma recolzava l'esquena contra la paret de la cabana i s'esperava com li havia dit el seu pare, jo vaig creuar tremolosa el llindar de la porta.

Tan bon punt vaig entrar en aquella gran sala, m'ho vaig quedar mirant tot bocabadada. Mai no havia vist una estança semblant! Hi havia diversos fanals encesos, i la claror que emetien era abundant, càlida i agradable. Damunt de prestatges i taules, hi havia una quantitat impressionant de papers amb dibuixos, segurament esbossos o dissenys, vaig pensar; i escampats pertot arreu, hi havia diferents tipus de cargols, molles, peces mecàniques, objectes de ferro i de llautó, estris d'escriptura i plomes d'oca. Però això no era tot. Col·locat al bell mig de l'habitació hi havia un curiós artefacte que, certament, tal com m'havia contat la Miki, recordava moltíssim una bitàcola. Una bitàcola de grans dimensions, de la qual sortia un llarg braç de fusta. I al costat del braç de fusta... Sí, també era veritat! Al costat de la barra, que tenia dues vares, hi havia un llop lligat! Un llop blanc de debò, amb aclucalls. Tenia un aspecte d'allò més descurat, se'l veia mal alimentat i amb el pelatge mat, sense llustre. En alguns punts, a més a més, tenia la pell esquinçada i encetada. S'estava completament quiet, i sense proferir el més mínim so. De fet, si el ventre no se li hagués inflat i desinflat amb la respiració, fins hauria pensat que era un animal dissecat.

En Capblanc va tancar la porta. Ara estàvem tots tres sols. Ell, jo i el llop.

Pressió i calor

Durant els primers minuts, en Capblanc no va badar boca. Senzillament m'observava mentre jo, allà palplantada, contemplava el meu entorn amb uns ulls com unes taronges, mirant embadalida tota aquella quantitat de papers, llibres i peces mecàniques, així com l'impressionant llop blanc i l'artefacte al qual estava lligat.

Va ser just llavors que vaig entrellucar casualment el meu propi rostre, que va aparèixer reflectit a la campana metàl·lica d'aquella estranya màquina, i em vaig esglaiar de valent en comprovar com s'havia ennegrit. Era igual de negre que el de la resta de nens i nenes esclavitzats a la mina. Que de pressa m'havia convertit en un d'ells! Que de pressa s'havia esvaït tot rastre de l'antic món!

Em vaig escopir a les mans i vaig fregar-me la cara ben fort per netejar-me-la de tanta pols de carbó acumulada. En acabat, vaig mirar-me novament de reüll a la campana. Sí, millor ara. Ja tornava a ser jo mateixa, la Siri de sempre, i no una nena minera.

En Capblanc va somriure, serè. Va fer un parell de passes lentes cap a l'interior de l'habitació, i aleshores va agafar un paper on hi havia algun tipus de càlculs escrits.

—Em preguntaves per a què faig servir els trossos de carbó més durs, oi? —va fer.

Jo vaig assentir amb el cap, però sense gosar esguardar-lo als ulls.

En Capblanc va deixar-se caure sobre una cadira de braços i va examinar amb deteniment els càlculs, ben bé com si fossin un mapa difícil de desxifrar. Estava cansat, ara ho vaig veure. Profundament fatigat i consumit.

Llavors, com si tot d'una hagués recordat que jo era allà, va alçar la vista del paper.

—Saps com es forma un diamant? —em va preguntar.

—No —vaig contestar jo.

I és que jo, de diamants, no n'entenia ni un borrall. Jo sabia com estendre una xarxa de pesca dins l'aigua i com llevar-li el cap a un areng amb el polze, i també sabia com fer un viver amb una caixa de fusta, i com calafatar una barca. Però, de diamants, res de res.

—Doncs es forma amb pressió i calor —em va explicar en Capblanc—. I al cor, a les entranyes de la Terra. Allà, la temperatura i la pressió són tan extremament altes que el carbó que hi ha es fon i es comprimeix fins a originar els diamants.

Es va aixecar de la cadira i el paper li va lliscar a terra, però no es va amoïnar gens per haver-lo trepitjat. De cop i volta, el paper havia deixat de tenir la més mínima importància, era com qualsevol altre dels centenars de fulls plens de gargots, guixades i taques de tinta escampats arreu.

Llavors va anar fins a l'artefacte i, per primera vegada, el llop salvatge va mostrar senyals de vida. Es va estremir i va provar d'anar-se'n, però devia estar lligat de tal manera a les dues vares de fusta que no podia bellugar-se ni un centímetre del lloc. Es va enfurismar i alhora se'l veia espantat; va començar a potejar, es recargolava i feia uns grunys ofegats.

En Capblanc va acariciar el seu artefacte com si aquest ho pogués percebre. Duia un anell a la mà dreta. L'anell d'or de capità, decorat amb petits ossos que formaven un delicat disseny, bonic i esfereïdor al mateix temps.

—Aquesta màquina l'he construït jo —em va dir—. I aviat em proporcionarà un diamant.

Aleshores va obrir la campana que coronava el giny i amb la mà va apartar unes quantes cendres.

—Diuen de mi... —va fer mentre es mirava la mà, que li havia quedat grisa per les cendres— ...que soc un home malvat. Però no és veritat.

No em vaig atrevir a respondre; tanmateix, en Capblanc potser va intuir que, d'haver gosat parlar, jo l'hauria contradit i per això em va esguardar als ulls i va afegir:

—Em vaig criar a *El Corb de Neu*, saps? El meu pare també era capità de pirates. La seva tripulació era temuda a tota la mar de Gel.

—Ah —vaig fer amb un fil de veu.

—Jo odiava la vida de pirata —va continuar en Capblanc—. Detestava el dolor i la misèria que ocasionàvem. I quan abordàvem un vaixell de càrrega, jo solia refugiar-me a la cabina del capità. Allà m'amagava de la cridòria i de les morts. El meu pare tenia un diccionari. L'havia robat, és clar. Ell mai no el consultava ni el llegia, en canvi jo sí.

En Capblanc es va tornar a asseure a la cadira de braços. Tenia la mirada fixa en un punt distant, molt, molt llunyà, i quan va reprendre el seu relat, va fer-ho d'una manera gairebé mecànica. Va ser al diccionari del seu pare on va llegir sobre els diamants i sobre com es formaven. I va ser aleshores que va decidir construir un aparell que creés diamants. Volia demostrar-li al seu pare que es podia ser ric sense haver de prendre res als altres.

Malauradament, però, al vell capità no li feien cap gràcia les idees del seu fill. Les trobava arrogants i pretensioses, i quan en Capblanc va fer setze anys es van separar, enemistats. A partir d'aleshores, en Capblanc es va passar dècades extraient carbó, buscant un tros que pogués resistir la pressió i l'elevada temperatura de la màquina que havia inventat. Tots els trossos que hi introduïa es cremaven fins a quedar reduïts a cendra o bé es polvoritzaven, o totes dues coses. Però, fos com fos, la idea d'obtenir un diamant mitjançant aquest artefacte se li havia ficat ben bé entre cella i cella; la tenia tan incrustada al cervell que no la podia abandonar. I quan el seu pare va morir en una batalla naval, en Capblanc estava tan ocupat buscant carbó que ni tan sols va trobar el moment per assistir a l'enterrament.

Els pirates d'*El Corb de Neu*, però, el van anar a cercar i li van lliurar l'anell del seu pare. Perquè era un antic costum del nostre mar que el fill o filla d'un capità mort heretés el seu anell de capità. Que anés a parar a mans d'algú altre portava malastrugança. Si més no, això és el que es deia, i els pirates eren gent molt supersticiosa. I va ser just llavors, en rebre l'anell, que de sobte una nit en Capblanc va tenir un somni. Un somni que ho havia de canviar tot.

I és que, de vegades, quan ens despertem d'un somni, ens envaeix la certesa que aquell ha estat un somni especial; estem segurs que ens ha volgut comunicar alguna cosa, que ha estat un somni premonitori! I el somni que en Capblanc va tenir en aquella ocasió era sobre un infant. Seria precisament un nen o una nena qui li trobaria el tros de carbó que necessitava. El tros que per fi permetria que el seu artefacte produís un diamant.

Per això, l'endemà en Capblanc va donar l'ordre següent a la tripulació d'*El Corb de Neu*: «Porteu-me criatures petites! Tota la resta que aconseguiu quan envestiu altres embarcacions, quan les abordeu, les cremeu o en mateu els tripulants, us la podeu quedar. Però la canalla, me l'heu de portar».

Em va mirar amb els seus ulls cansats i clars.

—He somiat diverses vegades l'infant que em trobarà el tros de carbó que es convertirà en diamant —va dir—. I els somnis no poden ser falsos; per tant, tots heu de seguir excavant.

Un cop més vaig quedar muda, no sabia pas què dir. Tot allò era tan estrany… sobretot el fet que en Capblanc no se sentís ni es considerés un home dolent. Que cregués que esclavitzar criatures a la seva mina era per una bona causa… Potser va ser-ho en un principi, però en algun moment les coses es van enverinar i ara ell era incapaç d'adonar-se'n. Per això em semblava un personatge tan aterridor.

Aleshores, talment com si en parlar del seu projecte hagués rebut una empenteta, en Capblanc es va posar dret de seguida i va tornar al costat de la màquina. Va introduir dins la campana el tros que jo li havia portat, la va tancar i va collar fort una pila de cargols. Llavors va anar a buscar un llumí, va encendre un dels fanals de la sala i va tornar de seguida a la màquina. Des del lloc on era, el llop va potejar inquiet i va sacsejar el cap, però l'arnès l'estrenyia massa fort i amb prou feines es podia bellugar. En Capblanc va obrir una petita porta de l'armari sobre el qual descansava la campana. I allà va encendre-hi una mena de cremador estrany, amb una flama molt més intensa i agressiva que la d'un fanal normal. Llavors va agafar una vara que hi havia a tocar de la paret i hi va afluixar una espècie de xaveta, que no va pas alliberar el llop de l'arnès, però sí que li permetia de donar voltes a l'aparell. I el llop va donar voltes i voltes i més voltes, mentre en Capblanc el fuetejava amb la vara perquè anés més de pressa. I cada cop que rebia un assot, la pobra bèstia tirava fort per fugir i la pell se li escorxava, però, malgrat això, el capità el colpejava més fort encara. Així, mitjançant la seva velocitat i la seva força, el llop produïa pressió dins la màquina, la pressió que, juntament amb la calor del foc al cremador, havia de transformar el carbó en un diamant.

Contemplar aquella terrible escena em va fer sentir molt malament, no podia parar de plorar i sanglotar, i la pell del llop s'esquinçava cada vegada més. Al final, per fi, a l'interior de la campana es va produir un esclat. Aleshores el llop es va aturar i les fuetades es van acabar.

A continuació, en Capblanc va col·locar de nou la xaveta a la vara de fusta. El llop, completament extenuat per l'esforç i el maltractament, bleixava amb dificultat. Jo no podia contenir les llàgrimes, odiava amb tot el meu cor l'home que tenia al davant, l'home que tractava els infants com si fossin animals i els animals com si fossin coses.

En Capblanc va aixecar la campana i va observar la pols que havia quedat de la combustió del carbó. En acabat em va esguardar, estranyament impassible.

—Aquest cop tampoc —va dir.

I va anar a obrir la porta.

—La nena ja pot marxar.

Llavors la Coloma em va fer un gest amb la mà i jo hi vaig anar sense dir mot. Just en arribar a la porta, però, em vaig aturar i em vaig girar cap a en Capblanc.

—El meu amic... voldria saber que... què serà d'ell ara? —vaig gosar preguntar-li.

En Capblanc havia recollit les cendres amb una mà. A l'altra hi tenia un dels seus papers, i l'examinava detingudament, com si fos un mapa. Va alçar la vista amb certa impaciència.

—El teu amic... —va fer una mica absent—. Ah, sí... Doncs en Gestes li ha transmès una oferta de part meva. Però pel que es veu, és un paio tossut —va amollar un sospir—. I és una llàstima perquè, segons en Gestes, seria un bon pirata. Fort i d'allò més audaç. Avui dia ja no hi ha gaires homes així. Sigui com sigui, encara té fins demà per prendre una decisió.

Va restar un moment en silenci, i després em va mirar com si rumiés alguna cosa. Llavors la cara se li va il·luminar.

—Ha estat un plaer xerrar amb tu —va dir.

Somnis vertaders

L'endemà, en Fredrik era l'únic en què podia pensar. Hora rere hora, mentre cavava en les profunditats de la terra, el neguit em rosegava per dins. Què faria finalment? Acceptaria l'oferiment d'en Capblanc i es convertiria en un d'ells? O s'hi negaria, i aleshores el matarien?

No cal dir que seria terrible que en Fredrik es fes pirata; que sortís a la mar a segrestar criatures per tancar-les a la bodega d'*El Corb de Neu* i portar-les després a la mina del capità Capblanc. En definitiva, que contribuís així a ampliar el seu exèrcit de petits esclaus.

I tanmateix... tanmateix m'estimava més veure'l fent de pirata que no pas mort. Al cap i a la fi, sabia que ell en el fons del seu cor mai no deixaria de ser el bo d'en Fredrik.

La Miki i jo ens vam mantenir allunyades de les galeries més espaioses. Jo volia ser l'última a pujar amb el muntacàrregues, volia tornar a la cabana d'en Capblanc per saber què havia respost en Fredrik. I l'única manera d'aconseguir-ho era que em toqués a mi fer la tria del carbó.

Quan per fi va arribar l'hora, no vaig tenir la serenitat necessària per dur a terme la selecció com calia. Fregava els trossos uns contra els altres tan de pressa com podia, escollia gairebé a l'atzar quin apartar i quin conservar. Finalment, vaig seure allà, amb un sol tros a les mans i el cor martellejant-me el pit.

—Ja has acabat? —em va preguntar la Coloma, alçant la mirada del seu plat.

Vaig fer que sí amb el cap i em vaig aixecar de terra. Avui l'encarregada del muntacàrregues era una dona pirata que es deia Morros. Tenia una figura alta i esvelta, els llavis grossos i molsuts, i un casquet de cuir menjat per les puces.

—Doncs quina mossa tan ràpida i espavilada! —va exclamar la pirata, la mar de contenta d'haver enllestit tan aviat la feina i poder tornar de seguida al vaixell.

La Coloma em va ullar amb desconfiança, i després va mirar el tros de carbó que jo sostenia a la mà. Però no va fer cap comentari, simplement va ficar-se a la boca el darrer bocí de salmó que tenia al plat i es va aixecar de la taula. La Morros va anar a buscar el carretó i la Coloma i jo vam sortir a la nit il·luminada pels estels.

Tan bon punt vaig haver trucat a la porta d'en Capblanc, aquesta es va obrir de cop; va ser ben bé com si ens hagués estat esperant a l'altre costat. En veure'm, semblava impacient, gairebé angoixat. Em va agafar la barbeta.

—De debò ets tu? —es va voler assegurar.

Jo estava tan esbalaïda i espantada que no vaig poder articular paraula. Aleshores en Capblanc va anar a buscar un drap humit i em va netejar la pols de carbó del rostre. En acabat, va agafar-me de nou per la barbeta i em va mirar fixament. I llavors va fer un somriure tan ampli que una forta esgarrifança em va recórrer l'espinada.

—Endavant, passa —va dir, convidant-me amb un gest de la mà a la seva cabana.

Jo vaig entrar dins aquell espai de claror i escalfor. La Coloma, tal com havia fet la nit anterior, va esperar-me fora, recolzada a la paret coberta de gebre. En Capblanc va tancar la porta i va anar a cercar uns quants plànols. Els va examinar minuciosament i, a continuació, es va dirigir a la màquina. El llop es va sobresaltar i va grunyir, però en Capblanc ni es va immutar, senzillament va collir uns papers de terra.

—V-volia preguntar p-pel meu amic... en Fredrik... —vaig mig quequejar—. Ha donat ja una resposta?

En Capblanc va seguir escodrinyant els papers.

—Bé, ja és l'hora —va murmurar—. Però... vejam, està tot controlat?

Es va inclinar sobre l'aparell i va comprovar una sèrie de cargols; després va assegurar-se que el llop estava ben lligat i llavors, tot d'un plegat, l'animal s'abraonà contra ell, ensenyant-li tant de prop els ullals esmolats que vaig témer que no li arrenqués la mà d'una queixalada. Però el llop no hi arribava. En Capblanc em va mirar, em va adreçar un somriure i va sacsejar el cap.

—Bah! Bèstia estúpida! —va amollar.

—Eh... en Fredrik...? —vaig insistir novament, però en Capblanc, que de cop i volta es mostrava d'allò més irritat, em va interrompre.

—Xxxt! —va fer perquè callés, bo i llançant-me una llambregada gèlida i penetrant—. Deixa't estar de rucades, ara! Que no veus que ens hem de concentrar?

—Concentrar-nos, en què? —vaig preguntar jo, que no comprenia de cap de les maneres ni per què en Capblanc es comportava d'aquella manera tan estranya ni per què s'havia alegrat tant en veure'm—. Què és el que ha passat?

Aleshores en Capblanc em va esguardar durant una llarga estona, i li vaig notar una espurna gairebé de felicitat als ulls.

—Què és el que ha passat, em preguntes? —va repetir. I llavors va riure, tot bellugant el cap enèrgicament a banda i banda—. El que ha succeït és un veritable miracle. He tornat a somiar... He somiat l'infant que em portarà el tros de carbó que necessito! I saps què? Resulta...

Llavors va asseure's a un tamboret al meu costat i em va agafar altre cop la barbeta.

—Per primera vegada... després de tots aquests anys... he aconseguit distingir clarament la cara de la criatura. I eres... eres tu!

A continuació, va posar-se dret i va anar fins a la màquina; ara ho feia tot molt de pressa: va revisar de nou les peces i va treure llustre a la campana amb el dit polze. En acabat va re-

trocedir un parell de passes, em va mirar i va clavar la vista al tros de carbó que jo tenia a la mà.

—J-jo...? —vaig fer absolutament estupefacta.

Ell va assentir.

—Però, i si... —vaig protestar—. I si és només un somni... un somni qualsevol?

—No —va negar ell de manera categòrica, i ara la seva veu va sonar dura i severa.

A partir d'aleshores vaig començar a tenir clar que en Capblanc podia canviar d'humor en un tres i no res, i sense ni tan sols adonar-se'n, i també que podia ser perillós quan no rebia la resposta que volia sentir.

—És just el que et vaig explicar ahir. *Que no em vas escoltar?*

—Sí, és clar...

—Hi ha somnis que són molt més que somnis normals i corrents —va afirmar en Capblanc—. I te n'adones quan et despertes, *saps* que et volien comunicar alguna cosa, una cosa vertadera. I jo, durant molts anys, he somiat un infant. Un petit infant que ve a portar-me el tros de carbó adequat. Tot aquest temps, però, el rostre de l'infant apareixia de color negre i no l'hi podia veure. En canvi ahir a la nit... ahir a la nit vaig tornar-lo a somiar, i l'infant tenia la cara neta! Igual que tu ahir al vespre!

No vaig dir res perquè no gosava pas. Però, que fos precisament jo qui havia de trobar a en Capblanc el tros de carbó que es transformaria en diamant, em semblava del tot impossible.

Al capdavall, jo era qui menys temps duia a la mina, a penes la coneixia i encara no m'hi orientava gaire bé. I si el tros adequat es trobava justament a la galeria d'on ens van fer fora a la Miki i a mi? Com podria aconseguir-lo llavors?

Tanmateix, a en Capblanc no se'l veia gens amoïnat per tots aquests detalls, estava absolutament convençut que el somni li havia transmès la veritat. Em va prendre el tros de la mà i es va dirigir cap a l'artefacte. El llop, immobilitzat, va començar a potejar agitat, se li va eriçar el pèl i va ensenyar les dents.

—E-el penses pegar? —vaig demanar a en Capblanc, notant-me les llàgrimes a punt de vessar.

—Pegar? A qui? —va fer ell sense entendre'm.

—No cal que el peguis —vaig dir-li—. Sisplau, sisplau, no el peguis.

Quan en Capblanc va copsar que em referia al llop —al llop que feia tant de temps que havia deixat de considerar un animal per tractar-lo com un mer objecte—, va inclinar el cap a un costat i va somriure. Semblava una mare, una mare que ha de convèncer la seva criatura que es prengui el xarop, per dolent que sigui.

—No pateixis per això —es va justificar—. Ara hem de fer néixer un diamant.

Tot expectant, va col·locar el tros de carbó a la campana i la va tancar, collant amb cura tots els cargols. Després, amb un llumí, va encendre el cremador que hi havia a l'armariet, just a sota de la campana. A continuació va anar a buscar la vara, l'abominable vara de fusta recolzada a la paret. I va ser ben bé com si el llop hagués ensumat la vara, perquè es va neguitejar encara més i, quan en Capblanc va retirar el passador de l'arnès del llop, aquest va arrencar a donar voltes, i voltes, i més voltes. I mentre giravoltava, rebia un cop de vara darrere l'altre.

Allò em resultava tan insofrible que, per no haver-ho de veure ni de sentir, vaig tapar-me les orelles amb les mans, vaig tancar fort els ulls i no vaig parar de xisclar. Tot i així, vaig poder sentir l'estrèpit de l'explosió quan es va produir, i llavors vaig tornar a obrir els ulls.

El llop s'havia aturat. Exhaust i nafrat, intentava recobrar l'alè mentre en Capblanc col·locava de nou el passador a l'arnès, afluixava els cargols i obria la campana. En acabat, va observar la pols grisa amb una expressió impossible d'interpretar. I un instant després, va agafar un grapat de pols i me la va llançar amb fúria.

—Què ha passat? Què ha anat malament? —em va engegar enrabiat—. Per què m'has portat aquesta porqueria inservible?

—Ho sento —vaig dir.

—Que no has estat atenta quan has fet la tria?

—Sí, que ho he estat.

Aleshores es va desplomar sobre una cadira i, tot d'una, se'l veia molt revellit. Tan consumit i esgotat com ahir, abans que el nou somni li il·luminés la mirada. Al cap d'un estona va dir:

—D'ara endavant, hauràs de ser molt, molt curosa a l'hora de fer la tria. Ho entens? No pots permetre que per deixadesa se t'escapi de les mans el tros de carbó que amaga el diamant!

—Sí, és clar... —vaig fer, gairebé sense veu i esborronada: en Capblanc s'havia adonat que jo avui havia fet una tria poc curosa!

Tot seguit, es va aixecar de la cadira i va anar a obrir la porta.

—Coloma? — va cridar-la, impacient.

—Sí, pare.

—A partir d'ara, aquesta nena es dedicarà exclusivament a triar el carbó. Entesos? Mentre la resta de canalla baixen a picar a la mina, vull que ella es quedi a dalt i descansi. —Em va tornar a esguardar amb dolçor als ulls altre cop—. Així tindràs l'energia i les forces necessàries per trobar-lo. —Va reflexionar un moment i després va afegir—: I també vull que mengi més i més bé. En Gestes haurà de portar-li salmó i aviram i... bé, les millors viandes! Ja en parlaré demà amb ell.

—Sí, pare —li va contestar la Coloma.

—Molt bé, doncs —va fer en Capblanc.

Llavors em va donar un copet a l'espatlla i em va acompanyar fins al llindar de la porta.

—En Fredrik... ha donat ja alguna resposta? —li vaig demanar just abans de marxar.

—Qui? —va fer en Capblanc.

—El meu amic... El que tenen captiu a *El Corb de Neu*.

En Capblanc estava tan absort en els seus pensaments, en els seus plans per a l'endemà, que li va costar una estona recordar a qui em referia.

—Ah, sí! Va dir que no... Que no volia.

En escoltar aquelles paraules, se'm va ennuvolar la vista i va ser com si el terra desaparegués sota els meus peus.

—I què... què li passarà ara? Serà afusellat?

En Capblanc va assentir distret.

—Sí... Demà a primera hora. Au, ara marxeu. Necessito estar sol.

La Coloma

Vaig passar la nit ajaguda al llit, plorant. Quan es fes de dia, els pirates afusellarien en Fredrik. El meu bon amic Fredrik, per què havia dit que no?

La resposta a aquesta pregunta era, de fet, ben senzilla. En Fredrik sabia que no es podia ser una cosa de cor i una altra en la vida real. Això l'hi havien ensenyat els anys passats al mar, tots aquells anys en què havia navegat sense descans per tal d'intentar foragitar els records de la seva germana petita.

Però les meves llàgrimes no eren només per en Fredrik, sinó també per la Miki. En Capblanc havia decidit que jo ja no baixés més a picar a la mina. Per tant, ara ella tornaria a estar sola allà baix. I això la destrossaria, perquè les criatures més menudes aguantaven poc a la mina. Sobretot aquelles a qui els pispaven els pèsols i el carbó. Sí, la Miki s'aniria aprimant i afeblint davant dels meus ulls, i jo no podria fer res per ajudar-la.

Al meu voltant, tothom dormia; sentia respirar fort els nens i n'hi havia que tenien el nas ple de mocs. Al cap d'una estona, algú em va parlar en la foscor:

—Prova de dormir.

Era la Coloma. No la vaig veure, però li vaig reconèixer la veu.

No vaig contestar, no podia parar de plorar, i llavors vaig sentir com ella s'aixecava. Va encendre el fanal i va venir fins al meu llit.

—Hauries de dormir —em va xiuxiuejar—. No en trauràs res, de continuar desperta i plorar.

—És que no puc dormir... —vaig respondre—. Estic tan trista...

—Et passarà, ja ho veuràs —va dir-me la Coloma.

—No, no em passarà mai —vaig replicar—. Aquesta matinada afusellaran el meu amic i ara la meva germana... oh!, la pobra morirà a la mina!

La Coloma va sospirar. Em mirava fixament i, banyat per la penombra, el seu rostre apareixia encara més dur i esfereïdor, com el d'una anguila.

—Creus que de debò seré jo —li vaig preguntar— qui trobarà el tros de carbó que es convertirà en diamant?

—La veritat és que no crec pas que aquest tros existeixi, fora dels somnis del capità Capblanc —va fer la Coloma—. Seguirà alimentant aquell maleït aparell amb carbó fins que es mori, però l'únic que n'obtindrà serà cendra.

Va alçar el fanal.

—Si t'estalvies de baixar a la mina i et donen més bon menjar, segur que te'n sortiràs —em va animar—. De vegades una ha de mirar només per a si mateixa.

Jo vaig fer que no amb el cap.

—T'equivoques. Si jo només em preocupés de mi mateixa, no podria viure.

—I tant, que podries —em va contradir ella—. Al final es troba la manera.

Llavors va restar una estona en silenci, com si rumiés alguna qüestió important. Després es va treure el feix de claus del cinturó i va obrir el grilló que em subjectava el turmell.

—Vine, t'ensenyaré una cosa.

Vam sortir a la nit gelada i callada, tan sols se sentia el suau cruixit de la neu sota les nostres botes. La Coloma duia l'escopeta a l'espatlla i el fanal a la mà. Ens vam aturar davant la cabana, ara amb tots els llums apagats, on en Capblanc tenia la seva màquina. La Coloma va obrir la porta i, abans que entréssim, em va assenyalar amb el cap una cabana més menuda que hi havia just a tocar.

—Ell dorm allà —va dir molt fluixet—. Però no pateixis, no es despertarà pas. La feina amb la màquina l'esgota.

Un cop a dins, la Coloma va encendre tots els llums amb la flama del seu fanal. El gran llop blanc continuava fermat a l'aparell; curiosament, però, la nostra arribada no el va posar a l'aguait.

I quan la Coloma s'hi va acostar i li va acariciar el cap, ni tan sols va intentar mossegar-li la mà. Aleshores la Coloma li va treure els aclucalls i... Oh! Quins ulls grisos tan macos i enormes que tenia! A més, se'l veia la mar de tranquil. El llop va començar a llepar les mans a la Coloma i llavors ella... li va deslligar l'arnès!

L'animal va fer un parell de passes, va estirar ràpidament el cos i, tot seguit, va refregar el cap contra el maluc de la Coloma.

Ella el va amanyagar i, després, es va treure un os de pollastre que guardava a la butxaca de l'abric. El llop el va devorar sencer sense a penes pestanyejar. Entre les seves potents mandíbules, l'os va quedar fet miques en un tancar i obrir d'ulls.

La Coloma em va esguardar mentre jo contemplava tot allò, muda d'estupefacció.

—En Capblanc va comprar aquesta lloba fa molts anys, a les illes del Llop —em va explicar—. I des que era una cadelleta, he estat venint aquí a les nits. En secret, és clar; en Capblanc no ho sap pas.

La lloba se sentia realment feliç, es notava, i fins i tot semblava que dormia, amb el cap recolzat al maluc de la Coloma. Tanmateix, uns minuts més tard, va començar a bellugar les potes i va fer unes quantes voltes per l'habitació; ensumava aquí i allà, i bufava pel nas quan li entrava cendra als narius.

Quan la lloba se'm va atansar, em vaig esglaiar i vaig recular. No havia pas oblidat aquell dia a la neu, fora de la cabana de la Nanni, quan vaig topar cara a cara amb un llop blanc que m'ensenyava els ullals amb el pèl eriçat.

—No tinguis por, només has de quedar-te quieta —em va dir la Coloma.

A poc a poc, vaig allargar la mà per tocar-la. Tenia el pelatge espès i una mica brut. Em va deixar que l'acariciés un moment i després va tornar amb la Coloma. Llavors la Coloma la va envoltar amb els braços, l'abraçava ben bé com si fos la seva amiga de l'ànima. I quan va alçar la vista, vaig adonar-me que a la Coloma li brillaven els ulls.

—Jo també m'hauria d'haver convertit en una nena minera —em va dir de cop i volta.

—A-ah, sí?

Ella va assentir amb el cap.

—Com tots vosaltres, vaig ser raptada pels pirates d'en Capblanc quan encara era molt menuda.

—Vaja...! —vaig fer, sorpresa—. Pensava que eres la filla d'en Capblanc.

Ella va fer que no amb el cap.

—No. O sí, podríem dir que ho he estat. Però els meus autèntics pares eren uns altres.

La Coloma li va donar un nou tros de carn a la lloba. I mentre aquesta mastegava la carn, la Coloma em va contar com va esdevenir la filla d'en Capblanc.

Es veu que, de petita, era terriblement poruga. Tenia por de tot: de les aranyes, de la foscor, i també dels desconeguts. I cada vegada que pujava a la barca del seu pare, ell havia d'amarrar l'embarcació amb dues o tres cordes, perquè, si no, la Coloma tenia pànic de caure per la borda. I cada vegada que, a casa, havia d'ajudar la seva mare a fregar el terra, plorava perquè creia que es cremaria els peus amb l'aigua calenta. Sí, a la petita Coloma li feia por absolutament tot el que un podria témer.

Però, en qualsevol cas, mai a la vida havia passat tanta por com el dia que els pirates se la van endur. I quan la van tancar a la bodega d'*El Corb de Neu*, va xisclar i xisclar durant tota la nit. L'endemà al matí, quan els pirates van baixar a portar-li aigua i un bocí de pa, van descobrir que els cabells se li havien tornat completament blancs a causa del terror que havia sentit. I quan en Capblanc va veure aquella bonica cabellera, llarga i blanca com la neu, va quedar encisat. Tant, que fins i tot va dir que la Coloma hauria pogut ser ben bé sang de la seva sang!

I just en aquell instant, el capità Capblanc va decidir que, si ella ho volia, l'adoptaria com a filla. Així no hauria d'arrossegar-se per les galeries de la mina, picant i carregant el cistell de carbó, i tampoc no hauria de menjar el puré de pèsols mig florits i el trist crostó de pa sec; s'estalviaria tot això i, a canvi, aprendria a vigilar els altres nens i nenes, obligats a pencar a la mina.

La Coloma em va mirar. Va acaronar-li la coroneta a la lloba blanca, i va empassar-se la saliva un parell de cops abans de dir:

—Vaig acceptar. Vaig escollir convertir-me en la seva filla. Ho vaig fer per por. Por de la dura feina al fons de la mina, por de partir-me l'espinada allà sota, de morir i deixar d'existir.

Durant tres dies i tres nits hi va haver una gran celebració a bord d'*El Corb de Neu*. Els pirates li van servir begudes i plats deliciosos, i li van fer la baca diverses vegades, cridant visques i hurres en honor seu. En Capblanc li va posar el nom de Coloma, perquè va dir que això era just el que li calia per reeixir en la seva empresa: un Corb que segrestés criatures i una Colometa que les vigilés.

I així van anar transcorrent els dies, els mesos i els anys. La Coloma feia la seva feina i en Capblanc n'estava satisfet. I tot i que va tenir ocasions per poder-se escapar, la Coloma no ho va voler fer. No, no ho va fer, perquè no hi havia cap lloc al món per a algú com ella, algú que havia comprat la seva llibertat a canvi de vendre's l'ànima.

Em va fitar de nou.

—Tu creus que no es pot viure amb una cosa així, oi? —va fer—. Preocupant-se només d'un mateix. Però jo vaig trobar la manera. Les nits en què l'angoixa m'aclapara i se'm fa insoportable, vinc aquí. Allibero la lloba de l'arnès perquè es pugui bellugar, i li retiro els aclucalls perquè no es quedi cega. A un animal tant li és que algú s'hagi venut l'ànima al diable. Ella m'estima. Sí, m'estima de debò. I és gràcies a això que puc seguir vivint.

Va deixar anar la lloba i se'm va acostar, i agafant-me fort per les espatlles, va afegir:

—Tu també pots ser com jo —em va dir—. A partir d'ara, menjaràs bé i et vestiràs com cal. I si vols, podràs venir aquí amb mi quan no puguis dormir. De vegades, quan soc aquí, fins i tot arribo a sentir-me feliç!

La vaig mirar directament als ulls, aquells ulls que semblaven aigua barrejada amb llet.

—No ho crec pas —li vaig contestar.

La Coloma em va deixar anar les espatlles i va asseure's ràpidament a un tamboret.

—Així doncs, t'estimes més quedar-te sola, plorant al llit?

—No —vaig replicar—. El que jo vull és salvar-los la vida al meu amic Fredrik i a la meva germana petita. I a tots els altres nens i nenes, encara que no m'agradin. Al cap i a la fi, no és pas culpa seva que es comportin com bestioles.

Ella va amollar un sospir.

—Tu no pots salvar-los, que no ho veus?

—I tant que puc! Només m'has de deixar la teva escopeta!

Ella va riure, però va ser una riallada buida i espaordida.

—És impossible, no ho puc fer. Vinga, anem, hem de tornar.

—No! —m'hi vaig negar, col·locant-me davant de la porta per barrar-li el pas.

Aleshores la Coloma es va enfadar i va alçar la veu.

—Ha estat una equivocació portar-te aquí! —va cridar—. Pensava que m'entendries!

—No, jo mai no podré entendre que mantinguis tantes criatures innocents empresonades i esclavitzades! Saps que no està bé, que és una crueltat!

—Va ser el que vaig escollir!

—Ho pots tornar a fer, pots tornar a escollir!

—No! Ja és massa tard! Quan em vaig convertir en la filla d'en Capblanc ja va ser massa tard.

—Però no has estat mai la seva filla de veritat! Tu no ets com ell! El color dels cabells no té res a veure amb com és cadascú per dins!

La Coloma va esclatar a plorar i es va desplomar a terra. Llavors es va agafar un floc de cabells, uns cabells que s'havien tornat blancs i lletjos a causa de la por. I em va mirar.

—Els teus cabells són molt macos —va dir—. Negres com el carbó.

—Res que estigui relacionat amb el carbó és bonic —vaig objectar jo—. Coloma, t'ho demano sisplau. Ajuda'm.

Ella va apuntar un lleu somriure i va continuar tocant-se els cabells.

—Jo també tenia una cabellera molt maca. Potser ara costa de creure, però ho era. Tot i que no la tenia pas negra, és clar.

—De quin color era, castanya? —li vaig preguntar.

—No, la meva cabellera era pèl-roja —va respondre la Coloma—. Roja i espessa com l'or incandescent.

La vaig fitar durant una bona estona i, en acabat, vaig dir:

—Conec algú amb aquest mateix color de cabell.

El tros de carbó

La lloba blanca es passejava a pas lent per l'habitació, ensumava diferents objectes i, de tant en tant, llepava el terra. Potser a en Capblanc li havien caigut molles o miques de menjar mentre examinava els seus plànols i feia els seus càlculs. I mentre la lloba anava amunt i avall, fent llepades aquí i allà, jo vaig anar fins on era la Coloma i em vaig asseure a terra, al seu costat. Llavors li vaig dir:

—El meu amic, el que pensen afusellar demà, té els cabells exactament com tu quan eres petita. I m'ha explicat que, fa molts anys, va tenir una germana; una germana que els pirates li van arrabassar un dia que havien sortit a pescar crancs junts.

La Coloma va empassar-se la saliva, i quan vaig continuar la història, vaig notar que tota ella tremolava de dalt a baix:

—S'ha passat els darrers dotze anys navegant per alta mar, perquè creia que així aconseguiria oblidar-la, oblidar aquell dia terrible... Però no ha pogut. I per això va decidir ajudar-me, acompanyar-me fins aquí i intentar alliberar la meva germana. Els homes d'en Capblanc, malgrat totes les nostres precaucions, al final ens van enxampar. Per això jo ara soc una altra de les presoneres de la mina i ell morirà demà al matí d'un tret al cap. Per cert, el meu estimat amic es diu Fredrik. I suposo que el teu nom és Hanna, oi?

En pronunciar aquesta última frase, va ser com si algú obrís les comportes d'una gran presa a l'interior de la Coloma: les llàgrimes li van començar a brollar dels ulls tan desfermadament com jo mai no havia vist plorar ningú. La lloba s'hi va apropar de seguida i va provar de consolar-la, però ella només plorava i plorava.

—T'ho demano sisplau, deixa'm l'escopeta —li vaig suplicar.

Ella va ocultar la cara entre les mans i va sacsejar el cap.

—Em va abandonar... —va sanglotar—. Em va deixar sola enmig de l'illot i jo no ho volia, no volia! Estava morta de por!

—Ara ha vingut per reparar el seu error. Ho has de comprendre. Mai no és massa tard per reparar el mal que un ha fet!

La Coloma va seguir allà asseguda, tapant-se la cara amb les mans, durant molta estona. De fet, va passar tant de temps que em vaig començar a impacientar. Una claror grisenca es filtrava a través de la finestra. Al final, vaig aclarir-me la gola i li vaig preguntar:

—I doncs, què hi dius?

Aleshores ella es va eixugar totes dues galtes i va tirar muntanyes amunt de forma discreta.

—Presentar-nos a *El Corb de Neu* amb un sol fusell a la mà no ens servirà de gaire —va dir—. Tots i cadascun dels pirates que hi ha a bord van armats. Hem de fer servir el cap i ordir un bon pla.

—«Hem»? —vaig fer jo, incrèdula—. Vols dir que m'ajudaràs?

La Coloma va assentir.

—Sí, pots comptar amb mi.

Una onada, no sé si d'alleugeriment o d'alegria o de terror, em va recórrer el cos, i va fer que m'aixequés de terra d'un bot.

—Fantàstic! —vaig exclamar—. Què farem?

La Coloma va mossegar-se el llavi inferior mentre rumiava.

—Per disparar contra el capità només cal un fusell —va afirmar.

—D-disparar?! —vaig quequejar—. De debò ho faries?

Ella va fer que no amb el cap.

—N'hi ha prou amb el fet que ell *cregui* que li dispararé —va precisar—. Vine!

La lloba no ens va mirar quan vam sortir de la cabana a correcuita i la vam deixar allà tancada. Sí, tal com temia, fora ja s'havia fet de dia. Vaig notar una fiblada a l'estómac i el cor se'm va desbocar. I si arribàvem massa tard a *El Corb de Neu*?

La Coloma panteixava lleugerament mentre m'explicava en veu baixa el seu pla:

—Despertarem en Capblanc i el farem llevar. Llavors li ordenarem que baixi fins al vaixell i perdoni la vida a en Fredrik. Els pirates adoren el seu capità i segur que no intentaran pas atacar-nos mentre jo l'apunti amb l'escopeta al cap. Quan hagin... —Va fer una pausa i va empassar-se la saliva—. Quan hagin deixat anar en Fredrik, aleshores tu i jo haurem d'alliberar els nens. I en acabat...

—Sí? —vaig dir—. En acabat què farem?

—Córrer, haureu de córrer molt, molt de pressa, amb totes les vostres forces... —va dir la Coloma—. Jo mantindré l'arma apuntant a en Capblanc tanta estona com pugui.

—É-és que tu no... no vindràs amb nosaltres? —vaig fer, gairebé en estat de xoc.

La Coloma va guardar silenci uns instants.

—Ja veurem què passa amb mi. L'important és que vosaltres aconseguiu el màxim avantatge possible. Té, agafa les meves claus.

Vaig agafar-li el feix de claus del cinturó i, en ficar-me'l a la butxaca, vaig notar que ja hi havia una altra cosa: la pedra que l'Einar em va donar a les Veles. Per tant, vaig ficar-me les claus a l'altra butxaca. Mentre caminàvem plegades a través de la neu negra, em sentia enormement feliç: la Coloma tenia una escopeta i jo ja no hauria d'enfrontar-me a l'home més fred i malvat de la mar de Gel tan sols amb una simple pedra!

Quan vam arribar davant la porta de la cabana on en Capblanc dormia, la Coloma es va girar cap a mi:

—Siri... —va fer.

—Digues?

—A la meva lloba... sisplau, deixa-la anar. No et farà cap mal, ella l'única persona que odia és en Capblanc.

Jo vaig fer que sí amb el cap. I llavors totes dues vam inspirar fondo i... molt, molt, molt silenciosament vam obrir la porta.

La Coloma s'hi va esmunyir primer amb l'escopeta, i després hi vaig entrar jo. La cabana era senzilla. A la llar de foc s'hi consumien unes quantes brases, i hi havia una taula atrotinada, un bufet i un llit amb cortinatge. Estava tot net, però d'alguna manera hi mancava gràcia. Una dona de pescador qualsevol, grisa i sense gust, hi hauria pogut viure.

Amb molt de compte, vaig enretirar les cortines que envoltaven el llit. Allà ajagut, el capità Capblanc mostrava un aspecte plàcid, amb els cabells blancs estesos com una flor sobre l'edredó, i els ulls lleugerament aclucats. Un home vell i un jovenet que dormien junts en un sol cos.

—Desperta't —va dir-li la Coloma. Però ella mateixa devia notar com d'esporuguida li havia sonat la veu, perquè es va escurar la gargamella ràpidament i, alçant més la veu, hi va tornar:

—Aixeca't!

El capità va obrir els ulls, aquells ulls clars amb les pupil·les punyents com claus. Llavors va mirar la Coloma. I després a mi. L'expressió al seu rostre era impossible de desxifrar.

—Que t'aixequis, et dic! —va repetir la Coloma.

En Capblanc es va incorporar i va posar els peus a terra. El pijama que duia era de roba blanca i d'un teixit fi. Va quedar-se una bona estona assegut a l'espona del llit, amb les seves grans mans reposant sobre els genolls i sense badar boca, tan sols alternant la mirada entre la Coloma i jo.

—Ha-has d'alliberar en Fredrik —li va manar la Coloma.

En Capblanc no va contestar.

—És l'amic de la Siri... —va afegir la Coloma—. L'amic de la Siri que els pirates tenen empresonat a la bodega del *Corb*. L'has de deixar en llibertat.

En Capblanc seguia sense piular. Ens esguardava, assegut encara en silenci, barrinant. I quan va acabar de reflexionar, va dir amb serenitat:

—Una traïció.

La Coloma es va empassar la saliva. Sí, sens dubte, estava aterrida i, naturalment, a en Capblanc no li va passar per alt. Malgrat ser ella qui l'apuntava amb l'arma, ell sabia —com només pot saber un pare— que la Coloma tremolava com si fos la víctima.

—M'has traït —va fer en Capblanc—. Ara que, per fi, després de tants anys... Sí, el que vols és robar-me la glòria.

—No —la Coloma va negar-ho amb fermesa—. T'equivoques.

Però en Capblanc estava convençut de les veritables intencions de la Coloma. Segons ell, esperonada per mi, la nena del somni que havia vingut a la mina, la Coloma havia decidit apropiar-se de la màquina i generar el primer diamant... i així guanyar tota la fama per l'invent. Un invent que posaria punt final a la misèria i el pillatge.

—Has enredat la nena en els teus plans... —va dir—. L'has seduït, prometent-li a canvi la vida del seu amic. I potser fins i tot alguna cosa més. Quan la *meva* màquina produeixi el primer diamant, us repartireu els honors entre totes dues, oi que sí?

—Allibera en Fredrik! —va cridar la Coloma, cada vegada més desesperada—. Ves a buscar en Gestes i ordena-li que el deixi anar!

—No.

—Què?

—No, no ho penso fer —va replicar en Capblanc, d'allò més tranquil—. Abans prefereixo morir.

—Prefereixes morir?

—I tant.

—Però, per què...?

—He dedicat la meva vida a crear i a perfeccionar aquesta màquina. I tu ara me la vols prendre. Sense el meu invent, m'estimo més morir —va fer amb un lleu somriure—. Així que vejam quin tret sona abans: el teu o... el que enviarà el vostre amic a l'altre món.

En pronunciar aquestes darreres paraules, en Capblanc va llançar una llambregada cap a la finestra, cap a la primera llum del matí que es filtrava cada cop amb més força a través del vidre.

La Coloma plorava, i amb el dit trèmul acariciava el gallet de l'escopeta. En Capblanc la fitava, travessant-li la pell amb el seu despietat esguard. Els músculs de la cara se li van tensar, i em va semblar que reflectien un intens sentiment d'aversió. I aleshores, tot d'un plegat, va abraonar-se damunt de la

Coloma i li va arrencar l'escopeta de les mans. La maniobra va ser suau, gairebé com si ella l'hi hagués lliurat per voluntat pròpia. La Coloma llavors va amagar el rostre entre les mans i va esclatar en plors.

—Jo no vull pas el teu coi de màquina, pare! Per a mi, no en té res, de gloriós.

—Saps perfectament que no és així —va afirmar en Capblanc.

—Molt bé, però les pobres criatures...!

—La canalla treballa per una bona causa.

—No! Tot això t'ha pujat al cap. Els nens es moren!

En Capblanc va restar uns segons callat.

—És a *tu* a qui li ha pujat tot això al cap —li va engegar llavors a la Coloma. I a continuació, va prémer el gallet i va apuntar contra ella.

De vegades el cos pot fer coses sense que un l'hi demani. De vegades, si l'ocasió realment s'ho val, si un s'enfronta a dos destins, un que és negre i l'altre blanc, és com si els esdeveniments s'encadenessin, encara que un se senti tan desconcertat que el pensament se li ennuvoli. I quan vaig veure en Capblanc a punt de disparar-li un tret a la Coloma, quan vaig comprendre que allò era el final, aleshores vaig notar com la meva mà s'introduïa a la butxaca de l'abric i la meva boca deia:

—Capità Capblanc, tinc una cosa per a tu.

En Capblanc va apartar la vista de la Coloma i la va dirigir cap a mi. Llavors va descobrir el que jo li oferia, al palmell de la mà: una pedra esmolada, si fa no fa de la mida d'un cap de bacallà que, a causa de les hores passades dins la mina, s'havia tornat tan negra com un tros de carbó.

Els ulls se li van empetitir.

—Què és això?

—He d'admetre que tenies raó, capità —vaig dir—. Us volíem prendre la glòria. Quan vaig venir ahir a portar-te el tros de carbó més dur, no és que el triés de qualsevol manera; sinó que te'n vaig donar un de dolent i el bo... me'l vaig quedar. Aquí el tens. Deixa anar la Coloma i agafa'l.

Molt a poc a poc, en Capblanc se'm va acostar. Molt a poc a poc, va inclinar-se endavant per veure de prop la pedra negra. Molt a poc a poc, la va agafar i la va examinar. Vaig fixar-me com la girava del dret i del revés, tremolós, com la premia amb els dits per comprovar-ne la duresa, i tota l'estona jo resava per dintre perquè la capa de pols del carbó no desaparegués.

—Aquest sí que funcionarà... —va xiuxiuejar en Capblanc—. És tan dur... —Va bellugar el cap amb una lluentor especial als ulls—. Mai no havia palpat un tros de carbó tan dur...

Aleshores ens va ullar apressadament a la Coloma i a mi, i de sobte ens vam convertir en mobles o en qualsevol altre objecte sense importància, com els que tenia escampats davant seu. Va tocar el dos d'allà rabent, i va córrer tot el camí fins a la cabana on hi havia la màquina, i també la lloba. Que no estava lligada.

No va tenir temps de disparar. L'únic que vam sentir va ser un xiscle breu, però abismal i, tot seguit, un silenci absolut. En Capblanc havia deixat d'existir.

Les coses que fem a la vida deixen empremta. Aquesta empremta pot ser, per exemple, un cormorà que ve un dia i pica a la nostra finestra, saluda i demana una mica de peix. Molts nens i nenes haurien pogut esdevenir el cormorà d'en Capblanc. La Coloma, per exemple, o jo mateixa. Tanmateix, aquest cormorà va resultar ser la cadelleta de llop, nascuda en un cau a la neu a les illes del Llop, i que va ser criada per fer bellugar la màquina d'en Capblanc.

L'anell

Jo vaig mirar la Coloma i la Coloma em va mirar a mi, però vam mirar-nos només durant un segon i, immediatament després... vam arrencar a córrer! Encara no havíem sentit cap tret des del vaixell. Arribaríem a temps de salvar en Fredrik?

Però tan aviat vam haver recorregut uns metres, la Coloma es va parar en sec.

—Espera! —em va aturar, i llavors vaig adonar-me que els ulls se li movien a les òrbites com si es trobés en un estat febril.

—Coloma, sisplau, ara no podem perdre temps... —li vaig pregar, estirant-li pel braç—. Vinga, anem.

Malgrat tot, la Coloma va fer que no amb el cap i va girar cua.

—Ho sento, he de tornar a buscar una cosa —va dir, inflexible.

—Però, per què? Què és? —vaig preguntar-li amb neguit.

—Una cosa important! Tu ves tirant i procura entretenir-los! —va contestar-me llavors a crits, ja des d'una certa distància.

I aleshores jo vaig córrer. Vaig córrer com no ho havia fet mai a la vida. Corria i corria a través de la neu, al principi tan negra com el carbó, però que, de mica en mica, es va anar aclarint, i va adquirir el color gris de l'acer per esmolar ganivets, el de la pell d'un tauró de Groenlàndia, el de les cases fuetejades pel vent de Badia Blava, el del bacallà sec, i el dels còdols més descolorits de la mar. Fins que, per fi, va tornar a ser d'un blanc immaculat. De sobte, mentre corria, vaig sentir un tret. I de pur pànic, se'm van posar tots els pèls de punta. Acabaven d'afusellar en Fredrik!

Però tot seguit vaig sentir un altre tret i, immediatament després, un altre.

I poc abans d'arribar a *El Corb de Neu*, vaig sentir riallades, hurres i visques, i encara més trets. Què diantre estava passant?

En arribar-hi, ho vaig entendre de seguida. El gel al voltant del *Corb* estava ple de pirates, es devien haver llevat amb la primera claror del dia. I allò que els divertia tan extraordinàriament eren dos companys seus situats a penes uns metres més enllà, cadascun amb el seu fusell, que s'alternaven a l'hora de disparar. És a dir, els pirates tornaven a practicar el tir al blanc.

I els dos pirates que feien torns per disparar eren ni més ni menys que el calb i el barbut, el parell de brivalls amb qui vaig viatjar a bord de la balandra. Tanmateix, avui no disparaven contra un ninot de neu. Aquesta vegada la diana era un home de carn i ossos: en Fredrik! El pobre Fredrik estava dret com un pal, amb les mans i els peus lligats, esperant que, o bé el calb o bé el barbut, l'encertessin. I cada cop que un d'ells errava el tret, tota la resta començava a aplaudir, a cridar bravos i a petar-se de riure fins que els saltaven les llàgrimes. A més a més, també llançaven boles de neu als dos tiradors i, si un s'hi fixava, es veia clarament com el calb i el barbut, amb les galtes vermelles de la vergonya, bullien de ràbia i d'indignació.

—Pareu! Pareu! —vaig cridar llavors.

Es van tombar tots a l'instant.

—Una fugitiva! —va fer algú.

—Mans enlaire, joveneta! —em va manar un altre.

I en un dir ai, tots aquells brètols m'apuntaven amb els seus fusells.

Vaig cercar amb la mirada el segon de bord, en Gestes. Ah, ja el veia! Estava al costat de dos pirates més, i m'observava sorprès, amb la pipa a la boca. I és lògic que no se'n sabés avenir: no crec que fos gaire habitual que una nena minera com jo baixés sola fins a la badia.

Amb les mans alçades, vaig encaminar-me cap a ell. Uns quants pirates se'm van aproximar, disposats a capturar-me, però en Gestes els va parar els peus.

—Un moment, escoltem abans el que vol dir-nos —va fer. Després, em va mirar mentre mossegava lentament el broquet de la pipa amb les seves dents negres com el sutge—. I doncs?

—Per favor... —vaig dir, procurant que la meva veu sonés ferma—. Us prego que no mateu en Fredrik.

Això va fer que els pirates esclatessin de nou a riure. Al principi no vaig entendre per què, però no vaig trigar a adonar-me que la meva petició havia sonat ridícula.

En Gestes va treure's la pipa de la boca, va fer un somriure i em va dir:

—Tant de bo pogués fer el que em demanes. Si més no, tu saps com demanar les coses amb educació. Però, ho has d'entendre, avui he organitzat una competició per saber quin d'aquests dos nous pirates és el millor tirador. Apa, queda't aquí al meu costat i no ens aixafis la guitarra.

Aixafar-los la guitarra? Sí, és clar, els pirates d'*El Corb de Neu* s'ho estaven passant de meravella, i per això vaig dir en veu alta:

—Quin és el millor?! Deus voler dir, quin és el menys dolent, suposo?

En Gestes va riure amb ganes i la resta de pirates va fer el mateix, tots excepte el calb i el barbut, naturalment.

—En veure disparar aquest parell, m'ha vingut a la memòria una història la mar de divertida... —vaig continuar—. Potser ja l'heu sentit alguna vegada, és el conte d'en Babau i en Ningú. Si no el coneixeu, us l'explicaré amb molt de gust. Us prometo que us agradarà!

En Gestes va donar una ullada als altres pirates com per preguntar-los si coneixien la història. I com que cap d'ells no va contestar, ell va encongir-se d'espatlles i va assentir encuriosit.

—Endavant, t'escoltem —em va dir.

I aleshores els vaig contar la història tal com me la va contar a mi la Nanni aquell dia, a les illes del Llop:

En Babau i en Ningú van comprar-se un fusell perquè volien aprendre a disparar. En Ningú va provar-ho primer, però la bala va rebotar i li va anar a parar al front. Llavors en Babau va córrer fins al poble a buscar ajut i, com que només exclamava: «Ningú s'està morint! Ningú s'està morint!», els caçadors, estranyats pel seu comportament, li van preguntar si era babau. I ell va dir que sí.

Els pirates van esclatar a riure tan fort que semblava que tronés al cel.

—En Babau i en Ningú! —va fer en Gestes, assenyalant amb el dit al calb i al barbut—. Crec que ja tenim els seus malnoms de pirata! Què us sembla?

Els pirates van tornar a amollar unes riallades eixordadores i van fer que sí a l'unísLon. I com més reien, més guanyava jo el que volia: temps. Però, de cop i volta, el calb va alçar la veu i va cridar:

—Ja n'hi ha prou! Si em deixeu apuntar bé, veureu com l'encerto!

Aleshores va dur-se la mà al coll, al penjoll del rei dels peixos que havia recuperat. I el va prémer fort dins del puny durant uns segons, abans d'apuntar.

Vaig esguardar el meu amic, el meu estimat i bon amic, allà palplantat enmig del gel, i amb aquella valentia! En Fredrik em va adreçar un somriure, com si volgués dir-me: «Ep, no t'ho prenguis tan a la valenta, Napbuf». Llavors el calb va prémer el gallet i...

—Alto!

Algú venia caminant des de la mina. Aquesta vegada, però, no era cap pirata baladrer que s'acostava, amenaçant i apuntant la seva arma. No, aquesta vegada, gairebé tothom va somriure, i en Gestes va exclamar:

—Bon dia, Colometa!

Es va treure la gorra i la majoria de pirates van fer el mateix.

La Coloma no va retornar cap d'aquells lletjos somriures; tan sols va pronunciar, amb veu alta i clara:

—Allibereu el presoner.

Uns quants van tornar a somriure, i n'hi va haver un parell que fins i tot van fer broma baixet, com sol passar quan una criatura diu alguna bestiesa.

—Em sap greu, Colometa, però no ho puc fer —va ser la resposta d'en Gestes—. Són ordres del capità Capblanc.

—Jo ja no soc la Colometa —va replicar-li la Coloma—. I en Capblanc ja no és el capità.

I per demostrar-ho, va aixecar la mà dreta. S'havia hagut de posar l'anell al dit polze, perquè, és clar, estava fet per a un home i als altres dits li anava gran. Però tant si el duia al polze com en qualsevol altre dit, era indiscutiblement l'anell del capità Capblanc.

—El meu pare és mort. Va descuidar-se de lligar la lloba del seu aparell i aquesta l'ha atacat fins a matar-lo. Ara la capitana d'*El Corb de Neu* soc jo. I ningú no afusellarà aquest presoner.

Tres salves

En Gestes va enviar vuit pirates a comprovar si realment era veritat que el capità Capblanc era mort, tal com havia afirmat la Coloma. Van tornar de la cabana poc després, formant una doble fila i carregant una mena de baiard improvisat amb quatre fusells posats de través. Sobre el baiard reposava el cadàver d'en Capblanc.

Els vuit homes van deixar el baiard amb compte a terra, i la resta de pirates es va congregar al voltant del seu capità. Una mica més tard, la Coloma em va recitar els seus noms, i jo ara us els repeteixo aquí:

Hi havia en Gestes i en Ferro, en Capsigrany i en Punyalçat, la Morros i en Fidel, en Sometent i en Xacó, en Pitpelut i la Rondinaire, el Passerell i la Guineueta, la Metzines i en Bonvent, en Bregues i en Cranc, en Punyal i en Cincpolzades, la Gèlida i la Formosa, l'Assenyat i el Pencaire, el Burxaire i en Timó, el Sobri i en Floc, en Riscos i la Dolçadent, en Navalla i en Somrís, i en Tret i en Darrerahora, més els dos nous fitxatges que tot just acabaven de rebre els seus malnoms per part d'en Gestes: en Babau i en Ningú. Tots ells es van treure les gorres i els casquets en honor del capità Capblanc.

La Coloma també hi va anar. Es va ajupir al costat del seu

pare i el va contemplar durant una llarga estona. Llavors li va acaronar la galta amb una expressió indesxifrable. Vaig allargar el coll, i també vaig observar el seu rostre esblaimat, amb els ulls sense vida de mirada fixa. Tenia la llarga cabellera blanca ensangonada. I al coll se li veien les marques dels ullals de la lloba.

Els homes i les dones que s'havien reunit entorn del seu capità ploraven en silenci. Era un espectacle curiós: una colla de bandits, plens de cicatrius, geperuts i bornis, s'estaven allà, solemnement drets i amb tot de llàgrimes rodolant-los galtes avall. Jo sempre havia cregut que els pirates no tenien ànima. En canvi, després d'observar els pirates d'en Capblanc, ara pensava que potser, malgrat tot, tothom té ànima. Però que, en algunes persones, l'ànima es construïa un niu la mar d'agradable, mentre que, en d'altres, s'havia de conformar amb un forat erm i gelat.

Aleshores en Gestes es va escurar la gola i va cridar amb veu alta i clara:

—El capità Capblanc és mort! Disparem salves pel nostre capità!

Tots els que duien fusell, van apuntar el canó cap al cel i van disparar per retre homenatge a en Capblanc. Alguns fins i tot van tornar a carregar l'arma i van disparar diverses vegades, alhora que xisclaven i exclamaven a plens pulmons: «Visca en Capblanc! Visca el nostre estimat capità! Visca el terror de la mar de Gel!».

Quan l'eco del darrer tret es va esvair, la Coloma es va girar cap a mi.

—Sisplau, Siri, ves tu mateixa a alliberar el presoner —em va demanar.

I és que ara ningú no podia contradir-la. Ara era ella qui donava les ordres.

Vaig córrer fins a en Fredrik i, de tan frisosa com estava per deslligar-li els peus i les mans, vaig estirar d'on no tocava i encara li vaig estrènyer encara més els nusos.

—Vaja, ara m'has enredat de tal manera que mai més no podré desfer-me d'aquestes cordes! —va bromejar en Fredrik.

—Uf! —vaig remugar jo—. Coi d'embolic!

Finalment, però, vaig aconseguir deslligar-lo. I llavors vaig llançar-me de cop als seus braços, tan grans i càlids, i el vaig abraçar amb totes les meves forces.

—Em sap greu haver servit de tan poc en aquesta expedició... —va dir.

—T'equivoques —vaig protestar jo —. Sense tu, mai no hauria tingut el valor d'arribar fins al final.

Ens vam asseure tots dos al gel, i ell em va mirar amb els seus brillants ulls blaus.

—Una lloba..., ho he sentit bé?

Jo vaig assentir amb el cap.

—Ahà! T'asseguro que tenia uns quants comptes pendents amb en Capblanc.

—Ah, sí? I tu no hi has tingut res a veure, en tot plegat?

—Mmm... —vaig fer jo—. Bé... potser sí que hi he contribuït una miqueta.

En pronunciar aquestes paraules, vaig notar com les galtes se m'enrojolaven. Estava espantada pel que havia fet? Sí, perquè, comptat i debatut, jo ara carregava amb la culpa de la mort d'un home. I encara que, al mateix temps, havia ajudat moltes criatures a salvar la vida, sempre carregaria amb aquesta culpa. Deixaria una empremta en la meva ànima.

I com si en Fredrik hagués percebut les meves pors, va esbullar-me els cabells amb la seva manassa i em va dir:

—Sempre és més fàcil prendre la decisió covarda. Però, de tant en tant, apareix algú que pren la decisió valenta. I això és una sort per a tots els altres.

Aleshores va dirigir la vista a la tripulació del *Corb,* i a la seva flamant capitana.

—Així doncs, aquella és la filla d'en Capblanc...? —va fer a poc a poc—. La carcellera?

No resultava pas tan estrany que en Fredrik no la reconegués. Certament, la Coloma havia canviat molt durant els dotze anys que havia passat a l'illa; s'havia consumit, s'havia enlletgit i els cabells se li havien tornat blancs. I tanmateix... tanmateix es notava que en Fredrik dubtava.

—Sí —vaig contestar-li —. Es va convertir en la seva filla. Però abans d'això, va ser filla d'uns altres pares. La vols anar a saludar?

Amb passes una mica vacil·lants, en Fredrik es va dirigir

cap a la platja. La Coloma estava envoltada de pirates que volien donar-li copets a l'esquena i parlar amb ella sobre el seu pare, que ara era mort i a qui tant havien estimat. Però, quan va veure acostar-se en Fredrik, se'n va apartar i va anar a trobar-lo.

Van quedar-se drets, l'un davant de l'altre, i es van mirar. Aleshores en Fredrik va treure's matusserament la gorra i li va dir, gairebé com si fos un prec:

—Voldria donar-te les gràcies de tot cor per haver-me perdonat la vida.

Ella va assentir amb el cap.

—Bon dia, Fredrik —va saludar-lo—. Saps si el pare i la mare continuen vius?

En aquell moment en Fredrik va expirar profundament, com si l'aire sortís d'una manxa, els ulls li van espurnejar i la boca intentava cercar les paraules adients. Però l'únic que va aconseguir articular, i encara mig xiuxiuejant, va ser:

—No... per desgràcia, fa temps que no poso els peus a casa...

Aleshores la Coloma va veure com n'estava ell, de trist, i va comprendre com s'havia penedit d'haver-la abandonat aquell dia a l'illot. Va comprendre que havia estat per ella que s'havia fet a la mar i havia navegat durant tants anys. I que, d'alguna manera, també havia estat per ella que havia anat fins allà, fins a l'illa d'en Capblanc, i això que ni tan sols havia gosat imaginar mai que la seva germaneta encara fos viva. Llavors la Coloma va envoltar amb els braços l'enorme còrpora d'en Fredrik i el va abraçar ben fort. Es va estar així una bona estona, fins que, al final, ell també va atrevir-se a tornar-li l'abraçada. I mentre estaven abraçats, van fer-se tot de confidències que jo no vaig poder sentir, si bé tampoc no ho pretenia pas, és clar!

El capità mort ja havia rebut les seves salves, i ara els pirates van començar a murmurar que a la nova capitana també se l'hauria d'homenatjar. I, tal com va assenyalar en Navalla, el més correcte seria fer-ne una de grossa, no? Al cap i a la fi, una capitana de pirates no «naixia» pas cada dia, oi?

Tots van estar-hi d'acord i la Coloma va donar-los permís per preparar els canons d'*El Corb de Neu*. Un segon més tard, la tripulació va córrer a enfilar-se a bord amb un afany i una celeritat increïbles! Gairebé em vaig marejar, de tanta corredissa amunt i avall. Es veu que, quan es tractava de disparar els canons, tots movien el cul! En Gestes també s'hi va afegir. A mig camí, però, es va tombar cap a la Coloma.

—Vens, capitana?

La Coloma el va mirar i, en acabat, es va adreçar a en Fredrik i li va dir:

—Ara dispararan en honor meu, germà gran. Suposo que no t'espantaràs pas, oi?

A continuació, la capitana va seguir en Gestes a través del gel i, per l'escala de corda, va pujar a bord d'*El Corb de Neu*; la imponent nau que, a partir d'ara, era seva i que governaria com li vingués de gust.

En Fredrik i jo vam quedar-nos sols a la platja coberta de neu. Un tros més enllà, jeia el cadàver d'en Capblanc amb els cabells ensangonats. Aleshores vam veure com s'obrien les troneres dels canons, vam sentir el grinyol de les curenyes mentre giraven per apuntar en la direcció correcta, i fins i tot vam sentir com a algú li queia una bala de canó a terra i rebia una bona esbroncada. Després, un rere l'altre, per les troneres van aparèixer els malvats ulls de ferro, amb la seva mirada glacial i implacable.

Encara van caldre uns quants preparatius més; la pirata Guineueta va pujar corrents des de la bodega i, bo i donant-li un copet a l'espatlla, li va dir unes paraules a en Gestes. Tot seguit li va fer un parell de reverències a la Coloma.

En Gestes va assentir amb el cap. Va alçar la barbeta i va cridar:

—Foooc!

A l'escotilla de coberta, en Somrís va repetir l'ordre perquè la sentissin els artillers a sota.

Cadascun al seu torn, els ulls de ferro van parpellejar i van tronar; una densa fumera blanca va encerclar el gras ventre del *Corb* talment com si fos una corona de flors clares, i les bales van xiular sobre el gel i, en caure-hi, hi van deixar uns enormes cràters fumejants.

Un cop van haver disparat l'última bala, en Gestes va cridar:

—Visca la capitana Coloma!

—Visca la capitana Coloma! —van repetir tots els pirates que eren a la borda.

Es van treure les gorres i les van agitar per damunt dels seus caps infestats de polls.

I va ser llavors, precisament quan crèiem que per fi retornarien la pau i la calma, que vam sentir un fort estrèpit provinent del mar; un estrèpit tan impressionant que va convertir el retruny dels canons en un espetec ridícul.

—Què ha passat? —vaig preguntar esverada.

—Que no ho entens? —va fer en Fredrik amb un somriure murri—. És el gel. S'està esquerdant.

Sí, és clar! La capa de gel que cobria el mar com un paviment gruixut i lluent, de sobte havia començat a cedir. Potser ho havia provocat l'impacte d'alguna de les bales, o potser el gel s'hauria esquerdat igualment, això no ho sabíem pas. De l'únic que estàvem segurs era que el desgel s'havia iniciat amb un fragor de mil dimonis! A partir d'aleshores, ja no vam trigar a veure com l'aigua s'anava escolant entre les grans pannes de glaç. Amb tot, el gel no va parar de tronar, no, ans al contrari! Els catacrecs continuats i l'eixordador terrabastall que se sentia de fons van esborronar de tal manera els pobres pirates que es van tornar a treure les gorres.

—I ara, per a qui són aquestes salves, eh? —vaig preguntar de broma a en Fredrik.

Aleshores ell em va picar l'ullet i va exclamar:

—Doncs són per a tu, Napbuf! O és que et pensaves que, després de tot, et quedaries sense homenatge?

Lliures

Amb en Fredrik al costat, vaig caminar a través de la neu que gradualment canviava de color, de blanc a negre. Tot l'estrèpit i els espetecs provinents de la mar per fi van cessar. Jo duia el feix de claus de la Coloma a la butxaca. D'acord amb les seves ordres, tots els infants havien de ser alliberats i, en acabat, s'havien de preparar de seguida per emprendre el viatge de tornada a casa. *El Corb de Neu* restituiria el botí robat.

Les cabanes adjacents a la mina estaven sumides en una calma i un silenci d'allò més estranys, com si ja s'haguessin convertit en records del passat. I sota terra, el clac-clac dels pics i les aixades ja no se sentia. Les portes de la cabana on hi havia la màquina i les de la cabana on dormia en Capblanc estaven obertes de bat a bat. Quan es desfermés la pròxima tempesta, la neu hi penetraria i hi faria el seu niu, cobrint i colgant aquella gran quantitat d'objectes i papers. La lloba havia fugit, sens dubte corrent a través del gel. Jo esperava que hagués tingut temps d'arribar sana i estàlvia a terra abans que el desgel li ho impedís.

Vam obrir la porta de la construcció més gran, la que més s'assemblava a un magatzem portuari mal bastit. El foc a la llar feia temps que s'havia extingit... i als llits, vint criatures, encadenades i mortes de fred, tremolaven i petaven de dents.

—Siri! —va exclamar una d'elles amb un somriure d'orella a orella.

Jo vaig córrer fins al seu jaç i la vaig abraçar amb força.

—Estava amoïnada... —va dir la Miki, prement la cara contra el meu pit—. Hem sentit una explosió...

Jo vaig fer una riallada i la vaig estrènyer encara més fort.

—Ara ja no cal que pateixis més, Miki —vaig tranquil·litzar-la—. Per fi, tornem a casa!

Llavors vaig alçar la veu perquè tots i cadascun dels petits i renegrits minaires em sentissin:

—Escolteu-me bé tots: TORNEM A CASA!

En acabat, vaig llançar-li el feix de claus a en Fredrik. Li va costar una estona anar trobant les claus que corresponien a cada grilló i, a mesura que quedaven lliures de les cadenes, els nens i nenes, a poc a poc i mig a les palpentes, es tombaven uns vers els altres i començaven a xiuxiuejar. A mi això em va sorprendre, perquè pensava que, en assabentar-se de la notícia, haurien esclatat d'alegria, que haurien xisclat i saltat de felicitat. Però aleshores vaig comprendre que segurament era una nova massa gran i meravellosa perquè la poguessin assimilar de sobte. Així que vaig fer un nou intent d'explicar-los que ara, per fi, eren lliures, completament lliures.

—En Capblanc és mort —vaig dir pausadament—. Ha

mort fa un parell d'hores i la seva màquina ja no necessita més carbó.

Llavors encara van xiuxiuejar més intensament entre ells, xiuxiuejaven i xiuxiuejaven, i el xiuxiueig va anar creixent fins a convertir-se en una remor bombollejant, en un rebombori en tota regla.

—I has estat tu qui l'ha matat? —va atrevir-se a preguntar un dels nens.

—No —vaig respondre jo.

—Qui ha estat, doncs?

—Ha estat la lloba, la lloba que tenia lligada al seu aparell.

Els xiuxiuejos es van multiplicar, i es van sumar al dring metàl·lic dels grillons i les cadenes, i al grinyol dels llitets, empesos i sacsejats d'una banda a l'altra per tots aquells que començaven a impacientar-se, que començaven a entendre que allò anava de debò, que era veritat que havien deixat de ser els presoners del malvat capità Capblanc.

—Però, i la Coloma? —va voler saber una nena.

—Ara la Coloma és la nova capitana d'*El Corb de Neu*. I per increïble que us sembli, ella ens portarà a tots a casa. Espero que encara recordeu el nom de l'illa d'on sou.

—Jo sí que me'n recordo! —va cridar algú aleshores, un noi a qui en Fredrik encara no havia tingut temps d'alliberar, però que, tot i així, s'havia posat dret sobre el llit; estava tan exaltat per l'emoció que no podia parar quiet—. Vinc de l'illa Esblaimada!

A continuació es va aixecar una nena i va dir ben fort:

—Doncs jo soc de l'illa de l'Àncora!

—I jo de l'illa de la Destral! —va cridar un tercer.

—I jo de l'illa de la Penya! —va exclamar una quarta.

Tots els nens i nenes van anar cridant els llocs d'on venien; els llocs on els havien segrestat a fi de convertir-los en esclaus de la mina. Cap d'ells no havia oblidat ni per un segon el nom de la seva illa, perquè cada dia havien desitjat amb tot el cor de tornar-hi.

Tan aviat en Fredrik va haver desencadenat la darrera criatura, vam sortir junts a l'exterior. Tots ells van mirar al seu entorn amb estranyesa, com si aquell paisatge els resultés totalment nou, ara que podien caminar lliurement i no pas sota l'amenaça d'una parella de pirates amb els fusells carregats.

—Som-hi! Anem de pressa al vaixell! —vaig cridar—. Seguiu-me!

I tots els que havíem estat infants miners d'en Capblanc vam avançar plegats a través de la neu clara i resplendent. Érem l'Ivar i l'Edla, de l'illa Exterior, la Saga de l'illa Gran, l'Snar de l'illa de la Destral, la Vala de l'illa de la Balena, l'Sven i l'Ingmar de l'illa de la Fosca, en Nils i l'Elis de l'illa del Tronc, l'Hel·la de l'illa de la Banya, la Karin de l'illa de Ningú, l'Unni de l'illa de Sota, l'Ymer de l'illa Esblaimada, l'Olaf de la Desgana, la Tora de l'illa de l'Àncora, la Daga de l'illa Salina, l'Agna de l'illa de les Escates, en Bror de l'Ona del Nord, la Brisa de l'illa Grisa... i, finalment, la Miki i jo de Corègon Blanc.

Darrere de tots nosaltres, tancant la filera, caminava un paio enorme de cabells pèl-rojos i amb la panxa grossa com una bota de vi. Estava tan content que, de tant en tant, es posava a xiular. I quan la Miki va començar a donar-me la tabarra altre cop dient que *ara sí* que li havia d'aconseguir, fos com fos, unes botes noves, en Fredrik va esclatar a riure i va dir que era ben curiós que s'hagués ficat en aquesta aventura per tal de rescatar una neneta que llavors no coneixia absolutament de res, i que, en canvi ara coneixia tan i tan bé!

Com més ens apropàvem a la platja, més vacil·lants es tornaven les passes dels nens. Llavors, tot d'un plegat, una noia anomenada Karin —per cert, la mateixa que li havia robat el carbó a la Miki aquell dia—, va exclamar amb cara d'angoixada:

—Tinc por! I si els pirates ens claven una pallissa?

—No ho faran, no patiu —els vaig calmar.

Però eren molts els que havien arribat a la mateixa conclusió, i l'Olaf de la Desgana es va aturar en sec i va fer la següent proposta:

—I no seria millor agafar la fusta del muntacàrregues i construir la nostra pròpia embarcació? Així no hauríem de navegar amb la carronya que tripula *El Corb de Neu*...

—Si et quedes aquí a construir la teva pròpia barca, et moriràs de gana molt abans d'acabar-la, que no ho entens? —el vaig desenganyar—. I tens raó, els pirates d'en Capblanc són carronya; però ells simplement es limiten a obeir ordres, i ara la seva capitana els ha ordenat que ens duguin a tots a casa sans i estalvis.

Aleshores l'Olaf, empipat, va remugar que ell era perfectament capaç de construir una barca rapidíssim, i que jo no en tenia ni idea. En qualsevol cas, al final tots van superar les seves pors i van seguir-me el tros que quedava fins al vaixell.

La Coloma ens esperava a la platja. L'acompanyaven dos remers, eren en Sobri i en Punyalçat. La barca de rems d'*El Corb de Neu* ja estava preparada a la vora del mar. El vent fuetejava la mar plomissa, acabada de despertar, i les pannes de gel ballaven una dansa perillosa sobre les ones. Els núvols s'arremolinaven al cel com si fossin el fum dels canons d'*El Corb de Neu*.

La Coloma, dreta i amb els cabells onejant-li al voltant del cap, tenia la mirada fixa endavant. Contemplava la filera dels seus antics presoners, però amb una expressió al rostre que en cap moment deixava traslluir què pensava mentre esguardava als ulls aquells que, a penes unes hores abans, havia custodiat. Tan sols va dir-los:

—Podeu pujar a bord.

Es tractava d'una barca gran, devia fer com a mínim uns divuit peus. Però érem tants els que ens hi havíem d'encabir que la coberta i els bancs de remar de seguida van quedar plens com un ou de criaturetes que s'asseien, encongien els genolls i se'ls agafaven amb els braços. Trencava el cor veure els parracs que duien. Devien estar morts de fred.

En Fredrik va seure a la popa i la Coloma va col·locar-se amb un peu damunt la bancada de proa. I quan en Sobri i en Punyalçat van unir les seves forces i van empènyer la barca fins al mar, aquesta va trontollar i molts van perdre l'equilibri, però ella no.

En un batre d'ulls, els dos remers van saltar dins l'embarcació. La majoria de nens es van fer de cop a un costat, sobresaltats per les esquitxades d'aigua congelada que van entrar a bord. Aleshores en Punyalçat va esclatar en una riallada sorollosa com un tro, i tot seguit va cridar:

—Apa, anem! És hora de tocar el dos!

En acabat, en Punyalçat i en Sobri van agafar els rems i per fi ens vam fer a la mar.

Va ser un trajecte d'allò més mogut; mentre travessàvem la badia, la barca no parava de gronxar-se amunt i avall. Els infants seien gairebé petrificats, petant de dents pel fred i amb la vista clavada en les onades. A mesura que ens hi acostàvem, alguns observaven neguitosos *El Corb de Neu*. Ningú no piulava.

Bé... sí, malgrat tot, algú va gosar enraonar. La Miki. S'havia anat arrossegant fins a la proa, i ara li estirava el camal dels pantalons a la Coloma. Ella es va girar.

—Necessito unes botes noves —va demanar-li la Miki.

—Xxxt! Calla! —la vaig renyar, perquè em va semblar que havia dit una rucada de l'alçada d'un campanar. A la barca sèiem una vintena d'infants calçats a penes amb draps... i ella tenia la barra de queixar-se!

Tanmateix, la Coloma va mirar la Miki, li va fer que sí breument amb el cap i llavors va dir:

—Us donarem millors robes a tots.

En arribar a *El Corb de Neu*, la barca va fer un lleuger petó al buc. L'escala de corda ja estava col·locada i, un per un, els nens van anar pujant a bord. En Fidel i la Guineueta els ajudaven amb la part final: saltar a dins per la borda. I mentrestant, aprofitaven per fer-los tota mena de bromes i riure's d'ells tant com podien; perquè, és clar, els pirates eren així: s'ho passaven bé fent befa dels més menuts i porucs.

—Ah, no! Ni parlar-ne! No podem pas deixar pujar canalla tan llardosa! Oi que no, Fidel? —va fer amb sorna la Guineueta—. No seria millor que els féssim passar per la quilla perquè aprenguin bones maneres?

—Bah! Lliga'ls com un fardell i arrossega'ls per terra! —va contestar-li llavors en Fidel—. Ara no tenim temps de passar per la quilla un grapat de rates pudents!

Just en aquell moment, la Coloma va pujar a bord i els va advertir que ja n'hi havia prou, i que no volia sentir cap més impertinència per avui.

En Fredrik i jo vam ser els darrers a abandonar la barca, i quan per fi tothom va ser a bord del *Corb*, la Coloma va alçar la veu i va dir:

—Morros i Xacó, escalfeu aigua perquè la quitxalla es pugui rentar! Assenyat i Pencaire, aneu a buscar roba d'abric i sabates per a tots ells! I vosaltres, Sobri i Punyalçat, torneu amb la barca a la mina i porteu-me el meu pare! Au, vinga, afanyeu-vos!

Els nens i nenes van baixar per l'escala amb la Morros, en Xacó, l'Assenyat i el Pencaire. Però jo vaig decidir quedar-me a la coberta amb en Fredrik. La meva roba també estava desgastada i plena d'estrips, però podria aguantar fins arribar a casa. En qualsevol cas, jo tenia clar que no pensava vestir-me amb roba de pirata de cap de les maneres!

En Fredrik va recolzar els colzes a la barana i va contemplar el petit estret, el canal de sortida a mar obert. Se'l veia molt cofoi, amb el vent esbullant-li els cabells, rojos i lluents com l'or incandescent. Vaig posar-me al seu costat i durant una bona estona cap dels dos no va parlar. En Sobri i en Punyalçat van tornar amb el cadàver d'en Capblanc estès a la barca. Aleshores jo vaig dir:

—Creus que en aquest vaixell les farinetes d'ordi seran decents?

—Qui ho sap! —va exclamar en Fredrik—. Potser hauré de donar un cop de mà al cuiner.

—Doncs llavors jo seré la teva ajudant! —vaig bromejar—. Però et dic una cosa: als pirates no els trauré pas els cucs de la farina.

—Nooo, i ara! —va fer en Fredrik, seguint-me la broma. I després de tirar una escopinada al mar, va afegir—: Que se'ls mengin, i bon profit els facin!

Quan en Bror, de l'Ona del Nord, va pujar de nou per l'escala, ni en Fredrik ni jo vam poder contenir un somriure. En Bror s'havia rentat i s'havia vestit amb la roba que li havien donat, però la jaqueta li anava tremendament baldera i la gorra de pell d'ovella li relliscava front avall i, per poder-hi clissar, se l'havia d'anar apujant tota l'estona amb el dit. El següent noi a aparèixer va ser l'Ivar, de l'illa Exterior. Li havien proporcionat uns pantalons de pell de foca i, de tan llargs com li anaven, si hagués volgut, se'ls hauria pogut apujar fins al nas.

Sí, un rere l'altre, els antics esclaus de la mina van passar d'anar coberts amb roba bruta i negrosa a vestir abrics gruixuts, pantalons, gorres i sabates pertanyents als pirates. Tots feien gràcia a la seva manera, però sens dubte la que feia més gràcia era la Miki, perquè, quan finalment va presentar-se a la coberta, duia un parell de botes tan gegantines que va ser un autèntic miracle que aconseguís enfilar-se per l'escala. I mentre tothom es feia un fart de riure, jo vaig dirigir-me a ella decidida i la vaig agafar pel braç.

—Baixa ara mateix i torna't a posar les botes velles! —li vaig manar.

—Les botes velles em fan mal! —va protestar enèrgicament la Miki.

—És igual, encara les pots fer servir! —vaig insistir—. Que no veus que vas feta un carnestoltes?

—I per què els altres sí que poden dur les botes noves? —va rondinar llavors la Miki, assenyalant els nens i nenes que també calçaven botes que els anaven grans.

—Ells no són tan menuts com tu —vaig contestar—. Au, baixa d'una vegada!

Aleshores la Miki va arrencar a plorar i va cridar enrabiada:

—Això mai, mai i mai! No penso posar-me més les botes velles! Em van petites i em fan mal! M'has de fer cas!

I aleshores no em va quedar més remei que fer-li una gran abraçada, perquè... oh, com me l'estimava!

—Però després a mi no em donis la culpa —la vaig avisar— si resulta que et passes el dia fotent-te de cap per terra!

—Nooo, i ara! —va fer la Miki amb un enorme somriure als llavis—. Et prometo que no ho faré.

Entre l'illa Molla i l'illot del Gat

Si en el futur algú em pregunta on és en Capblanc, li diré que reposa entre l'illa Molla i l'illot del Gat, gronxat pels llargs braços de les algues brunes. Perquè és la veritat. Jo mateixa vaig veure amb els meus propis ulls quan el van llançar al mar.

Aquell dia no feia bon temps, però és que tampoc no era cap bon home el que havia de ser llançat al mar. El cadàver d'en Capblanc jeia a la coberta de popa, gris i fred. El rostre cantellut, que semblava pertànyer a un vell i a un jove alhora, feia ben bé l'efecte d'estar cisellat en pedra. I la sang seca que tenia al coll se li havia tornat negra.

La tripulació s'havia arraïmat al voltant del seu antic capità. En Fredrik i jo vam quedar-nos un tros més apartats. L'Unni, de l'illa de Sota, l'Olaf, de la Desgana, i la Daga, de l'illa Salina, també van voler ser-hi presents. La Miki era a baix, a les cabines, descansant amb la resta.

Aleshores en Fidel va pujar amb un sac a l'espatlla. La nevada havia deixat la coberta humida i quan, juntament amb en Pencaire, va voler aixecar el cos d'en Capblanc, va relliscar i va caure. No sabria dir si l'espectacle em va semblar més grotesc que horrorós, o a l'inrevés.

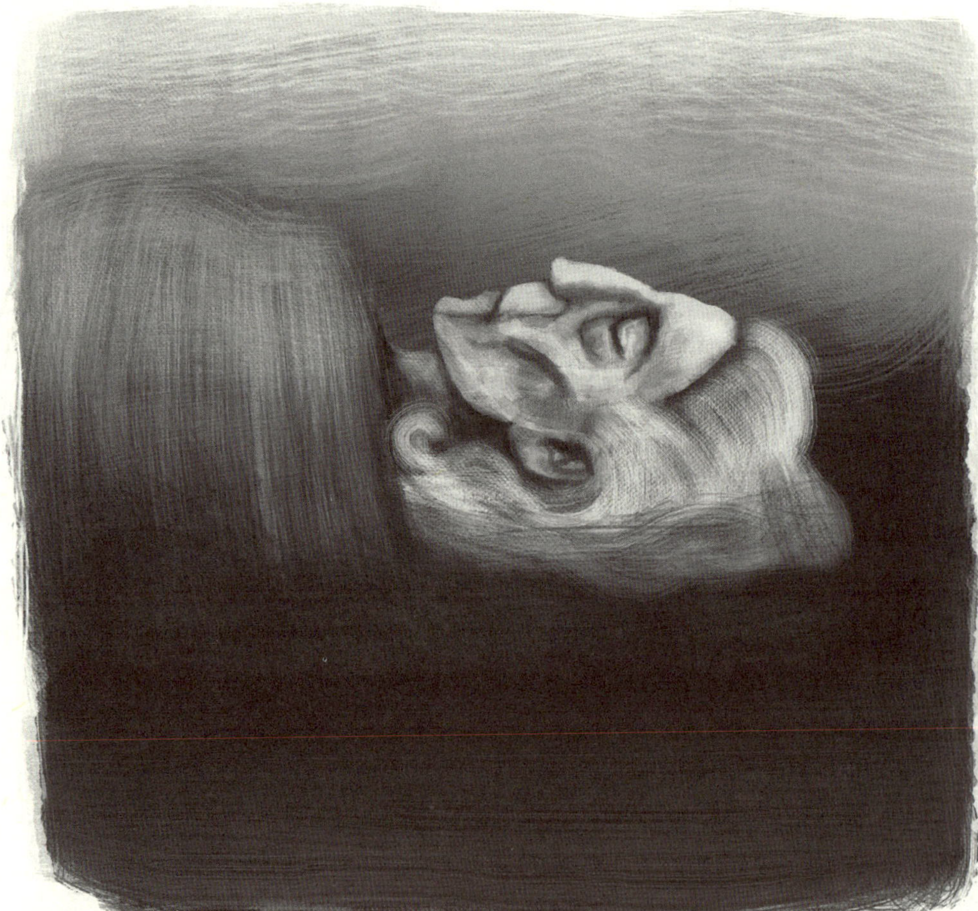

En qualsevol cas, quan per fi van ficar en Capblanc dins del sac, hi van introduir també dotze bales de canó perquè li fessin companyia, tal com corresponia a un capità pirata, i en acabat, en Fidel va cosir el sac amb moltes puntades dobles. Aleshores els més forts, que eren la Morros, en Riscos, en Floc i en Navalla, van alçar el sac blanc i es van dirigir a la popa. El van balancejar tres vegades —i una, i dues, i tres!— i van llançar el sac al mar, que es va enfonsar i va desaparèixer al cap d'uns segons. Unes grans bombolles van emergir a la superfície, com si fossin la darrera salutació d'aquell que li havia clavat les urpes a la meva germana petita, però que ja no les hi clavaria a ningú més. Llavors en Somrís va tocar la campana del vaixell.

Durant el silenci que es va produir a continuació, vaig observar amb atenció la Coloma. S'havia recollit els cabells en un monyo. Damunt de la jaqueta de cuir duia una llarga capa de pell de foca de cresta, que li devia haver donat en Punyalçat. I al cinturó, una daga. Molt a prop d'ella, en Gestes li enraonava fluixet, gairebé a cau d'orella. Era com si tingués un grapat de bons consells per donar-li, com si volgués ajudar-la a fer nous plans. Plans per a una capitana pirata.

Crec que en Fredrik va pensar si fa no fa el mateix que jo, perquè una estona més tard, quan la Coloma va venir cap a nosaltres, ell li va preguntar:

—Ara seràs tu el terror de la mar de Gel?

Ella es va aturar. Semblava ofesa, com si en Fredrik l'acusés injustament. Va contemplar el mar gris plomís, sobre el qual s'havia format una prima capa mat de neu, i llavors va mirar de nou el seu germà.

—I què pensaves que faria? Tornar a casa, a l'illa de les Escates, a menjar ous de bacallà? —li va engegar amb duresa.

—Doncs jo els trobo prou bons, els ous de bacallà... —va murmurar en Fredrik.

—No em refereixo pas a això —va replicar la Coloma amb un ruflet.

Tanmateix, tot seguit va deixar anar un sospir, com si ara es penedís d'haver fet servir un to de veu tan dur. Va assenyalar amb el cap la petita escala que baixava sota coberta.

—Podeu venir amb mi un moment? —ens va demanar a mi i a en Fredrik.

La vam seguir, naturalment, i quan vam haver baixat l'escala, la Coloma va obrir la porta de la cabina del capità. Va ser d'allò més emocionant donar un cop d'ull a tot el que hi havia allà dintre. Catifes de llana teixides a mà, preciosos llums d'oli amb campanes de cristall treballat, llibres i canelobres, una col·lecció de fusells, alguns del quals devien ser antiquíssims, i en una de les parets hi penjava el cap dissecat d'una foca ocel·lada. A l'interior de la boca oberta se li veien dues fileres de dents blanques i esmolades; dents de predador. I els ulls eren de vidre negre.

La Coloma es va descordar el gruixut cinturó on duia la daga i es va deixar caure en una butaca. Durant uns minuts, va esguardar en Fredrik en silenci. Ell, mentrestant, s'estava allà quiet, lleugerament intimidat per tots aquells objectes tan luxosos i fascinants, i per la seva germana, que ara duia els cabells blancs recollits en un monyo. En tot cas, pensava jo, la Coloma era molt diferent del capità Urström, que també tenia una cabina decorada amb catifes i objectes de valor, però que en Fredrik anomenava «els budells» de l'*Estrella Polar*. Ara bé, no sabia què era exactament el que diferenciava la Coloma de l'Urström.

—Fredrik, has d'entendre que no tinc enlloc on anar... que no hi ha lloc al món per a algú com jo —va dir llavors la Coloma.

—Què vols dir amb «algú com tu»? —va fer perplex en Fredrik.

—Algú com jo... —va repetir ella— és algú que va comprar la seva llibertat a canvi de la seva ànima.

En Fredrik va brandar el cap i va fer un gest amb el cap que bé podia significar: «Bah, segur que no és pas tan greu!».

Tanmateix, la Coloma va seguir:

—Què creus que diria de mi la gent de l'illa de les Escates quan se n'assabentessin? Quan sabessin que vaig ser la filla d'en Capblanc? La carcellera, la guardiana que enviava sota terra les pobres criatures segrestades? Els nostres pares no van ser pas els únics a qui els pirates van raptar la filla. Des que vaig arribar a l'illa d'en Capblanc, he vist morir davant meu dos nens de l'illa de les Escates. De malaltia pulmonar i de pur esgotament físic. I els germans que es van endur de l'illa del Golut... van perdre la vida sepultats per una allau. El pare d'aquells xicots coneix el nostre pare, havien pescat plegats. Què creus que dirà si ara torno a casa a atipar-me d'ous de bacallà, com si no hagués passat res?

En Fredrik va arronsar les espatlles i em va fer l'efecte que volia respondre alguna cosa, però al final no va trobar les paraules.

La Coloma va fer que no amb el cap:

—No, no hi ha cap lloc per a algú com jo. Tan sols la mar —va concloure.

I després va deixar anar un sospir. D'alguna manera, devia voler animar en Fredrik, ni que fos una mica, i per això va afegir:

—És possible que robi un o dos sacs d'ordi. Però t'asseguro que no vull saber res de canalla mai més. De fet, no vull veure cap criatura mentre visqui!

En Fredrik va abaixar els ulls.

—És només que... em repugnen els pirates —va dir molt fluixet.

La Coloma va assentir amb el cap.

—A mi també.

—I així doncs —va fer llavors en Fredrik—, penses sentir fàstic de tu mateixa durant el que et queda de vida?

Al principi la Coloma no va contestar. Un rictus d'amargor se li va dibuixar al rostre, com si s'hagués empassat un glop de bilis.

—Potser sí —va dir.

Aleshores vaig decidir intervenir-hi; en Fredrik em feia llàstima, cada vegada més encongit i compungit, perquè es veia d'una hora lluny que es culpava a si mateix pel fet que la seva germana ara pensés convertir-se en el nou terror de la mar de Gel.

—Dius que et vas vendre l'ànima —vaig adreçar-me a la Coloma—. Però això no és veritat. Continues tenint-la, encara que aquests darrers dotze anys ho has passat molt malament i t'has tornat una persona freda i insensible. És possible que encara triguem un temps, però estic segura que aconseguirem treure la teva ànima de la hibernació en què es troba.

En Fredrik va mirar la seva germana amb un somriure expectant, com preguntant-li: Què hi dius ara?

—Jo crec que la Siri té raó —va afirmar amb certa timidesa—. Tu no tens fusta de pirata.

La Coloma va guardar silenci una estona. No sé si les nostres paraules l'havien fet enfadar, o bé si les considerava una sobirana ximpleria. El cas és que, finalment, clavant la vista en en Fredrik, el va desafiar:

—Mmm, vejam què pots fer perquè canviï d'opinió.

En acabat, es va aixecar, es va tornar a cordar el cinturó amb la daga i va sortir per la porta. En Fredrik i jo vam quedar-nos sols a la cabina. La foca ocel·lada ens mirava amb la boca oberta des del seu lloc, clavada a la paret. Lentament, la nau lliscava damunt el fort onatge.

—Creus que podràs...? —vaig preguntar a en Fredrik—. Fer-la canviar d'opinió, vull dir...

Ell es va rascar l'espessa barba roja i va empetitir els ulls.

—Ja veurem. Al capdavall, bé soc el germà gran, oi? —va fer picant-me l'ullet.

A través dels petits vidres ondulats i emplomats, vaig entreveure la Coloma. Estava dreta a la proa, supervisant la feina de la tripulació per accionar el cabrestant, els mariners que havien d'hissar l'embolic de cadenes per llevar l'àncora i així permetre'ns abandonar la tomba d'en Capblanc i prosseguir el nostre viatge. Just aleshores vaig saber què la diferenciava del capità Urström; vaig descobrir per què ell havia tingut por i, en canvi, ella mai més no en tindria. I la raó era que la Coloma ja no tenia res a perdre en aquest món.

Cries i criatures

El viatge de tornada a casa va ser temerari i molt perillós. La Coloma, que anys enrere tantes pors havia tingut, ara no temia absolutament res. Navegàvem dia i nit per una mar de Gel encrespada i enfurida; els pirates s'aferraven a la borda i resaven per les seves vides. I si en el camí trobàvem blocs de gel que encara no s'havien partit, la Coloma no frenava pas l'embarcació, com feien altres capitans, sinó que ordenava avançar a tota vela. *El Corb de Neu* volava com si tingués ales, i el seu terrible bec feia miques tots els obstacles amb què ensopegàvem. Als pirates els feia pànic la Coloma, però alhora sentien una autèntica adoració per ella. Sí, potser se l'estimaven fins i tot més del que mai havien estimat el capità Capblanc.

No vam topar amb cap altre vaixell. I és que no hi havia ningú tan tocat del bolet com per llançar-se dins d'aquella sopa que era la mar llavors, una sopa d'aigua i pannes de glaç flotants tan grosses com les nostres veles. I si, malgrat tot, algú hagués gosat fer-se a la mar, segur que hauria girat cua ràpidament en clissar *El Corb de Neu*, el vaixell pirata més temut de tots.

Un matí, tres dies després de l'enterrament d'en Capblanc

enmig del mar, jo m'estava a la popa, contemplant el vaivé de les ones des de la barana. Tots els que podien eren a la coberta inferior. La nevada no donava treva, una capa de fang cobria la coberta i li proporcionava una mena de barba a l'estai. Per això, dalt, a la coberta, només hi érem el timoner i jo mateixa.

Vaig acariciar la borda mullada, i vaig agafar un grapat de neu amb el clot de la mà. No sé pas per què em vaig voler aïllar. Bé, sí, necessitava estar sola una estona. Havien passat un munt de setmanes des que havia marxat de casa. I gairebé tothom qui m'havia trobat m'havia intentat dissuadir, dient-me que no me'n sortiria i que tot plegat acabaria malament. Però s'equivocaven.

O potser no? Perquè aquell era realment un final feliç? Durant la meva aventura per la mar de Gel, havia vist moltes coses que voldria no haver vist mai, i que segurament no podria esborrar de la memòria. El llobató de les illes del Llop, per exemple, que s'arrapava amb força al cos sense vida de la seva mare. I el pollet que només havia de servir per aconseguir-li peixos a l'Einar. I també el portamonedes de les Veles, fet d'una pell tan suau i clara. Mai, mai de la vida no podria oblidar aquell portamonedes.

El món que comença a l'est de Corègon Blanc i acaba a l'oest de l'illa Exterior és com una taula, vaig pensar. I sobre la taula hi seuen persones que compten els seus diners. Tanmateix, sota la taula hi ha unes potes que ho sostenen tot. I aquestes potes són les cries i les criatures. Cries que lliguem perquè arrosseguin els nostres trineus, criatures innocents que escorxem amb els nostres ganivets o que encadenem pel coll o que enviem a les entranyes de la terra amb pics i cistells.

Sí, vaig pensar que així era com funcionava el món i que era un món dolent. Però aleshores un petit sit blanc va posar-se sobre la barana i va remenar la cua; allò em va fer tanta il·lusió que vaig apartar de la meva ment aquells pensament tan tristos i feixucs. Comptat i debatut, potser era tan sols la nostra època la que era tan dolenta. Potser, més endavant, vindrien altres temps, temps millors.

El sit blanc va fer uns quants refilets, però després va marxar, com si s'hagués espantat. Em vaig tombar per tornar a l'escalfor i aleshores vaig notar que hi havia algú darrere meu: era el calb a qui ara tothom anomenava Babau.

Em va esguardar a través de les parpelles entretancades; tenia la boca estrafeta en una lletja ganyota que posava al descobert la filera de dents brutes i grogues de la mandíbula inferior, que gairebé semblaven un rast d'alls.

—Mires el mar? —em va preguntar.

—Sí —vaig contestar jo, lacònica, mentre intentava anar-me'n.

Però ell em va empènyer cap enrere, de manera que vaig xocar d'esquena contra la barana i, de l'impacte, vaig perdre l'alè.

Una mica més enllà hi havia el seu amic, el barbut que ara es deia Ningú. Vigilava per si venia algú o el timoner es girava cap a nosaltres. Llavors va calar-se la gorra fins a les orelles i va dir de mala gana a en Babau:

—Au tu, afanya't, que m'estic quedant xop.

En Babau va somriure de nou, i va observar les onades color de plom, onades altes com cases, onades que amb els seus queixos famolencs i escumejants amenaçaven d'engolir-nos.

—Jo només volia donar-te les gràcies... —va dir aleshores en Babau— pels malnoms que ens vas posar a mi i al meu amic.

—Va ser en Gestes qui us els va posar —vaig fer gairebé amb un xiuxiueig.

—Bé, amb el teu inestimable ajut, és clar —va puntualitzar en Babau amb sarcasme—. I si et soc sincer, t'asseguro que jo hauria preferit un altre nom.

Els seus ulls traspuaven un cert sentiment de vergonya, em va semblar, o potser de pena. O totes dues coses. Vaig suposar que, per a ell, el malnom era una mena d'estigma, un recordatori de tots els seus fracassos i frustracions; dels trets disparats i fallits, trets que, una vegada i una altra, tan sols van encertar la neu. I era a mi a qui considerava culpable d'aquell estigma.

Se'm va acostar perillosament.

—Potser voldries mirar el mar encara de més a prop? —va dir.

—Deixa'm estar! —vaig exclamar—. La Coloma és qui comanda la nau, vosaltres no teniu cap dret a acorralar-me.

—Però resulta que ara la Coloma no és aquí... —va fer en Babau—. I, de totes maneres, què pot dir si una nena rellisca i cau accidentalment per la borda? Davant d'un fet així, cap capità no hi podria fer res, oi?

Llavors va passar-se la llengua per les dents esgrogueïdes i repugnants, i em va fitar amb menyspreu.

—Tal com jo ho veig, ofegar-te no seria més que enllestir allò que em vaig proposar fa temps. A hores d'ara ja hauries d'estar morta i enterrada, i que no ho estiguis només té una explicació: que et vas endur el meu amulet del rei dels peixos a l'aigua. I això et va salvar la vida.

Aleshores va estirar el cordill que duia al coll i em va ensenyar el penjoll del rei dels peixos, perquè jo el pogués veure bé.

—Però ara torna a ser meu. I li he posat un cordill nou, un de ben resistent que no es trenca ni es deslliga per res.

Vaig respirar fondo per xisclar i demanar ajuda, però en Babau em va estirar els cabells i em va tapar la boca amb l'altra mà. Cada cop em premia amb més força contra la borda, tan fort que vaig creure que se'm partiria l'esquena. Era tan sols qüestió de segons que en Babau em llancés daltabaix, al mar.

Estic a punt de morir, em vaig dir a mi mateixa. I vaig pensar en el petit sit blanc que tot just acabava de veure, i en el pare, que solia dir que el sit blanc era l'únic ocell de tota la mar de Gel capaç de refilar. I llavors em va envair una tristesa immensa, perquè en aquell moment vaig ser conscient que jo l'únic que realment desitjava a la vida era seure a les escales del porxo de casa i escoltar el pare explicar coses com aquestes sobre els sits blancs. I mentrestant, veure la Miki corrent amunt i avall i jugant entre els coberts, com feia sovint. Havia descobert que aquest era el meu desig més gran, però que no el podria complir, perquè estava a punt de morir.

Tot seguit es va sentir un soroll sec i, just després, un crit que més aviat semblava un udol. En Babau va fer mitja volta i va tenir el temps just de contemplar com en Ningú queia d'esquena i lliscava espeternegant sobre el terra humit de la coberta. Havia estat en Fredrik qui l'havia tombat, i ara es disposava a envestir en Babau amb una fúria tan intensa i desfermada que aquest, escagarrinat, em va deixar anar ràpidament i va intentar fugir corrents. Però en Fredrik el va atrapar.

—Vaja, vaja... així que volies pelar la meva amiga, eh? —va grunyir—. Doncs ara et toca a tu!

—N-no em llancis al m-mar —va suplicar-li aterrit en Babau, alhora que guaitava amb els ulls esbatanats les ones embravides—. F-fes-me el que vulguis, però sisplau n-no em llancis a l'aigua!

En Fredrik se'l va mirar, desafiant.

—No, no ho faré pas —li va dir—. Ets tan vomitivament lleig que el mar t'escopiria aquí altre cop. Per tant, et mataré amb les meves pròpies mans.

I havent dit això, va engrapar-lo pel cordill de cuir i l'hi va recargolar amb força al voltant del coll per escanyar-lo.

—D-deixa'm anar! —va mig xiuxiuejar en Babau, gairebé sense alè.

En Fredrik, en canvi, encara va cargolar el cordill una altra volta, i en acabat una altra. I aleshores vaig comprovar que en Babau tenia raó: aquell nou cordill era increïblement resistent i no es trencava pas així com així.

En Babau ara penjava dels punys d'en Fredrik, i el rostre se li estava tornant blau per moments. Els ulls semblaven voler-li saltar de les conques i llavors em vaig esporuguir de veritat. De debò que en Fredrik ho faria? Se'l carregaria allà mateix?

Uf, no, només pretenia donar-li un bon escarment, és clar! Perquè de seguida el va deixar caure a la coberta. En Babau es va alçar a correcuita i, tot tremolós i estossegant de mala manera, va marxar cames ajudeu-me, però de poc no ensopega i rodola escales avall com un animal malferit.

En Fredrik em va mirar.

—Em preguntava on eres —va dir—. Ha estat una sort que decidís sortir a buscar-te. Una vegada ja vaig deixar que un covard et fes fora del vaixell... i amb un cop n'hi ha prou, no trobes?

Jo no vaig contestar, tan sols vaig assentir amb el cap.

—Aniré a parlar immediatament amb la capitana —va fer amb resolució en Fredrik—. Crec que seria bona idea tancar aquest parell a la bodega un temps. Així aprendran a no fer tantes bestieses.

Badia Blava

Per tal de retornar totes les mercaderies que els pirates havien sostret, vam haver de passar per un munt d'illes. Vam anar a l'illa Exterior i a l'illa de Ningú, a l'illa Gran i a l'illa Salina, a l'illa de la Destral i a l'illa de la Balena, a l'illa del Tronc i a l'Ona del Nord, a l'illa de la Banya i a l'illa de Sota, a l'illa Esblaimada i a la Desgana, a l'illa de l'Àncora i a l'illa de la Fosca, a l'illa de la Penya i a l'illot Gris. I a l'últim, a una petita i insignificant illa anomenada Corègon Blanc. Sí, perquè la nostra illeta es trobava just al marge del mapa d'en Fredrik, tan a l'extrem est com es podia arribar abans de caure per la vora. I era per això que la Miki i jo vam haver de carregar-nos de paciència, perquè seríem les darreres a poder tornar a casa. Cada vegada que un noi o una noia baixaven a la barca perquè els pirates els duguessin a terra, el cor se m'esquinçava d'enyorança. Oh, quines ganes tenia que em toqués a mi!

L'última nena que havia de baixar abans que la Miki i jo es deia Brisa. Era bastant alta i corpulenta, i va tenir la pensada de donar-me la mà en el moment d'acomiadar-nos.

—Moltes gràcies —em va dir.

Jo no sabia què respondre-li, i el cert és que em sentia un

pèl ridícula. Simplement vaig murmurar unes paraules a penes audibles i, tot seguit, la Brisa es va dirigir amb el seu gran abric de pell de guineu cap a l'escala de corda i va descendir fins a la barca. Tanmateix, d'alguna manera, va ser bonic que m'encaixés la mà i em donés les gràcies. Potser aquell gest de la Brisa volia dir que les bestioletes de la mina d'en Capblanc de mica en mica tornaven a ser persones.

Quan per fi vam albirar a l'horitzó el fum de les cabanes de Badia Blava, vaig sentir una forta agitació a tot el cos, i és que enyorava tant tornar a casa amb el pare! Em preguntava si ens hauria estat esperant o si, per contra, hauria perdut l'esperança, dient-se a si mateix que ja no valia la pena esperar-nos més. Oh, el meu pobre pare, com devia patir!

Els pirates van maniobrar per situar *El Corb de Neu* al paire, i llavors n'hi va haver uns quants que van baixar a la barca. Feia un dia esplèndid; potser era un primer senyal que s'apropava la primavera? El sol resplendia i el mar semblava argent líquid.

Aleshores la Coloma em va abraçar i em va dir:

—Que tinguis molta sort, Siri —i amb una picada d'ullet, va afegir—: I ves amb compte amb els pirates, eh?

—Sí —vaig dir jo—. Ja hi pots pujar de peus! Ves-te'n ben tranquil·la.

Ella va fer un somriure tan ample que li vaig poder veure cadascuna de les seves dents grogues.

—Bah! —va exclamar finalment la Coloma, brandant el cap.

I a continuació vaig anar fins a en Fredrik. El meu gran amic, tan gros i amb la seva selvàtica barba pèl-roja. No, a ell m'era impossible de dir-li adeu, almenys no com si fos un adeu per sempre. Així que tan sols li vaig dir:

—A reveure.

Ell va assentir amb el cap i va fer:

—Sí.

I tot d'un plegat em va agafar per la cintura i em va aixecar enlaire, amb els braços estirats davant seu, i llavors va començar a riure com si fos la persona més feliç del món. I naturalment, jo no me'n vaig poder estar i també vaig esclatar a riure.

A la Miki i a mi ens van haver d'ajudar a baixar l'escala. Per a la Miki va ser sens dubte una gran sort, perquè les seves botes eren tan enormes que hi hauria pogut navegar. En Tret i en Darrerahora ja seien a la barca, preparats per arrencar a remar.

—Au, vinga, noietes —va dir en Tret, que era calb com una bola de billar i tenia l'esquena geperuda—. Som-hi!

I això vam fer. Tots dos eren remers experts i la barca lliscava gairebé fent bots sobre la superfície ondulada i brillant de l'aigua. Al cap d'uns minuts, en tornar a veure de lluny els «meus» illots, se'm va dibuixar un somriure inconscient als llavis. Aquells illots que em coneixia tan bé com el palmell de la mà eren casa meva i tenien un no sé què especial. Jo els trobava molt més macos que els altres, m'alegraven la vista i m'omplien el cor i l'ànima.

Malgrat això, en passar a prop de Poma de Ferro, no vaig poder evitar pensar en el fatídic dia que els pirates es van endur la Miki, el dia gris i boirós en què tota aquesta aventura va començar. I per alguna raó, vaig sentir la necessitat de fer-los una pregunta a en Tret i a en Darrerahora.

—Escolteu, què hi vau venir a fer, aquí?

—Què? —va fer estranyat en Darrerahora.

—Sí, quan vau capturar la Miki —vaig insistir, alhora que assenyalava la meva germana, que seia plàcidament a la borda i tocava l'aigua amb el dit índex, com solia fer sempre—. Com és que vau desembarcar precisament a Poma de Ferro?

En Darrerahora llavors va sacsejar el cap i va explicar que havien abordat a Poma de Ferro per collir baies.

—De debò? —vaig fer sorpresa.

Tots dos van assentir amb el cap. Se'n recordaven perfectament, perquè n'havien trobat un parell de cistells plens. Em semblava increïble!

Amb prou feines sabia si riure o plorar, era la cosa més increïble que havia sentit en molt de temps: que als pirates els agradaven les baies, igual que a qualsevol criatura de Badia Blava!

A la Miki, en canvi, no li va semblar gens sorprenent. Segons ella, el fet que als pirates els agradessin les baies explicava per què nosaltres dues no n'havíem trobat ni una el dia que vam sortir a buscar-ne. I després va seguir parlotejant; repetia que aquell va ser el p-p-pitjor dia de la seva vida i que m-m-mai més no tornaria a menjar baies. Punt!

—Ah, no? I es pot saber què menjaràs, doncs? —li vaig preguntar.

—Peix, és clar! —va contestar ella amb aires de suficiència.

—Vaja, vaja... —vaig fer jo, enriolada—. Aleshores ets afortunada de tenir-me, perquè sé pescar.

—Ei, que jo també en sé, de pescar! —va protestar la Miki.

—No, tu no en saps pas —vaig contradir-la.

—Que sí! —va replicar ella.

—Quines penques! Però si no has pescat un peix en ta vida! —vaig exclamar—. Ni tan sols ets capaç de tirar les xarxes sense que se't facin un embolic!

En Tret i en Darrerahora s'ho estaven passant la mar de bé amb la nostra picabaralla, reien per sota el nas i s'intercanviaven mirades de complicitat.

Llavors la Miki em va llançar una ullada fulminant.

—Doncs, saps què? A partir d'ara, pescaré *amb els dits dels peus*. Ha! Ha! Ha! —va fer desafiant.

—Molt bé, ja ho veurem —vaig assentir jo.

I en Tret i en Darrerahora van riure altra vegada.

Tanmateix, la veritat és que va ser així: quan es va fer gran, la Miki va poder pescar amb els dits dels peus ben bé com si fos cosa de bufar i fer ampolles. Només havia de baixar al moll, treure's les botes i els mitjons, i al cap d'una hora ja teníem el sopar a casa, a la nostra petita cabana de color gris. I cada cop que em servia el plat de peix, la Miki feia un somriure murri i em deia:

—Ets afortunada de tenir-me, oi, Siri?

Però jo llavors no sabia pas que la Miki heretaria aquest talent de la nostra mare, i per això, mentre érem a la barca amb els pirates, tan sols vaig dir: «Molt bé, ja ho veurem».

Per fi vaig albirar el port. La gent corria amunt i avall, atabalada, com una colla de gallines espantades. És clar, havien descobert que el vaixell fondejat a la rada era *El Corb de Neu* i que una barca de rems s'acostava a Badia Blava. Per tant, ara calia afanyar-se; afanyar-se a tornar a casa, tancar la porta amb pany i forrellat, i bloquejar-la amb els mobles més pesants.

Tot i així, hi va haver algú que no es va bellugar. Algú que no tenia por. Un home menut i grisenc com un branquilló; més menut i més gris encara que l'última vegada que l'havia vist. En certa manera, semblava partit per la meitat. El pare va estirar el coll per guaitar millor la barca. I aleshores jo vaig alçar la mà per saludar-lo.

La primera edició de
Pirates
de la mar de Gel,
de Frida Nilsson,
es va acabar d'imprimir
un dels primers dies freds de la tardor,
amb un vent que presagiava que la mar de Gel
estava a punt de tancar-se a la navegació fins a la primavera.

MAR de GEL
Rosa de Neu
Illes del Llop
Illots de Rumiar
Illa Molla
Illa de la Cabra
Illa de Sota
Illot del Gat
Illa de la Fosca
Les Veles
Illa de la Penya
Illa Exterior
Illa Salina
Illa de l'Àncora
Illa de l'Anguila
Illa Gran
Ona del Nord
Illa de la Banya
Illa de Més Enllà